TOD IN VOLLER BLÜTE

Ein Cottage-Garden-Krimi

VON

H.Y. HANNA

AUS DEM ENGLISCHEN VON

RITA KLOOSTERZIEL

Dies ist ein belletristisches Werk. Alle in diesem Buch erwähnten Namen, Charaktere, Orte, Marken, Organisationen, Medien und Ereignisse entstammen entweder der Fantasie der Autorin oder werden fiktiv verwendet. Jegliche Ähnlichkeit mit lebenden oder toten Personen, Unternehmen, Ereignissen oder Örtlichkeiten ist rein zufällig.

Inhaltsverzeichnis

Kapitel 1

Poppy Lancaster war in ihrem Leben noch nie so nass und so unglücklich gewesen. Ihre Finger, die in unförmigen Gummihandschuhen steckten, waren taub und steif vor Kälte und die durchnässte Kleidung klebte ihr am Körper. Das Wasser war sogar in ihre Gummistiefel geraten, sodass ihre vollgesogenen Socken bei jedem Schritt ein schmatzendes Geräusch von sich gaben.

Beim Anblick der Glasscheibe vor ihr überkam sie ein Gefühl der Hoffnungslosigkeit. Sie hatte noch endlose Reihen aus staubigem Glas vor sich, mit einem hartnäckigen Belag aus Algen und Spinnweben in den Rahmenecken – und das, obwohl sie bereits tüchtig geschrubbt hatte. Das Gewächshaus, das ihre Großmutter an der Rückseite des Hauses angebaut hatte, war riesig.

Ich werde nie damit fertig, dachte Poppy und sah

sich mutlos um. Langsam bereute sie es, den Rat einiger wohlmeinender Dorfbewohner befolgt zu haben, die der Ansicht waren, der Herbst sei die ideale Zeit für die Reinigung von Gewächshäusern. Der Wetterbericht hatte milde Temperaturen vorhergesagt, doch leider hatte sie eins nicht bedacht: Das Einzige, worauf man sich bei den Wetterfröschen verlassen konnte, war, dass sie mit ihren Vorhersagen meistens falsch lagen. Der Tag war nicht wie angekündigt trocken und sonnig, sondern kühl, grau und nieselig. Jetzt war es gerade einmal vier Uhr nachmittags und draußen wurde es bereits dämmrig, wie Poppy besorgt feststellte, als sie mit dem Ärmel über eine beschlagene Glasscheibe wischte und in den Garten sah.

Es war ihr wie ein Traum erschienen, als sie erfuhr, dass sie ein Cottage mit großem Garten geerbt hatte - von ihrer Großmutter, der sie nie begegnet war. Poppy hatte ihr Leben in London kurz entschlossen hinter sich gelassen und sich in Hollyhock Cottage häuslich eingerichtet. Sie wollte in die Fußstapfen ihrer Großmutter treten und die Gärtnerei weiterführen, die seit Generationen in der Familie war. Zwar hatte sie keinerlei Erfahrung im Gärtnern, konnte kaum das eine Ende einer Blumenkelle vom anderen unterscheiden und hatte bisher mit Grünzeug wenig Glück gehabt (es war ihr sogar gelungen, eine künstliche Topfpflanze aus dem Möbelmarkt kaputtzukriegen), aber Poppy ließ sich nicht entmutigen. Schließlich waren sowohl ihre

Mutter als auch ihre Großmutter begnadete Gärtnerinnen gewesen, sodass sie sicher war, der grüne Daumen steckte in ihren Genen ... irgendwo. Sie musste ihn nur finden.

Und während der herrlichen Sommermonate, als sich der Cottage-Garten mit seinem Rosenmeer, den eleganten Fingerhutkerzen und dem duftenden Geißblatt in seiner ganzen Pracht zeigte, war Poppy voller Zuversicht und Freude gewesen. Doch mit dem Beginn des Herbstes hatten die dunkleren, kälteren Tage Einzug gehalten und der Garten hatte viel von seiner romantischen Anziehungskraft verloren. Poppy war mittlerweile klar, dass Gartenarbeit nicht nur eitel Sonnenschein bedeutete. Es gab auch unangenehme Seiten, wie das endlose Unkrautjäten, die Jagd auf schleimige Schnecken und die Notwendigkeit, immer wieder welkes Laub zusammenzuharken. *Und die Reinigung von Gewächshäusern*, dachte Poppy seufzend und sah sich noch einmal um.

Ihre Großmutter war nach langer Krankheit gestorben und hatte sich gegen Ende ihres Lebens um das Gewächshaus ebenso wenig kümmern können wie um den Garten rings um das Cottage. Überall häuften sich zerbrochene Tontöpfe und schmutzige Saatschalen, verwitterte Pflanzenetiketten und leere Plastiksäcke, die Pflanzsubstrat und Blumenerde enthalten hatten. Auf dem Boden mit seinen gesprungenen Fliesen lagen welke Blätter, und ein Heer von Krabbeltieren hatte sich in Fugen und Ecken eingenistet. Bis vor Kurzem war Poppy zu sehr mit dem Garten beschäftigt gewesen, um dem Gewächshaus viel Aufmerksamkeit zu widmen. Doch als das Wetter kühler wurde und sie mehr Erfahrung im Gärtnern hatte, begriff sie, dass sie für die empfindlicheren Pflanzen einen geschützten Ort brauchte, wenn sie den Winter überleben sollten. Außerdem wollte sie in einer warmen, hellen Ecke Setzlinge aufziehen, die auf diese Weise einen Vorsprung bekamen und im Frühjahr groß genug für den Verkauf sein würden.

Das Gewächshaus war die Lösung - sobald es sauber war. Also hatte Poppy sich am Vormittag ihre Schrubber, Bürsten, Schwämme und den Eimer mit Seifenlauge geschnappt und angefangen, die Ecken und Winkel von Schmutz, Moos, Moder und anderem Zeug zu befreien, von dem sie gar nichts wissen wollte. Anfangs hatte es ihr Spaß gemacht, ja, das Fegen und Schrubben hatte sogar eine gewisse therapeutische Wirkung, doch nach mehreren Stunden harter Arbeit hatte das ganze Projekt seinen Reiz verloren.

Aber ist ja nicht so, als hätte ich irgendetwas anderes zu tun, überlegte sie seufzend. Die übliche Sorgenflut überschwemmte sie und Poppy fragte sich wieder einmal, wie sie die kommenden Monate überstehen sollte. Ihre Staudensämlinge würden bis zum Frühjahr nicht groß genug sein, um sie zum Verkauf anzubieten und die winterharten zweijährigen Gartenblumen, die sie beim

Großhandel bestellt hatte, lockten zwar ein paar Kunden in die Gärtnerei, aber das, was die kleinen Töpfe mit Stiefmütterchen und Primeln einbrachten, war nur ein Tropfen auf den heißen Stein. Für ihre beliebten selbst gemachten Blumenarrangements, die den Sommer über einen willkommenen Nebenverdienst eingebracht hatten, war die Zeit vorüber, da die Blumen verblüht waren und der Garten von Tag zu Tag kahler aussah.

Vor allem aber meldete sich die warnende Stimme zu Wort, die ihr sagte, sie habe sich zu viel vorgenommen und werde es nie schaffen, die Gärtnerei ihrer Großmutter zu neuem Leben zu erwecken. Diese Stimme wurde immer lauter und Poppy hatte Mühe, sie zu ignorieren. Trotzdem bedauerte sie ihre Entscheidung nicht. Sie liebte Hollyhock Cottage, es war für sie das Zuhause, von dem sie geträumt hatte, als sie in ihrer turbulenten Kindheit mit ihrer glücklosen, unsteten Mutter durchs Land gezogen war.

Und ich habe große Pläne, ermahnte sie sich. *Ich will die Gärtnerei erweitern, den Garten wieder für die Öffentlichkeit zugänglich machen und meine einzigartigen Blumenarrangements noch bekannter machen ...*

Natürlich war das alles Zukunftsmusik. Bis es soweit war, gab es viele alltägliche Dinge zu bedenken. Sie musste zusehen, dass etwas zu essen auf den Tisch kam und die Rechnungen bezahlt wurden. Poppy lächelte reumütig. *Große Pläne sind schön und gut, aber wie soll ich das Geld für das Nötigste aufbringen?*

„*Mau?*", ertönte eine Stimme zu ihren Füßen.

Poppy lachte, als sie den großen rotgetigerten Kater sah, der ihr um die Beine strich. „Ja, du hast recht, Oren, es sieht im Moment alles ziemlich mau aus."

Der Kater sprang flink auf die hölzerne Werkbank in der Mitte des Raumes und schlängelte sich zwischen den Schalen mit Setzlingen hindurch. Poppy beobachtete ihn besorgt. Für seine Größe bewegte sich Oren sehr behutsam und behände, setzte vorsichtig die Pfoten auf und balancierte mit dem Schwanz. Poppy begann sich zu entspannen, als er zum Ende der Werkbank schlenderte, wo eine einsame Topfpflanze stand. Oren reckte den Hals, um daran zu schnuppern, dann rieb er sein Kinn am Topfrand, wodurch die Pflanze bedenklich ins Wanken geriet.

„Vorsicht!", rief Poppy, machte einen Satz und packte gerade noch rechtzeitig zu.

„*Miau?*" Oren sah sie mit einem schelmischen Glanz in den großen gelben Augen an.

Poppy warf ihm einen tadelnden Blick zu, dann trug sie den Topf ans andere Ende des Gewächshauses. Sie stellte ihn auf einem Regal ab, trat einen Schritt zurück und betrachtete liebevoll die kleinen Stängel und Blätter, die aus dem blauen Porzellantopf ragten. Die Experten hatten sie gewarnt, es sei unmöglich, in England Gardenien zu züchten, da diese aus dem tropischen Asien stammenden Pflanzen bei den niedrigen Temperaturen nicht gut gedeihen und blühen konnten. Als sie jedoch vor ein paar Wochen die kleine *Gardenia jasminoides* im Gartencenter im Angebot sah, konnte sie nicht widerstehen. Mit ihren betörend duftenden, cremeweißen Blüten und den glänzend grünen Blättern war sie eine der schönsten Pflanzen, die sie je gesehen hatte.

Seitdem verhätschelte sie die kleine Gardenie wie ein verwöhntes Haustier, gab ihr einen Ehrenplatz im Gewächshaus, drehte sie jeden Tag gewissenhaft um, damit sie von allen Seiten gleichmäßig Licht bekam, und goss sie mit größter Sorgfalt. Leider waren die schönen Blüten kurz nach dem Kauf verblüht, doch zu ihrer Freude hatte sie noch ein paar ungeöffnete Knospen entdeckt. Als Poppy nun aufgeregt nachsah, ob sie sich allmählich entfalteten, musste sie feststellen, dass einige Knospen abgefallen waren und verschrumpelt und vertrocknet im Blumentopf lagen.

„Oh nein!", rief sie entsetzt. Stirnrunzelnd nahm sie eine Knospe in die Hand und betrachtete sie genauer. Warum waren sie abgefallen? Hatte sie etwas falsch gemacht?

Doch es kam noch schlimmer: Einige der unteren Blätter hatten eine bedenkliche Gelbfärbung angenommen. Vorsichtig drehte sie eins so, dass sie die Unterseite auf Parasiten oder Anzeichen einer Pilzinfektion untersuchen konnte, entdeckte jedoch nichts - die wachsartige Oberfläche war sauber und makellos und die Blätter waren weder vertrocknet noch verwelkt. Und doch hatten sie diesen kränklichen Gelbstich.

Poppy war todunglücklich. Es hatte alles so vielversprechend ausgesehen! Vielleicht hätte sie den Rat der erfahrenen Gärtner beherzigen und die Finger von der Gardenien lassen sollen. Es war dumm und naiv von ihr, zu glauben, dass sie Erfolg haben könnte, wo andere versagt hatten. Sie überlegte, ob die Pflanze Wasser brauchte, doch als sie einen Finger in die Erde des Topfes steckte, war diese noch feucht. Eins hatte sie inzwischen gelernt: Zu viel Feuchtigkeit war das Schlimmste, was einer Pflanze passieren konnte. Also griff sie nicht zur Gießkanne, sondern stellte die Gardenie an ein Fenster, wo sie reichlich Sonnenlicht abbekam, und hoffte, dass sie sich bis zum nächsten Tag erholen würde.

„Mi-auuu? Mi-auuu?"

Oren saß neben dem Eimer mit Seifenlauge und sah sie mit seinen großen gelben Augen an. Poppy ging zu ihm und sagte mit einem schiefen Lächeln: „Ja, du hast recht, Oren - ich mache mich jetzt besser wieder an die Arbeit."

Sie hatte jedoch kaum angefangen, als ihr Handy klingelte. Poppy ließ den Schwamm in den Eimer fallen und angelte mit feuchten Fingern das Telefon aus der Hosentasche. Ein Blick auf das Display reichte, um ihr endgültig die Laune zu verhageln. Es war Hubert Leach, ein Mitglied ihrer lange verschollenen Familie, auf das sie allerdings gut und gerne hätte verzichten können. Ihr entfernter Cousin war ein schrecklicher Angeber, außerdem hatte er keine Manieren und war hinterlistig und geldgierig. Wenn er sie anrief, verhieß das nichts Gutes.

„Cousine Poppy!", ertönte Huberts einschmeichelnde Stimme. „Wie geht es uns heute?"

„Mir geht's gut, Hubert. Und dir?", fragte Poppy vorsichtig.

„Ach, du weißt schon ... immer viel um die Ohren. Als Immobilienmakler hat man kaum eine ruhige Minute. Wir haben viele gewerbliche Mietobjekte neu auf dem Markt, das hält uns auf Trab - aber ich nehme an, dass deine Freundin Nell dir alles darüber erzählt hat, wir haben ihr ja die Reinigung einiger Objekte übertragen. Wie gefällt ihr die Arbeit bei uns?"

„Äh ... sie ist sehr zufrieden."

„Das freut mich zu hören. Es ist heutzutage schwer, einen guten Job zu finden, vor allem, wenn man schon etwas – na sagen wir - älter ist, wie deine liebe Freundin, deshalb war ich froh, ihr zu einer festen Stelle verhelfen zu können."

Angesichts dieser bedeutungsschwangeren Worte hatte Poppy eine böse Vorahnung. „Ja, sie ist dir sehr dankbar, dass du sie eingestellt hast."

„Nun, wir hatten eine kleine Gegenleistung vereinbart, wie du dich sicher erinnerst?"

Poppy wappnete sich insgeheim. *Jetzt kommt's.*

Wie so oft fragte sie sich, ob sie ihr unbedachtes Versprechen eines Tages bereuen würde, ihrem Cousin einen nicht näher bezeichneten Gefallen zu tun, wenn er ihrer Freundin Nell einen Job verschaffte. Damals hatte sie keinen Moment gezögert. Nell war so etwas wie ihre Ersatzmutter und Poppy war zu allem bereit, wenn sie ihr nur helfen konnte, nachdem sie in London ihre Stelle als Putzfrau verloren hatte. Mittlerweile wohnte Nell bei ihr in Hollyhock Cottage und hatte in Bunnington Freundschaften geschlossen. Sie liebte ihre neue Stelle … aber vor diesem Anruf von Hubert hatte sich Poppy schon lange gefürchtet.

„Ja, natürlich, ich erinnere mich. Worum geht's, Hubert?"

Er kicherte nervös. „Ach, nichts Besonderes, nur eine kleine Gefälligkeit. Weißt du, ich bin morgen Abend zu einer Party von David Nowak eingeladen – der Name sagt dir doch etwas?"

„Ja, natürlich. Ihm gehören die Róża-Gartencenter, eine der größten Ketten des Landes", antwortete Poppy, die weder den Neid noch den Ärger in ihrer Stimme verbergen konnte. Sie war zwar erst vor Kurzem in die Gartenbaubranche eingestiegen, wusste aber schon genug um die Probleme der vielen kleinen, unabhängigen Gärtnereien, die von den großen Gartencentern verdrängt wurden. „Er ist so etwas wie die Bunningtoner Erfolgsgeschichte, nicht wahr? Soweit ich weiß, ist er als Kind einer armen polnischen Einwandererfamilie im Dorf aufgewachsen und hat es trotz seiner lückenhaften Schulbildung geschafft, ein milliardenschweres Unternehmen aufzubauen."

„Ja, und das ist längst nicht alles! Der Mann steht in der Sunday-Times-Liste der reichsten Männer Englands ziemlich weit oben! Er hat zwei Jahre hintereinander den Top Brit Entrepreneur Award gewonnen und hat wahrscheinlich seine Finger in allen Unternehmen, die in Oxfordshire ansässig sind. Letztes Jahr hat er Chatswood House gekauft, ein Herrenhaus in der Nähe von Bunnington. Ihm standen auch einige ansehnliche Häuser in London zur Auswahl, aber er sagte, er wolle zu seinen Wurzeln zurückkehren."

„Wie nett von ihm."

„Das hat nichts mit Nettigkeit zu tun", meinte Hubert spöttisch. „Dieser Nowak ist ein schlaues Kerlchen: Er hat das Haus zu einem Spottpreis erworben, weil die Vorbesitzer es sich nicht leisten konnten, den alten Kasten instand zu halten. Er hat zahlreiche Verbesserungen und Renovierungen vornehmen lassen, der Wert des Anwesens hat sich dadurch inzwischen verdoppelt."

Poppy konnte förmlich sehen, wie Hubert sich die Hände rieb. Ob er hoffte, dass Nowak sein neu erworbenes Haus auf den Markt bringen und Leach Properties mit den Verkaufsverhandlungen beauftragen würde?

„Chatswood House", fuhr Hubert fort, „ist berühmt für seine wunderschöne alte Orangerie, die an der Rückseite des Herrenhauses angebaut ist."

„Eine Orangerie? Das ist so etwas wie ein Gewächshaus für Orangen, nicht wahr?"

„Oh, eine Orangerie ist viel mehr als ein Gewächshaus und es wachsen auch nicht nur Orangen darin!", erklärte Hubert mit einem herablassenden Lachen. „Du kannst sie dir wie einen großen, eleganten Wintergarten vorstellten. Ursprünglich wurden sie von Italienern gebaut, um alle Arten von Zitruspflanzen überwintern zu lassen. Die königliche Familie war hellauf begeistert und hat sie überall hochgezogen. Warst du schon mal in der Orangerie im Kensington Palace? Oder in der im Botanischen Garten in Kew?"

„Nein, leider nicht, aber irgendwann werde ich es hoffentlich schaffen."

„Die Orangerie von Chatswood House könnte es mit jeder dieser berühmten Orangerien aufnehmen. Sie ist zwar nicht so groß, aber ziemlich schick. Natürlich war sie völlig heruntergekommen und baufällig und musste gründlich renoviert werden. Nowak hat eine Menge Geld in die Restaurierung gesteckt. Das ist der offizielle Grund für die Party: Die Renovierung wurde gerade abgeschlossen, und das will er feiern. Wenn du mich fragst, ist es gleichzeitig als eine clevere Spendensammelaktion gedacht. Ich wette, er denkt an seinen Wahlkampf im nächsten Jahr – du weißt doch, dass er fürs Unterhaus kandidiert? Eine Party ist eine gute Gelegenheit, um mit der lokalen Prominenz zu plaudern."

„Und du bist zu dieser Party eingeladen?" Poppy wünschte, Hubert würde allmählich zur Sache kommen.

„Natürlich." Seine Stimme klang äußerst selbstzufrieden. „Als einer der führenden Immobilienmakler in Oxfordshire stehe ich ganz oben auf der Gästeliste."

Da hast du dich wohl eher reingeschmuggelt, dachte Poppy. Dann ließ sie vor Überraschung fast den Hörer fallen, als Hubert gewandt hinzufügte: „Und ich möchte, dass du mich als mein Date begleitest."

„Ich?", sagte Poppy verblüfft.

„Ja, du sollst für einen Abend so tun, als wärst du meine Freundin."

„Was? Warum?"

„Ja, also … als ich mich letztens mit Nowak unterhielt, habe ich sozusagen angedeutet, dass … nun ja, dass ich eine Freundin habe – also, eine richtige Freundin. Du weißt ja, wie das ist, alle standen herum und redeten über ihre Frauen oder Partnerinnen, und da wollte ich nicht dumm dastehen."

Poppy konnte sich gut vorstellen, wie Hubert mit seiner Vorliebe für Angeberei eine imaginäre Freundin erfunden hatte, nur um vor den anderen das Gesicht zu wahren. Trotzdem begriff sie nicht, warum er ausgerechnet sie als seine Freundin ausgeben wollte. Dass sie und Hubert einander nahestanden, konnte man nun wirklich nicht behaupten! Seit sie nach Bunnington gezogen war, hatten sie sich nur ein paarmal gesehen und sicher würde selbst ihr schleimiger Cousin in seinem Freundeskreis eine Frau finden, die bereit wäre, einen Abend lang seine Angebetete zu spielen.

„Das ist doch nicht alles", sagte sie misstrauisch. „Du verschweigst mir etwas."

Huberts Antwort kam verdächtig schnell. „Blödsinn!", lachte er. „Ich bitte dich nur, dich ein bisschen schick zu machen und auf ein paar Cocktails und Kanapees mitzukommen. Das ist doch nicht zu viel verlangt, oder?"

Poppy zögerte. Irgendwo als Huberts Date aufzutauchen war das Letzte, was sie wollte. Andererseits ... wenn das alles war, was er als Gegenleistung verlangte, wäre es eine einfache Möglichkeit, ihre Verpflichtung ihm gegenüber zu erfüllen.

„Was ist mit der Kleiderordnung? Wenn es eine sehr förmliche Angelegenheit ist, habe ich nichts Passendes anzuziehen."

„Oh, das ist kein Problem! Es soll eine Art Kostümball sein. Warte mal kurz." Poppy hörte ihn mit Papier rascheln. „Hier ist es - auf der Einladung steht, die Gäste sollen im ‚Vintage Cocktail'-Stil kommen. Warum kommst du nicht nach Oxford und siehst dich im Ballroom Emporium in der Cowley Road um? Der Laden ist berühmt für seine Vintage-Klamotten – er liefert sogar Kostüme für

Fernsehproduktionen. Da kannst du dir was Hübsches aussuchen – auf meine Rechnung.“

Poppy traute ihren Ohren kaum. Seit wann bot Hubert an, etwas zu bezahlen? Er war nicht gerade für seine Großzügigkeit bekannt. „Du treibst einen derartigen Aufwand, nur um Nowak zu überzeugen, dass du eine Freundin hast? Wäre es nicht einfacher, ihm zu sagen, dass du dich von ihr getrennt hast oder so? Was verschweigst du mir?“, fragte sie misstrauisch.

„Nichts!“, beteuerte Hubert. „Sieh mal, alle Männer kommen mit irgendeiner Tussi im Schlepptau zu diesen Veranstaltungen, und ich will nicht der Einzige sein, der allein herumsteht, okay?“ Seine Stimme zitterte leicht. „Ich ... ich will nicht, dass sie mich für einen traurigen Trottel halten, der keine abkriegt.“

Seine Worte stimmten Poppy ein wenig gnädiger. Vielleicht war sie paranoid und ungerecht. Schließlich war Hubert trotz all seiner Fehler immer noch ein Mensch, und auch er durchlebte Zeiten, in denen er sich einsam und abgewiesen fühlte.

„Also gut“, sagte sie mit einem Seufzer.

„Fantastisch!“ Huberts gute Laune war sofort wiederhergestellt. „Die Party beginnt um sechs, also hole ich dich gegen halb sechs ab.“

„Okay, ich werde bereit sein.“ Poppy beendete das Gespräch und starrte nachdenklich auf ihr Telefon. Trotz allem hatte sie das ungute Gefühl, gerade einen sehr großen Fehler gemacht zu haben ...

Kapitel 2

„Oh, hallo Poppy, hast du etwas Schönes gefunden? Dann zeig mal her! Hoffentlich kein langweiliges schwarzes Kleid – das klassische Kleine Schwarze ist natürlich praktisch und es würde deiner Figur schmeicheln, aber ich finde, ein junges Mädchen wie du muss hübsche Farben und Rüschen und Glitzer tragen - wie willst du sonst je einen Mann finden? Man sagt, dass Männer sich von leuchtenden Farben angezogen fühlen, vor allem von Rot. Irgendwelche Wissenschaftler haben bei Partnervermittlungen im Internet geforscht und herausgefunden, dass Frauen, die auf ihren Fotos etwas Rotes anhatten, viel häufiger kontaktiert wurden als solche, die triste Farben trugen.“

Poppy schloss die Haustür von Hollyhock Cottage

und lächelte der grauhaarigen Frau mittleren Alters zu, die aus der Küche gekommen war, um sie zu begrüßen. Sie hatte Nell Hopkins kennengelernt, als sie mit ihrer Mutter in ihrem kleinen Londoner Stadthaus zur Untermiete wohnte. Poppy war ihr damals sehr dankbar gewesen, nicht nur für die günstige Unterkunft, sondern auch für Nells Hilfe während der Krankheit ihrer Mutter. Die freundliche Vermieterin mit ihrer fürsorglichen Art hatte sich aufopferungsvoll um Holly Lancaster gekümmert, und nach Hollys Tod war Nell eine große Stütze für Poppy gewesen, die plötzlich allein dastand.

Jetzt lachte sie und sagte: „Keine Sorge, Nell, es ist kein schwarzes Kleid. Außerdem leihe ich mir es nur für den Abend - und Hubert zahlt die Rechnung, also brauchte ich nicht so sehr auf den Preis zu achten. Ich habe ein wunderschönes Cocktailkleid aus den 1920er-Jahren in einem goldenen Champagnerton gefunden. Und sogar passende Schuhe."

„Na, dann lass mal sehen!", drängte Nell, deren runde Apfelbäckchen vor Aufregung glühten.

Kurze Zeit später stand Poppy in ihrem Schlafzimmer und vollführte eine Pirouette, damit ihre alte Freundin das Kleid von allen Seiten bewundern konnte.

„Oh, mein Gott, Poppy, du siehst wunderschön aus." Nells Augen leuchteten vor Freude.

„Ja, es ist wirklich hübsch, nicht wahr?" Poppy betrachtete sich im Spiegel und strich wehmütig den

Rock glatt. „Ich wünschte, ich müsste es nicht zurückgeben. Ein solches Kleid hatte ich noch nie."

„Hast du ein paar schöne Schmuckstücke, die du dazu tragen könntest? Eine Perlenkette oder vielleicht ein paar Ohrhänger würden sehr gut zu dem runden Ausschnitt passen."

Poppy schüttelte lachend den Kopf. „Nell! Woher soll ich denn eine Perlenkette nehmen? Nein, so etwas habe ich nicht - ich werde mich mit den kleinen goldenen Ohrsteckern begnügen müssen, die Mum immer getragen hat."

Sie betrachtete sich wieder im Spiegel und rieb sich stirnrunzelnd die nackten Arme. „Wie dumm, dass ich nicht daran gedacht habe, mich im Ballroom Emporium nach einem passenden Schultertuch umzusehen. Für unterwegs kann ich den Mantel anziehen, aber den muss ich irgendwo ablegen, wenn wir da sind. Und die einzige Strickjacke, die ich habe, ist ein bisschen zerfleddert und hat außerdem die falsche Farbe."

„Ja, du hast recht. Um diese Jahreszeit ist es ein bisschen kühl für ein ärmelloses Kleid." Nell neigte nachdenklich den Kopf zur Seite. Dann schnippte sie mit den Fingern. „Ich glaube, ich habe genau das Richtige für dich!" Sie lief den Flur entlang zu ihrem Schlafzimmer und kam gleich darauf mit etwas Blassem, Seidigen in der Hand wieder.

„Hier – damit frierst du nicht an den Armen und sie passen perfekt zum Kleid. Los, zieh sie an."

Nell drückte ihr ein Paar Abendhandschuhe aus

Satin in die Hand. Sie reichten bis zum Ellbogen und waren wahrscheinlich früher weiß gewesen; inzwischen hatten sie eine sanfte gleichmäßige Elfenbeintönung angenommen. Obwohl die Ränder leicht angestoßen waren, wenn man ganz genau hinsah, strahlten die Handschuhe noch immer eine zeitlose Eleganz aus.

Poppy strich ehrfürchtig über den seidigen Stoff. „Sie sind wunderschön", hauchte sie.

„Sie haben meiner Mutter gehört", erklärte Nell. „Sie hat sie mir geschenkt, als ich eine junge Frau war, aber ich hatte bisher keine Gelegenheit, sie zu tragen."

„Oh, ich kann doch nicht -"

„Unsinn! Ich würde mich freuen, wenn sie endlich gebraucht würden. Na los, zieh sie an", drängte Nell erneut.

Vorsichtig streifte Poppy die Satinhandschuhe über, dann betrachtete sie sich noch einmal im Spiegel. Nell hatte recht: Die Handschuhe waren das ideale Accessoire, das ihr Outfit vervollständigte.

„Sehr schön, aber meinst du nicht, ich sehe damit komisch aus?", fragte sie besorgt. „Handschuhe sind ein bisschen altmodisch, niemand trägt sie mehr, außer vielleicht zu ganz förmlichen Gelegenheiten mit Frack und allem Drum und Dran. Was, wenn ich albern aussehe und alle über mich lachen?"

„Auf der Einladung stand doch ‚Vintage Cocktail', oder nicht?", wandte Nell ein. „Bestimmt tragen viele Damen Handschuhe – mehr ‚vintage' geht eigentlich nicht. Oh, ich bin so gespannt, was du morgen Abend erzählst! Es ist ausgesprochen nett von Hubert, dich einzuladen. Weißt du, meine Liebe, ich wollte es ja nicht sagen, weil er dein Verwandter ist, aber ich konnte Hubert noch nie besonders leiden. Natürlich war es sehr großzügig von ihm, mir einen Job anzubieten, nur ich dachte immer, er ist ein bisschen ... na ja, egal. Offensichtlich habe ich mich geirrt und er ist eine gute Seele."

Poppy hielt die bissige Bemerkung mit Mühe zurück, die ihr in den Sinn kam, und ihr Lächeln fiel ein wenig gezwungen aus.

„Und vielleicht lernst du auf der Party jemanden kennen! Einen netten jungen Mann aus einer wohlhabenden Familie, der dein Herz im Sturm erobert und dich zu einem Wochenende zu zweit nach Paris einlädt. Und vielleicht macht er dir unter dem Eiffelturm einen Heiratsantrag - ich habe gehört, dass das sehr romantisch sein soll - und dann könnt ihr eure Flitterwochen in Italien verbringen -"

„Nell!", rief Poppy. Sie wusste nicht, ob sie lachen oder weinen sollte. Manchmal übertrieb es Nell mit ihrer Vorliebe für Liebesromane. Poppy konnte noch so oft auf die Unabhängigkeit der modernen Frau verweisen - ihre Freundin war überzeugt, dass Poppy erst richtig glücklich sein würde, wenn sie ihren Seelenverwandten gefunden hatte. Natürlich konnte sie Nell kaum die Wahrheit sagen - dass sie als Hubert Leachs „Freundin" zu der Party ging und somit ihre Chancen, der Liebe ihres Lebens zu begegnen, ziemlich schlecht standen. Also war es das Beste, das Thema zu wechseln.

„Danke für die Handschuhe", sagte sie, zog sie vorsichtig aus und legte sie auf das Bett. „Ich werde sehr gut auf sie aufpassen."

„Und was ist mit deiner Handtasche?", fragte Nell und hob Poppys abgenutzte Ledertasche vom Stuhl neben dem Bett auf. „Du wirst doch nicht dieses alte Ding mitnehmen?"

Die Tasche kippte zur Seite, als Nell sie aufhob, und eine aufgerollte Zeitschrift fiel heraus. Nell schnaubte, als sie das Titelblatt sah, das den neuesten Klatsch und Tratsch über Hollywood-Schauspieler, Rockstars und andere Berühmtheiten versprach.

„Poppy! Hast du wieder Geld für Zeitschriften verschwendet?"

„Sie ... sie war im Sonderangebot", log Poppy und riss Nell die Zeitschrift aus der Hand.

„Poppy, Liebes ..." Die ältere Frau sah sie traurig an. „Auf diese Weise wirst du ihn nicht finden, weißt du."

„Von wem sprichst du?", fragte Poppy, als wüsste sie von nichts.

„Von deinem Vater."

Poppy errötete. „Wie kommst du darauf, dass ich ihn suche? Ich fand nur ein paar Artikel interessant." Eilig rollte sie die Zeitschrift zusammen und steckte sie zurück in die Handtasche.

„Poppy ... Ist das wirklich so wichtig?"

Poppy biss sich auf die Lippe. „Ich kann es nicht erklären, Nell, ich habe das Gefühl, wenn ich ihn endlich finde, dann ... dann wäre alles in Ordnung, weißt du? Als könnte ich besser mit den Dingen umgehen und ..."

„Blödsinn! Dein Vater war nie Teil deines Lebens und du bist bis jetzt gut ohne ihn zurechtgekommen."

„Aber jetzt ist es anders! Bis vor Kurzem war ich immer mit Mum zusammen und sie hat mich irgendwie definiert, verstehst du? Ich war Holly Lancasters Tochter. Mein Leben drehte sich um sie. Sie hatte ständig verrückte neue Ideen - sie war so kreativ, ein sorgloser, unbeschwerter Geist. Ich dagegen war die Gewöhnliche, die mit dem langweilen braunen Haar und nicht mit dem schönen honigblonden wie Mum. Ich war die Praktische, Unscheinbare -"

„Ach, Unsinn!", schnaubte Nell. „Du weißt, dass ich deine Mutter geliebt habe, aber ich habe auch ihre Schwächen gesehen. Kreativ, sorglos und unbeschwert heißt nichts anderes als impulsiv und verantwortungslos. Ich weiß, dass sie glaubte, das Beste für dich zu tun, nur war das wirklich keine Art, ein Kind großzuziehen. Sie hat dich von einem Ort zum anderen geschleppt, quer durchs ganze Land, wann immer es ihr langweilig wurde und sie einen Tapetenwechsel brauchte. Sie hat dir nie die Chance gegeben, Wurzeln zu schlagen und Freundschaften zu schließen; sie hat sich geweigert, ihren Stolz zu überwinden und sich mit deiner Großmutter zu versöhnen, damit du eine Familie hast -"

„Oh, das hat mir nichts ausgemacht", wandte Poppy schnell ein. „Ich meine, das Leben mit Mum war bunt und aufregend. Für mich war sie ... überlebensgroß! Sie hat immer gesagt, dass wir niemand anderen brauchen, und solange sie da war, fühlte es sich wirklich so an."

Poppy schwieg einen Moment und fuhr dann mit leiser Stimme fort: „Aber jetzt, wo sie nicht mehr da ist, fühle ich mich irgendwie verloren. Die meisten Menschen haben etwas, das ihnen hilft, sich zu definieren, sich irgendwo einzuordnen. Sie wissen, wer ihre Eltern sind, aus welchem Umfeld sie kommen. Wie soll ich herausfinden, wer ich bin, wenn ich nicht -"

„Du bist das, was du aus dir machst", unterbrach Nell sie ungeduldig. „Du brauchst weder deine Familiengeschichte noch sonst etwas, um zu wissen, was für ein Mensch du sein willst. Es gibt eine Menge Leute, die ihre Vergangenheit ablegen und sich ganz neu erfinden." Sie tätschelte Poppy die Hand. „Du musst nur an dich selbst glauben, meine Liebe, und - was ist das?"

Erschrocken drehte sich Poppy um. Sie folgte Nells Blick, die auf das Fensterbrett starrte. „Was ist was? Ach, das? Ein bisschen Staub, glaube ich."

„Staub?" Nell verstand es als persönliche Beleidigung, dass ein Staubkorn es wagte, in ihr makelloses Reich einzudringen. Sie strich stirnrunzelnd über die verdächtige Stelle. „Ich habe es erst heute Morgen abgewischt! Meine Staubtücher taugen nichts, ich sollte auf eine andere Marke umsteigen. Ich hole einen Lappen und wische noch einmal ordentlich nach."

Als ihre Freundin vor sich hinmurmelnd hinausging, warf Poppy einen schuldbewussten Blick auf die Zeitschrift, die halb aus ihrer Tasche ragte. Sie wusste, dass es albern war, stundenlang in diesen Magazinen zu blättern und die Gesichter der alternden Rockstars eingehend zu mustern, in der Hoffnung, einen zu finden, der ihr wenigstens ein bisschen ähnlich sah - aber sie konnte einfach nicht anders. Vielleicht würde sie ihren Vater eines Tages finden, wenn sie weitersuchte.

Kapitel 3

Poppy schaute sich nervös um, als sie in der breiten, kreisförmigen Einfahrt vor dem imposanten Landhaus aus dem Taxi stieg. Nacheinander hielten weitere Wagen und entluden immer mehr Partygäste in den unterschiedlichsten Kostümen. An historischen Epochen war fast alles vertreten: Da waren Glockenhüte und Flapper-Kleider aus den 1920er-Jahren, viktorianische Spitzenrüschen und Tornüren, Schlaghosen aus den 1970ern und Disco-Shirts und sogar Kleider im Empire-Stil für die Damen und seidene Kniebundhosen für die Herren, wie sie in der Regency-Ära üblich gewesen waren. Samt und Seide und funkelnder Schmuck, wohin sie auch blickte – Poppy hatte plötzlich das Gefühl, fehl am Platz zu sein. Sie zupfte den Rand ihrer

Satinhandschuhe höher und stellte dann erleichtert fest, dass Nell recht gehabt hatte: Die meisten anderen Frauen trugen ebenfalls Handschuhe - und sogar einige der Männer. Das stärkte ihr Selbstvertrauen ein wenig. Sie holte tief Luft und hakte sich bei Hubert unter.

Sie folgten den anderen Gästen, die das Haus nicht durch die Vordertür betraten, sondern seitlich vorbei zur Rückseite gingen. Der schmale Weg war von Lichterketten erleuchtet, was ihn wie einen verwunschenen Pfad aus einem Märchen erscheinen ließ. Leise Streichmusik drang an ihr Ohr, ebenso wie Stimmengewirr und Gelächter. Plötzlich sah sie jemanden aus der entgegengesetzten Richtung kommen und blieb beinahe vor Überraschung stehen.

Es war Joe Fabbri, Gärtner, Schreiner und Mädchen für alles in Bunnington, der seit ihrer Ankunft in Hollyhock Cottage zu einem Freund und Mentor geworden war, so unwahrscheinlich das auch klingen mochte. Bei ihrer ersten Begegnung hatte Joes wortkarge Art sie erschreckt, doch mittlerweile war sie überzeugt, dass sich hinter dem schroffen Auftreten des Mannes ein gutes Herz verbarg. Es war Joe gewesen, der ihr geduldig gezeigt hatte, wie man die rostigen Gartengeräte im Gewächshaus ihrer Großmutter in Ordnung brachte und benutzte. Joe hatte ihr geholfen, den verwilderten Garten zu zähmen und die wuchernden Pflanzen zurückzuschneiden. Er hatte ihr immer zugehört, ohne sie für ihre Unwissenheit zu kritisieren, wenn sie mit einem Problem zu ihm kam. Und er hatte ihr wachsendes Interesse an Setzlingen, Stecklingen und Blumen ruhig und beständig gefördert. Für Poppy war Joe rasch zu einem Ersatz für den Onkel oder Vater geworden, den sie zeit ihres Lebens vermisst hatte - auch wenn er nicht gerade der kuschelige Papa-Typ war.

Als er ihr jetzt mit seinem wettergegerbten, ledrigen Gesicht, dem grauen Pferdeschwanz und der Latzhose mit den Farbspritzern entgegenkam, sah Joe inmitten der glamourösen Gästeschar seltsam unpassend aus. Er hatte eine Werkzeugtasche und eine Trittleiter dabei und ging im Gegensatz zu den Gästen in Richtung Einfahrt. Poppy fragte sich, was Joe auf dem Anwesen machte, und wollte ihm gerade einen Gruß zurufen, als eine dunkelhaarige Frau hinter ihm auftauchte. Sie war etwa fünfzig Jahre alt, hatte ein schmales, knochiges Gesicht mit hochgewölbten Brauen und trug ein reich mit Perlen besetztes Samtkleid, dessen sattes Smaragdgrün durch die Blässe ihrer Haut noch leuchtender erschien. An Ohren und Hals funkelten Diamanten, und sie sah aus, als sollte sie auf einem königlichen Empfang einen Walzer tanzen, statt einem Handwerker auf einem Gartenweg nachzujagen.

„Mr Fabbri! Mr Fabbri!"

Sie holte Joe in dem Moment ein, als er auf einer Höhe mit Poppy angelangt war.

„Mr Fabbri, haben Sie das Spalier repariert? Mir sieht es immer noch etwas schief aus – es könnte umfallen und einen Gast schwer verletzen. Ich weiß wirklich nicht, was Dawn sich dabei gedacht hat! Sie hätte alles überprüfen sollen, nachdem die Veranstalter die Dekorationen angebracht haben!" Die Frau schnaubte gereizt. „David meint, ich sorge mich zu viel, aber eigentlich muss man es selbst machen, wenn es gut werden soll. Das Personal versichert einem zwar immer, alles sei in Ordnung, doch erfahrungsgemäß kann man sich nicht darauf verlassen … und es zeigt sich wieder einmal, dass ich recht hatte! Die Leute pfuschen, wo es nur geht. Wenn ich nicht kurz vor Beginn der Party nachgesehen hätte, wer weiß, was alles hätte passieren können!" Sie musterte Joe von oben bis unten. „Wie ich gehört habe, sind Sie der beste Handwerker in Bunnington – und ich hoffe, Sie machen Ihrem Ruf alle Ehre. Sind Sie sicher, dass das Spalier ordnungsgemäß repariert ist? Ich kann es mir nicht leisten, dass einer der Gäste zu Schaden kommt. Ich warne Sie, Mr Fabbri, ich bestehe darauf, eine vernünftige Leistung für mein Geld zu bekommen, und werde nicht zögern, Sie ein weiteres Mal herzubeordern, wenn etwas nicht in Ordnung ist. Aber Sie waren ziemlich schnell; ich nehme an, es war keine komplizierte Reparatur?"

Endlich hielt sie inne, um Luft zu holen, und sah Joe erwartungsvoll an.

„Schraube locker", sagte er.

Es war nicht klar, ob er damit das Spalier oder die Frau meinte. Poppy grinste. Joes lakonische Antwort schien die Frau zu verwirren, doch bevor Poppy ihr auf die Sprünge helfen konnte, packte Hubert sie am Arm und zerrte sie weiter.

Als sie sich ein Stück von Joe und der kritischen Auftraggeberin entfernt hatten, flüsterte er ihr zu: „Übrigens heißt du heute Abend nicht Poppy, sondern Christelle."

Poppy starrte ihn ungläubig an. „Wie bitte?"

„Das ist der Name, den ich Nowak genannt habe, als ich ihm von meiner Freundin erzählt habe."

„Von einem falschen Namen hast du mir nichts gesagt." Poppy runzelte die Stirn.

„Das macht doch nichts, oder? Es ist ja nur für einen Abend – du heißt also nicht Poppy Lancaster, sondern Christelle Bellini, meine Freundin."

„Wie bitte? Bellini?", stotterte Poppy. „Was ist das denn für ein Name?"

„Wieso? Das ist doch ein sehr schöner Name", wehrte Hubert ab.

„Außerdem ist es ein berühmter Cocktail! Konntest du dir nicht etwas einfallen lassen, das nicht aus Prosecco und Pfirsichen besteht?"

„Hör zu, ich wollte etwas, das sexy und italienisch klingt, und etwas anderes ist mir auf die Schnelle nicht eingefallen, okay?"

Poppy seufzte. Vermutlich sollte sie froh sein, dass er sich nicht für Ferrari oder Versace entschieden hatte. Sie strich ihr Kleid glatt, holte tief

Luft und folgte Hubert den Weg entlang, der zwischen ordentlich gestutzten Sträuchern hindurch zu einer breiten Steinterrasse führte. Poppy hielt überrascht die Luft an. Auf der einen Seite blickte man von der Terrasse in einen ummauerten Garten, in dem duftende Kräuter, knorrige Olivenbäume, Bougainvillea-Ranken und farbenfrohen Geranien in Terrakottatöpfen im mediterranen Stil wuchsen.

Auf der gegenüberliegenden Seite wurde die Terrasse von etwas flankiert, das Poppy erst für die Rückseite des Hauses hielt, doch dann erkannte sie, dass es sich um ein langgestrecktes Gebäude handelte, das an das Haupthaus angebaut war. Es war die Orangerie. Poppy betrachtete sie voller Ehrfurcht. In der einsetzenden Dämmerung erstrahlte das Gebäude in einem goldenen Glanz, der die elegante Pracht der Konstruktion betonte. Sie war im englischen Barockstil erbaut, die Wände bestanden aus riesigen Bogenfenstern und ein gläsernes Laternendach bildete die Krönung. Die Orangerie war liebevoll restauriert worden und glich nun eher einem prächtigen Ballsaal als einem schicken Gewächshaus.

Im Innern war sie jedoch mit einer üppigen Auswahl an Pflanzen bestückt, wie Poppy zu ihrer Freude feststellte. Ihrer Meinung nach hatten die Organisatoren der Veranstaltung ganze Arbeit geleistet und die Orangerie in eine ruhige, grüne Oase verwandelt, die gleichzeitig einen luxuriösen Rahmen für eine High-Society-Party bot. Angesichts der schön geschnittenen kleinen Orangenbäume in ihren Terrakottatöpfen und des üppigen Grüns, das in perfekt im Raum platzierten Behältern wuchs, vergaß Poppy die herbstliche Kühle und den grauen Himmel draußen. Es gab sogar hölzerne Spaliere, die an den Wänden der Orangerie befestigt waren und an denen sich elegante Kletterpflanzen emporrankten. Eines der Gitter war zweifellos der Grund für Joe Fabbris überstürzten Besuch gewesen, und für Poppy sahen sie alle stabil und sicher aus.

An einem Ende der Orangerie spielte ein Streichquartett beliebte Klassikstücke, während am anderen Ende ein Bartender eine Cocktailbar betreute. In der Mitte konnten sich die Gäste in Grüppchen zusammenfinden und plaudern, während uniformierte Kellner Champagner und Kanapees reichten.

Poppy war noch nie bei einem so glamourösen Fest gewesen, und einen Moment lang fühlte sie sich wie Aschenputtel bei der Ankunft auf dem Ball. Als Hubert sie bei sich unterhakte, wurde sie mit einem Schlag auf den Boden der Tatsachen zurückgeholt. Ihr entfernter Cousin war sicherlich kein Märchenprinz! Er zog sie zu einer Gruppe von Gästen und stellte sie mit selbstgefälligem Lächeln als seine Freundin Christelle Bellini vor. Poppy musste sich zusammenreißen, um ihn nicht zu korrigieren. Sie fühlte sich überhaupt nicht wohl in ihrer Haut.

Aber es ist ja nur für einen Abend, dachte sie sich.

Und außerdem kennt mich hier sowieso niemand.

Dann tat ihr Herz einen Satz, als sie ein ungläubiges Kichern hörte, gefolgt von einer unverkennbaren tiefen Männerstimme: „Freut mich, Ihre Bekanntschaft zu machen, Christelle. Wissen Sie, ich habe das seltsame Gefühl, dass wir uns schon einmal begegnet sind."

Entgeistert sah Poppy, wie sich ein großer, dunkelhaariger Mann durch die Gruppe nach vorne schob und ihr mit einem amüsierten Schimmer in den Augen die Hand reichte. Es war Nick Forrest, seines Zeichens Krimiautor, Besitzer eines getigerten Katers namens Oren und ihr Nachbar, der direkt neben Hollyhock Cottage wohnte.

Kapitel 4

Poppy starrte Nick an und überlegte krampfhaft, was sie antworten sollte. Er trug einen Gehrock im viktorianischen Stil mit Krawatte und Zylinder. An Hubert, der sich für ein ähnliches Kostüm entschieden hatte, sah es ziemlich albern aus, doch Nick gelang es, darin elegant und schneidig zu wirken. Man konnte leicht nachvollziehen, warum er landesweit als einer der attraktivsten Krimiautoren galt - obwohl Poppy insgeheim der Überzeugung war, dass seine männliche Ausstrahlung vor allem mit seiner ständigen schlechten Laune zu tun hatte! Heute Abend jedoch schien er ausnahmsweise bester Stimmung zu sein und grinste sie boshaft an, während er auf ihre Antwort wartete.

„Ich ... ähm ...", stammelte Poppy.

„Hallo Nick, schön, dich hier zu sehen! Und wer ist diese reizende junge Dame, die du in Beschlag nimmst?"

Ein kleiner Mann mit Glatze trat zu ihnen. Er trug einen Nadelstreifenanzug aus der edwardianischen Zeit und schwenkte ein elegantes Spazierstöckchen.

Poppy erkannte ihn von den Fotos in den Medien: Es war David Nowak, ein Geschäftsmann mit ernster Miene und einem ruhigen, fast servilen Auftreten, das eher an einen freundlichen Bibliothekar als an einen milliardenschweren Unternehmer erinnerte. Er streckte Poppy die Hand entgegen, während er sie neugierig musterte.

„Willkommen auf meiner Party. Ich bin David Nowak. Ich glaube, wir sind einander noch nicht vorgestellt worden."

Poppy brachte kein Wort heraus. Sie war hin und her gerissen zwischen dem Bedürfnis, mit der Wahrheit herauszuplatzen, und dem Versprechen, das sie Hubert gegeben hatte, den Schwindel nicht auffliegen zu lassen.

Sie warf Nick einen raschen Blick zu und hatte für einen Moment den Eindruck, dass er nicht mitspielen würde. Ein Teil von ihr sehnte das Ende dieser lächerlichen Farce herbei, doch nach einem kaum wahrnehmbaren Zögern lächelte Nick und sagte geschmeidig: „Nein, ich hatte noch keine Gelegenheit dazu. Schließlich habe ich ... Christelle selbst gerade erst kennengelernt."

„Christelle? Ein ungewöhnlicher Name." Nowak

schüttelte Poppy lächelnd die Hand.

„Ja, Christelle Bellini! Erinnern Sie sich nicht? Ich habe Ihnen von ihr erzählt", rief Hubert, der sich zwischen Poppy und Nick drängte, Nowaks Hand ergriff und sie begeistert schüttelte.

„Hubert Leach", stellte er sich vor. „Wir haben uns auf der letzten Versammlung des Handelsverbandes unterhalten. Ich bin Immobilienmakler in Oxford und habe mich auf Projektentwicklungen spezialisiert."

„Ah, ja, ich erinnere mich", sagte Nowak vage, während er versuchte, ihm seine Hand zu entwinden.

„Christelle ist mit mir hier", erklärte Hubert strahlend.

Aus den Augenwinkeln sah Poppy, wie Nick stumm die Augenbrauen hob. Kurze Zeit später wurde er von einem Paar mit Beschlag belegt, das seine Bücher in den höchsten Tönen lobte.

Nowak hatte offenbar keine Lust auf eine weitere Unterhaltung mit Hubert, sondern wandte Poppy seine ganze Aufmerksamkeit zu. „Äh, ja, jetzt entsinne ich mich. Mr Leach hat mir eine Menge über Sie erzählt. Ihr Werdegang gleicht dem meinen. Sie haben sich ebenfalls aus eigener Kraft hochgearbeitet, nicht wahr, Miss Bellini? Von Mr Leach weiß ich, dass Sie mit neunzehn Ihre erste Immobilie erstanden und zwei Jahre später mit zahlreichen Bauträgern zusammengearbeitet haben. Eine beachtliche Leistung, mein Respekt. Ich finde es bewundernswert, wenn eine so junge Frau ein derart umfangreiches Portfolio vorweisen kann. Hubert sagte, Sie besitzen eine Reihe von Liegenschaften im Südosten Englands."

Poppy starrte ihn mit offenem Mund an. Hubert kicherte nervös und sagte schnell: „Ja, haha, wirklich bemerkenswert, nicht wahr?"

„Was meinen Sie, Christelle, auf welche Strategie haben Sie am Anfang gesetzt? Eher auf ‚Buy & Lease' oder auf ‚Buy & Sell'?", fragte Nowak interessiert. „Ich persönlich bevorzuge die ‚Buy & Sell'-Strategie, aber bei einem unberechenbaren Markt und vor allem in einer Rezession kann man damit böse auf die Nase fallen. Beim Leasen haben Sie allerdings das Problem mit den Margen. Mieten bringen Ihnen nur zehn Prozent, während ich beim Verkauf mit dreißig Prozent rechne."

Poppy verstand kaum ein Wort. Sie warf Hubert einen bösen Blick zu. Was hatte ihr Cousin über sie als Christelle Bellini zusammenfantasiert? Hubert schluckte hörbar und versuchte hastig, das Thema zu wechseln.

„Oh, ich vermute, Christelles Portfolio ist kaum der Rede wert - im Vergleich zu Ihrem, Mr Nowak. Und dies hier ist sicher Ihr prachtvollstes Objekt." Er machte eine ausladende Handbewegung. „Großartig, wie Sie das hinbekommen haben!"

„Danke. Ja, dieses Projekt ist eine Herzensangelegenheit", erwiderte Nowak und blickte sich lächelnd um. „Als ich die Orangerie gesehen habe, musste ich das Gebäude einfach kaufen, obwohl es in einem beklagenswerten Zustand war."

„Es ist wundervoll geworden", schwärmte Poppy, wobei sie Hubert für einen Moment ausblendete. „Ich war noch nie in einer Orangerie – ehrlich gesagt wusste ich nicht mal ganz genau, was das ist – und diese ist fantastisch."

Nowak lachte. Er fühlte sich offensichtlich geschmeichelt. „Es freut mich, dass sie Ihnen gefällt. Es war mir wichtig, die Orangerie ihrem ursprünglichen Zweck zuzuführen. Leider hat man sie oft zu Restaurants oder Hochzeits-Locations umgebaut, was ich sehr bedauerlich finde. Schließlich wurden Orangerien in erster Linie errichtet, um Zitruspflanzen im Winter vor der Kälte zu schützen. Daher stammt der Name."

„Dieses Gebäude sieht viel zu prunkvoll aus, um Orangenbäume darin unterzustellen."

„Es stimmt, dass sie in Italien zuerst als Unterstand für die empfindlichen Pflanzen gebaut wurden. Aber sie waren bald auch ein Symbol für Prestige und Reichtum. Die wohlhabenden Familien zeigten auf diese Weise, dass sie ihre Gäste selbst im tiefsten Winter in einem schönen Garten bewirten konnten. Bei vielen Orangerien spielte die Ästhetik eine größere Rolle als die gärtnerischen Erwägungen, daher waren sie oft gar nicht so sehr für die Unterbringung von Pflanzen geeignet. Meist waren sie zu dunkel, wissen Sie."

Er deutete auf die massiven Wände und Säulen

um sie herum. „Eine Seite einer Orangerie schließt normalerweise an das Haupthaus an, und die übrigen Wände sind gemauert, nicht aus Glas, wie bei einem Gewächshaus oder Wintergarten. Außerdem lässt das Dach für gewöhnlich nicht genug Licht herein. Aus diesem Grund habe ich die Orangerie nicht originalgetreu wiederaufbauen lassen. Das Oberlicht ist erweitert worden, sodass mehr Licht hereinkommt und ich in Zukunft hoffentlich empfindliche Pflanzen hier unterbringen kann, wie meine Gardeniensammlung."

„Oh, Sie haben Gardenien?", rief Poppy begeistert.

„Ja, in den Kübeln dort drüben sind welche."

Poppy schaute neidisch auf die glänzend grünen Blätter der Pflanzen, von denen einige schneeweiße Blüten trugen. „Die sehen kerngesund aus und blühen sogar! Ich höre immer wieder, dass man in Großbritannien keine Gardenien aufziehen kann, aber das stimmt offensichtlich nicht."

„Nun, es kann tatsächlich schwierig sein", räumte Nowak ein. „Gardenien sind eigentlich nicht robust genug für unsere Winter, auch wenn viele Gärtnereien das behaupten. Die meisten Leute kaufen sie als Zimmerpflanzen, die man entsorgt, wenn sie verblüht sind, so wie Weihnachtssterne. Das ist wirklich schade, obwohl ich verstehe, warum sie es machen." Er schmunzelte. „Gardenien gelten als die Diven unter den Pflanzen. Man muss sie in einem warmen Gewächshaus oder Wintergarten halten, und selbst dann brauchen sie perfekte

Bedingungen, um zu gedeihen. Es ist sehr schwierig, das ideale Zusammenspiel aller Faktoren zu finden."

„Ja, genau das ist mein Problem", sagte Poppy eifrig. „Ich habe seit ein paar Wochen eine kleine Gardenie im Topf und habe mich genau an die Anweisungen in den einschlägigen Büchern gehalten, zum Beispiel dass sie kalkarme, saure Erde und viel Licht braucht, aber keine direkte Sonneneinstrahlung. Trotzdem wirft sie ihre Blütenknospen ab und die Blätter werden gelb!"

Nowak nickte. „Ach, das ist ein typisches Problem bei Gardenien. Sie sind launisch. Sie haben alles richtig gemacht, meine Liebe, nur sollten Sie für eine konstant hohe Luftfeuchtigkeit und ungehinderte Luftzirkulation ohne Zugluft sorgen. Temperaturschwankungen müssen Sie auf jeden Fall vermeiden. Wenn die Temperaturen plötzlich sinken, lassen Gardenien ihre Knospen fallen. Das ist so frustrierend, nachdem man ewig darauf gewartet hat, dass sie blühen und dann -"

„Ja, so war es auch bei mir!", rief Poppy. „Sie hatte viele große, dicke Knospen, die kurz davor waren, sich zu öffnen, aber heute Morgen waren sie alle abgefallen. Ich war am Boden zerstört."

„Sind Sie sicher, dass die Erde nicht zu feucht war? Das mögen Gardenien nicht. Wenn es zu nass ist, murren sie, und wenn sie austrocknen, sind sie damit auch nicht einverstanden."

„Oh nein, ich habe jeden Tag nachgesehen, ob die Erde gleichmäßig feucht ist, und außerdem habe ich mich vergewissert, dass der Topf eine ausreichende Drainage hat."

„Sie scheinen sich gut mit der Pflanzenzucht auszukennen", sagte Nowak mit einem überraschten Lachen. „Sind Sie sicher, dass Sie aus der Immobilienbranche kommen? Sie klingen wie jemand mit Erfahrung im Gärtnern!"

„Aber ich bin gar keine Immo-"

„Ach, Christelle hat sich schon immer für Pflanzen interessiert - als Hobby", mischte sich Hubert ein, nicht ohne ihr einen flehenden Blick zuzuwerfen.

Bevor sie antworten konnte, trat eine Frau zu ihnen. Im Gegensatz zu den meisten anderen Gästen war sie nicht kostümiert, ihr einziges Zugeständnis an das Motto der Party waren ein halblanger Faltenrock, der an die Mode der 1950er-Jahre erinnerte, und ein Paar kurze Spitzenhandschuhe. Einen Moment lang stand sie unschlüssig da, dann legte sie Nowak eine Hand auf den Arm.

„David ...", sagte sie leise.

Nowaks Miene wurde wachsam, als er sie sah.

„Dawn! Was machst du denn hier?" Er musterte rasch die Umstehenden, als suchte er jemanden, bevor er sich wieder der Frau zuwandte.

„Ich weiß, dass ich nicht mehr bei dir beschäftigt bin, aber ich hätte gedacht, dass ich wenigstens einen Blick auf die Party werfen könnte, die ich mit so viel Zeit und Mühe organisiert habe", sagte sie bitter.

Nowak wirkte peinlich berührt. „Dawn -“

„Wir müssen reden, David.“

„Jetzt passt es nicht.“

„Es ist wichtig.“

„Wenn du vors Arbeitsgericht ziehen willst, wende dich bitte an meine Anwälte.“

Dawn schüttelte den Kopf. „Nein, ich muss mit *dir* sprechen.

„Nicht jetzt. Wie du siehst, habe ich Gäste.“ Nach einem flüchtigen Blick auf Poppy und Hubert fuhr er zu der Frau gewandt fort: „Hör zu, warum rufst du nicht morgen an und ich schaue, wann ich mich freimachen kann.“

„Nein, ich muss jetzt mit dir reden“, beharrte Dawn und ihr Ton wurde drängend.

Nowak zögerte. Poppy wusste, dass sie sich taktvoll hätte zurückziehen sollen, denn es war offensichtlich, dass es hier um eine private Angelegenheit ging, aber die Neugierde hatte sie gepackt. Bevor sie jedoch weiter lauschen konnte, zog Hubert sie unsanft zur Seite und zischte ihr ins Ohr: „Was schwafelst du da von Gardenien und saurer Erde und so? Du machst mir alles kaputt! Nowak fragt sich bestimmt, warum du dich anhörst, als hättest du mit Pflanzen und nicht mit Immobilien zu tun.“

„Ich habe nun mal wirklich mit Pflanzen zu tun!“ Sie schüttelte seine Hand ab und sah ihn verärgert an. „Es ist egal, was Nowak denkt! Und überhaupt: Warum geht er davon aus, dass ich in der

Immobilienbranche tätig bin?"

Hubert wich ihrem Blick aus. „Oh, hm, na ja, weil ich ihm gesagt habe, dass du mit Immobilien handelst."

„Was?! Aber das stimmt gar nicht. Warum behauptest du so etwas?" Dann dämmerte es ihr. „Du hast ihm nicht erzählt, ich sei deine Freundin, nicht wahr? Du hast gesagt, ich sei deine Kundin, stimmt's? Wahrscheinlich denkt er, dass alle meine Grundstücksgeschäfte über dich gelaufen sind."

„Hör zu, Nowak schien nicht sonderlich beeindruckt von mir zu sein, als wir uns zum ersten Mal begegnet sind, und ich musste irgendwie seine Aufmerksamkeit erregen, also habe ich … nun ja, ich habe die Dinge nur ein wenig ausgeschmückt, okay?", murmelte Hubert. „Ach, komm, Poppy - erzähl mir nicht, du hättest bei einem Vorstellungsgespräch nicht auch schon ein bisschen geflunkert?"

„Nein, nicht so! Ich habe noch nie versucht, mich als jemand auszugeben, der ich nicht bin", erwiderte Poppy.

„Nowaks Firma hat ein großes Immobiliengeschäft zu vergeben, und ich könnte die Verhandlungen führen, wenn er mich als Makler engagiert. Von der Provision könnte ich für den Rest meines Lebens die Hände in den Schoß legen! An meiner Stelle hättest du das Gleiche getan", behauptete Hubert.

„Du hast mich angelogen – du hast uns beide angelogen", erwiderte Poppy wütend. „Du wusstest genau, dass ich mich nie darauf eingelassen hätte, als deine Kundin aufzutreten, also hast du mich unter Vorspiegelung falscher Tatsachen hierhergelockt. Und ich hatte auch noch Mitleid mit dir! Ich bin heute Abend nur mitgekommen, weil ich dein männliches Ego ein wenig aufpolieren wollte, aber ich werde nicht für dich lügen und dir bei deinen Betrügereien helfen!"

„Nicht so laut!", zischte Hubert und blickte sich verstohlen um. „Wer hat etwas von Betrug gesagt? Jetzt wirst du melodramatisch, findest du nicht? Es ist ja nicht so, als würden wir jemanden über den Tisch ziehen."

„Ach nein? Es ist unaufrichtig und verlogen; es ist so, als würde man falsche Angaben in seinem Lebenslauf machen. Ich werde nicht -"

Sie brach ab, als die Flügeltür zur Orangerie aufflog und ein Mann mittleren Alters mit wiegenden Schritten hereinkam. Er war schlank und drahtig, trug schwarze Jeans, Stiefel und eine Lederweste. Auf seinen bloßen Armen waren einige Tätowierungen zu sehen, ein Bandana hielt das schüttere graue Haar zurück und in einem Ohrläppchen glänzte ein silberner Ohrring.

Aufgeregtes Gemurmel breitete sich aus, als er in die Mitte des Raumes trat und die Hände in die Hüften stemmte. Nowak und Dawn waren verstummt. Der Gastgeber ging auf den Neuankömmling zu, dessen Mund sich zu einem langsamen Lächeln verzog und blendend weiße

Zähne entblößte, die einen auffälligen Kontrast zu seinem gebräunten Gesicht bildeten.

„Hallo, David, nette Party, die du hier veranstaltest. Schade, dass ich die Einladung nicht bekommen habe. Ich nehme an, sie ist in der Post verloren gegangen, oder? Denn du wirst doch deinen ältesten Freund nicht vergessen haben? Oder vielleicht ist er dir jetzt egal, wo du so reich und bedeutend bist?"

Davids Nowaks Augen weiteten sich, als der Mann plötzlich eine Pistole aus seiner Weste zog, sie auf seinen Gastgeber richtete und mit leiser Stimme sagte: „Vielleicht hilft dir das, beim nächsten Mal ein wenig höflicher zu sein."

Kapitel 5

Einen Moment lang herrschte fassungsloses Schweigen, dann begannen die Leute zu kreischen und sich in Panik gegenseitig anzurempeln, als sie versuchten, sich in Deckung zu bringen. Ein junger Mann schubste Poppy zur Seite und packte Nowak am Arm, während er schrie: „Sicherheitsdienst! Rufen Sie den Sicherheitsdienst!"

Plötzlich brach der ungebetene Gast in schallendes Gelächter aus und drückte den Abzug der Pistole. Ein lautes Schnappen war zu hören, etwas Rotes schoss aus der Mündung und entfaltete sich zu einem Stoffstreifen, der zu Boden fiel. „PENG!" stand darauf.

„Reingefallen!", kreischte der Mann vergnügt.

Es war eine alberne Spielzeugpistole! Poppy

entspannte sich. Um sie herum sah sie wütende Gesichter, als die anderen Gäste erkannten, dass der Mann mit dem Bandana ihnen einen Streich gespielt hatte.

„Das ... das ist nicht lustig", stotterte der junge Mann neben Nowak. Mehrere andere Gäste pflichteten ihm laut schimpfend bei.

„Wie können Sie es wagen!"

„Meine Frau hätte beinahe einen Herzinfarkt bekommen!"

„Mit Waffen ist nicht zu spaßen!"

„In dem hektischen Gedränge hätte sich jemand verletzen können!"

Die zornigen Stimmen im Saal wurden lauter, bis Nowak die Hände hob.

„Meine Damen und Herren ... bitte! Ich möchte mich für die Unannehmlichkeiten entschuldigen. Ich bin sicher, mein Freund hat es nicht böse gemeint." Er musterte den Übeltäter mit zusammengepressten Lippen. „Es war ein dummer Scherz, aber ich hoffe, Sie verzeihen ihm seinen Streich und nehmen es mit Humor."

Das Geschrei war verstummt, die Gäste sahen nicht mehr ganz so verärgert aus. Nowak gab den Kellnern ein Zeichen, rasch mehr Sekt heranzuschaffen, und langsam kehrte die gute Laune zurück. Das Streichquartett stimmte zaghaft Vivaldis „Vier Jahreszeiten" an, und die Leute nahmen ihre Unterhaltungen wieder auf.

Der junge Mann neben Nowak ließ sich jedoch

nicht leicht beruhigen. Er winkte die beiden stämmigen Sicherheitsleute heran, die in der Orangerie aufgetaucht waren, und zeigte auf den Mann mit der Spielzeugpistole.

„Das ist er! Ich will, dass er hinausgeworfen wird!"

„Nein, warten Sie." Nowak hob eine Hand. „Es ist alles in Ordnung, Stuart", sagte er zu dem jungen Mann gewandt. „Das ist kein Einbrecher, das ist mein alter Freund Rick Zova. Er war in den Achtzigern und Neunzigern Frontmann einer Rockband – aber das war sicher vor Ihrer Zeit."

„Ich höre keine Rock- oder Popmusik oder irgendetwas in der Art", erwiderte der junge Mann mit abschätziger Miene. „Ich bevorzuge Classic FM."

„Ah, ja ..." Nowak wirkte leicht verblüfft. „Ich kümmere mich jetzt um Mr Zova. Vielleicht könnten Sie nach Mrs Nowak sehen? Ich weiß, dass sie sich Sorgen wegen eines kaputten Spaliers gemacht hat. Vielleicht bespricht sie sich noch mit dem Handwerker?"

Mit einem weiteren missbilligenden Blick drehte sich der junge Mann um und ging mit kerzengeradem Rücken davon. Rick Zova gab einen leisen Pfiff von sich, als er ihm nachsah, dann grinste er Nowak an und sagte: „Ich sollte dir wohl dankbar sein, dass du mich nicht von deinem Schoßhündchen hast rauswerfen lassen."

Nowak seufzte. „Stuart ist mein Chefsekretär. Und Rick - das war wirklich nicht nett von dir."

Zova verdrehte die Augen. „Ach, komm schon, reg

dich ab! Es war doch nur ein Scherz!"

„Es gibt Dinge, über die reißt man einfach keine Witze."

„Blödsinn! Was ist los mit dir, David? Früher warst du für jeden Spaß zu haben, hast alle möglichen verrückten Sachen gemacht! Ja, mit dieser Nummer des wichtigen Geschäftsmanns magst du andere täuschen, aber die nehm ich dir nicht ab. Wir sind zusammen aufgewachsen, das hast du doch nicht vergessen, oder? Ich weiß, was du alles angestellt hast."

„Das ist lange her", antwortete Nowak steif. „Heute liegen die Dinge anders."

„Ja, das sehe ich. Sie liegen offenbar so anders, dass du einen deiner ältesten Freunde nicht zu deiner Party eingeladen hast", sagte Zova zynisch.

„Ich wusste nicht, dass du in England bist. Ich dachte, du bist in Übersee."

„Oh, ich bin mal hier, mal da. Ich lebe jetzt schon eine Weile in London und hatte seit Langem vor, herzukommen. Es ist komisch, aber wenn man älter wird, bekommt man Heimweh nach den Orten der Jugendzeit und -"

Zova brach ab, als sein Blick auf einen anderen Mann mittleren Alters fiel, der gerade aus der Menge herausgetreten war. Er war schmächtig, hatte blassblaue Augen und einen struppigen Bart und gehörte zu der Sorte Menschen, die so fade wirken, dass man sie kaum wahrnimmt. Jetzt jedoch blieb er mit hasserfüllter Miene vor Rick Zova stehen.

An Zova schien sein Zorn abzuprallen. „Geoff! Du bist auch hier!", sagte er lachend. „Das nenne ich ein perfektes Wiedersehen. Das alte Dreiergespann ist zusammen, so wie es früher einmal war."

„Du ... du verdammter Mistkerl!", platzte Geoff heraus. „Nicht zu fassen, dass du den Nerv hast, hier aufzutauchen! Und du lässt ihn auch noch herein", fauchte er Nowak an.

Nowak streckte ihm beschwichtigend die Hand entgegen. „Geoff -"

Geoff stieß einen unartikulierten Laut aus, dann drehte er sich um und stürmte davon. Rick Zova hob die Augenbrauen: „Was ist denn in den gefahren?"

Nowak warf ihm einen ungeduldigen Blick zu. „Du weißt genau, was in ihn gefahren ist, Rick. Er hat dir nie verziehen, was du getan hast."

„Hey, das Gericht hat mich für unschuldig befunden, schon vergessen? Und das ist zwanzig Jahre her! Sag nicht, Geoff schmollt immer noch! Aber das passt zu ihm und seiner empfindlichen Art."

„Es war sehr wichtig für ihn", sagte Nowak.

„Ja, für mich war es auch sehr wichtig", warf Zova ein. Seine Stimme klang plötzlich hart. „Und ich weigere mich, ein schlechtes Gewissen wegen etwas zu haben, was ich nicht getan habe."

Nowak seufzte und wechselte das Thema. „Bist du direkt aus London hergekommen?"

„Ja, auf meiner alten Harley. Fährt sich immer noch wie ein geölter Blitz, selbst nach all den Jahren in der Garage! Ich dachte, ich bleibe ein paar Tage in Oxfordshire und sehe mir an, wo wir uns früher herumgetrieben haben." Er grinste Nowak an. „Ich nehme nicht an, dass du mitkommen willst?"

„Tut mir leid, ich habe zu tun. Nächste Woche findet eine Benefizveranstaltung für meine Beneficium-Stiftung statt, außerdem laufen die Planungen für meine Wahlkampagne an."

Zova schnippte mit den Fingern. „Ja, stimmt! Du trittst bei der nächsten Parlamentswahl an, nicht wahr?" Er stieß erneut einen Pfiff aus. „Wer hätte gedacht, dass der kleine David Nowak einmal Abgeordneter wird, was? Und ein einflussreicher Philanthrop bist du obendrein, wie ich gehört habe. Deine Beneficium-Stiftung - ist das die, die ehemaligen Drogensüchtigen hilft, wieder auf die Beine zu kommen? Bildungsprogramme für Kiffer und Übergangshäuser für Junkies!" Er brüllte vor Lachen. „Welche Ironie!"

Nowak errötete. „Manche von uns haben beschlossen, erwachsen zu werden, Rick." Er warf einen Blick durch den Raum. „Und jetzt entschuldige mich bitte. Ich sehe besser nach, wie es Geoff geht."

„Alles wie gehabt, oder?", sagte Zova mit einem spöttischen Lachen. „Geoff rauscht immer noch davon wie eine verdammte Primadonna und du spielst die besorgte Glucke und läufst ihm hinterher. Daran hat sich nichts geändert."

„Und du treibst immer noch deine fragwürdigen Späße, ohne dir zu überlegen, welchen Schaden du damit möglicherweise anrichtest", schoss Nowak zurück.

Rick Zova zuckte mit den Schultern und wandte sich in Richtung der Cocktailbar ab. Nowak starrte ihm einen Moment nach, dann wandte er sich seufzend ab, um sich auf die Suche nach Geoff zu machen. Er zögerte jedoch, als er Poppy sah, die immer noch neben ihm stand. Sie schämte sich, weil er sie dabei ertappt hatte, wie sie ihrem Gespräch ungeniert zuhörte. Nowak zögerte erneut und schien etwas sagen zu wollen; er überlegte es sich anders und eilte davon.

Poppy sah ihm gedankenverloren nach, ehe sie sich an Hubert erinnerte, den sie aber nirgendwo entdecken konnte. Anscheinend hatte er Rick Zovas dramatischen Auftritt genutzt, um sich davonzuschleichen.

Wo ist dieser Idiot? Nicht zu fassen, dass er sich einfach aus dem Staub macht, dachte Poppy verärgert.

Sie drängte sich zwischen den Gästen hindurch, bis sie ihn schließlich am anderen Ende der Orangerie im Gespräch mit zwei asiatischen Geschäftsleuten sah. Gerade schüttelte er ihnen nacheinander die Hand. Dann fiel sein Blick auf Poppy und sein einfältiges Lächeln wich einem Ausdruck der Bestürzung. Sie winkte ihm zu, doch Hubert reagierte nicht. Stattdessen verabschiedete er sich hastig von den beiden Herren und tauchte in der Menge unter.

„Na warte!", brummte Poppy.

So schnell es ihr im Gedränge möglich war, folgte sie ihm, doch dann verlor sie ihn aus den Augen. Poppy blieb stehen und sah sich frustriert um. Wohin war er verschwunden?

In dem Moment erspähte sie einen Mann in einem grünen Gehrock, der es verdächtig eilig zu haben schien. Sie konnte sein Gesicht nicht sehen, nahm aber an, es sei Hubert. Sie hastete hinter ihm her, als er sich hinter eine Gruppe von Gästen duckte, die an einem mehrflügeligen Paravent mit chinesischen Motiven standen. Ein Kellner mit einem Tablett gefüllter Weingläser auf der Hand umrundete gerade die Gruppe und Poppy stieß fast mit ihm zusammen.

„Oh! Es tut mir so leid, Miss!", rief der Kellner entsetzt, als der Rotwein aus den Gläsern schwappte.

Poppy sprang zur Seite, doch es war zu spät: Ihre Handschuhe hatten einige Spritzer Rotwein abbekommen.

„Oh nein!", murmelte sie bestürzt. Die elfenbeinfarbene Seide war von roten Flecken verunstaltet. Sie fühlte sich schrecklich. Dabei hatte sie Nell versprochen, gut auf die Handschuhe aufzupassen!

„Können Sie mir sagen, wo die Toiletten sind?", fragte sie den Kellner. „Vielleicht bekomme ich die Flecken raus, wenn ich die Handschuhe sofort auswasche."

„Die Gästetoiletten befinden sich dort drüben,

Miss." Der Kellner zeigte auf das andere Ende des langgestreckten Raums. Als er jedoch sah, wie sich Poppys Miene verfinsterte angesichts der Menge, durch die sie sich drängen müsste, fügte er leise hinzu: „Am Ende des Verbindungsflurs zwischen Orangerie und Haupthaus gibt es auch eine Toilette. Sie ist zwar eigentlich nicht für die Gäste gedacht, aber ich bin sicher, dass Mr Nowak nichts dagegen hat, wenn Sie sie in diesem Fall benutzen." Er wies auf den Paravent. „Dahinter sehen Sie eine Tür, die zum Korridor führt."

„Danke." Poppy warf ihm einen dankbaren Blick zu.

Sie öffnete die Tür hinter dem Paravent und fand sich in einem kurzen Korridor wieder, der in einem großen Raum mündete. Er gehörte offenbar zum Haupthaus und sah aus wie eine Kunstgalerie. Von diesem Flur gingen mehrere Türen ab. Die erste stand einen Spalt breit offen, und Poppy stieß sie auf, trat ein und tastete nach dem Lichtschalter. Im selben Moment stieß sie zu ihrem Entsetzen mit einem Mann zusammen, der gerade aus dem Zimmer gehen wollte. Sie stolperte rückwärts, streifte aber im Straucheln den Lichtschalter, sodass der Raum mit einem Schlag hell erleuchtet war.

Poppy blinzelte überrascht. Sie befand sich keineswegs in einem Waschraum, sondern in einem großen Arbeitszimmer. Und der Mann, mit dem sie zusammengestoßen war, war Rick Zova.

Kapitel 6

„Oh!" Poppy starrte den alternden Rockstar an.

Er erwiderte ihren Blick, dann verzogen sich seine Lippen wie auf Knopfdruck zu einem Lächeln: „Hallo, hallo ... was macht ein hübsches, junges Ding wie Sie an einem Ort wie diesem?"

Poppy wusste nicht, ob er tatsächlich eine Antwort erwartete oder ob seine Frage nur zu seinem standardmäßigen Anmach-Repertoire gehörte.

„Oh, ich wollte ...“

„Zur Toilette?", ergänzte Zova geschmeidig. „Die ist eine Tür weiter, glaube ich. Soll ich sie Ihnen zeigen?" Er legte ihr eine Hand unter den Ellbogen und drängte sie sanft aus dem Zimmer.

Poppy widersetzte sich dem Druck seiner Hand und irgendetwas - sie wusste selbst nicht, was -

veranlasste sie zu der Frage: „Haben Sie auch die Toilette gesucht?"

Er lachte unbekümmert. „Ich? Nein, ich habe Streichhölzer gesucht." Er griff in die Tasche seiner Lederweste und zog eine halb gerauchte Zigarre hervor. „Ich habe mein verdammtes Feuerzeug vergessen. Ich dachte, David hätte vielleicht ein paar Streichhölzer in seinem Arbeitszimmer, aber natürlich hat er das Rauchen wie alle anderen Laster mittlerweile drangegeben", sagte er und verdrehte die Augen. Sein amerikanischer Akzent klang ein wenig zu bemüht und gehörte offenbar zu seinem Image als Rocker. Dass er ursprünglich aus Lancashire stammte, war trotz allem deutlich herauszuhören.

Nach dem, was Poppy über Rick Zovas Schulter sehen konnte, handelte es sich bei dem Arbeitszimmer um einen gemütlichen Raum mit Bücherregalen an den Wänden und zwei Schreibtischen, einem großen Chefschreibtisch neben der Tür und einem kleineren, wesentlich bescheideneren auf der anderen Seite des Raums, neben dem Fenster. In die Wand dazwischen war ein Kamin eingelassen, auf dem Kaminsims drängten sich gerahmte Fotos, Trophäen und Ornamente. In jeder freien Ecke des Raumes fanden sich Pflanzenständer und -hocker, auf denen jeweils eine üppig grüne Topfpflanze stand. Dass dies das Arbeitszimmer von David Nowak war, ließ sich unschwer erkennen.

„Und woher kennen Sie David?", fragte Zova

beiläufig.

„Oh …“ Poppy sträubten sich die Nackenhaare bei dem Gedanken, Hubert ihren Freund zu nennen. „Ich bin ihm heute Abend zum ersten Mal begegnet. Ein Freund von mir kennt David; ich bin nur seine Begleiterin.“

„Sie sehen nicht aus wie ein Mädchen, das ‚nur‘ irgendetwas ist“, sagte Rick Zova mit einem Lächeln, während er sie von oben bis unten musterte.

Er flirtet mit mir, dachte Poppy. Sie spürte, wie ihr das Blut in die Wangen stieg. *Um Himmels willen*, ermahnte sie sich. *Der Mann ist alt genug, um dein Vater zu sein!*

Doch trotz seines fortgeschrittenen Alters war Zova ein attraktiver Mann. Sein Gesicht entsprach vielleicht nicht den herkömmlichen Schönheitsidealen, aber es hatte Charakter und eine gewisse berechnende Intelligenz, die irgendwie anziehend wirkte. Und in seiner extravaganten Kleidung wirkte er keineswegs wie eine Witzfigur, sondern eher energiegeladen und draufgängerisch. Poppy hatte zuerst gedacht, dies sei sein Partykostüm; jetzt wurde ihr klar, dass es sein ganz eigener Kleidungsstil war. Es hätte albern und peinlich aussehen können, aber irgendwie hatte Zova genug Charme und Haltung, um den Look des alternden Rockers überzeugend durchzuziehen.

Sie plauderten zwanglos miteinander und Poppy musste über seine Witze und lustigen Geschichten lachen. Der Mann hatte Charisma, und sie konnte sich vorstellen, dass ihn in jungen Jahren ganze Heerscharen von Fans belagert hatten. Ob er einen besonderen Fan namens Holly Lancaster hatte? Ihr Puls beschleunigte sich, als sie den Mann musterte. Vom Alter her käme es hin, aber sie konnte beim besten Willen keine Ähnlichkeit zwischen seinen Gesichtszügen und ihren eigenen erkennen.

„Was starren Sie mich so an?", fragte Zova plötzlich.

„Oh, tut mir leid." Poppy wurde rot und es dauerte einen Moment, bis sie all ihren Mut zusammengenommen hatte. „Ich hätte gedacht, Sie sind es gewohnt, von Frauen angestarrt zu werden", sagte sie dann.

Zova lachte. „Da haben Sie recht. Ach ja, diese blöden Computer haben alles verändert. Bei den heutigen Konzerten denke ich: Ihr jungen Kerle habt keine Ahnung! Ihr solltet mal sehen, wie es in den Achtzigern und Neunzigern war, ein echter Rockstar zu sein, mit Groupies und -"

„Groupies? Sie hatten Groupies?", fragte Poppy aufgeregt.

Zova zuckte mit den Schultern. „Ja, klar, jeder hatte Groupies. Es gab immer Mädchen, die sich hinter der Bühne oder in den verschiedenen Clubs herumgetrieben haben, in der Hoffnung, sich an irgendeine Rockband anhängen zu können."

„Kannten Sie ein Mädchen namens Holly Lancaster?", fragte Poppy atemlos.

Zova lachte. „Soll das ein Witz sein? Sie erwarten

von mir, dass ich mich an die Namen der Mädchen erinnere? Ich weiß überhaupt nicht mehr, mit wem ich damals alles geschlafen habe."

Poppy zuckte unangenehm berührt zurück. So genau wollte sie gar nicht wissen, wie es in der Welt der Groupies zugegangen war. Dass ihre Mutter in ihrer wilden, rebellischen Jugend im Gefolge diverser Rockbands durch die Lande gezogen war, wusste sie, doch sie hatte nie wahrhaben wollen, dass sie möglicherweise durch die Betten der Rockstars geturnt war, auch wenn das üblicherweise erwartet wurde.

Zova war ihre Reaktion nicht entgangen und sah Poppy neugierig an. „Warum fragen Sie? Wer ist Holly?"

Poppy schluckte. „Sie ist ... sie war meine Mutter. Ich hatte gehofft ... na ja, ich dachte, Sie hätten sie vielleicht gekannt."

Zova zuckte achtlos mit den Achseln. „Kann schon sein. Wie sah sie denn aus?"

Poppy beschrieb ihre Mutter so gut sie konnte, und war enttäuscht, als Zova erneut mit den Schultern zuckte.

„Keine Ahnung. Blondes Haar, blaue Augen? So sah mindestens die Hälfte der Mädchen aus, die bei den Konzerten hinter den Kulissen rumhingen und mit den Bands auf Tournee gingen. Für uns waren sie hübsche Dinger für eine Nacht, manchmal auch zwei, aber mehr war nicht dahinter."

Poppy starrte ihn schockiert und angewidert an,

doch bevor sie etwas erwidern konnte, ertönte hinter ihr ein begeisterter Schrei.

„Rick! Rick, hab ich dich endlich gefunden!"

Poppy drehte sich überrascht um. In der Tür des Arbeitszimmers stand eine Frau, mindestens Ende vierzig, in einem Minikleid aus schimmerndem Lycra und auf schwindelerregend hohen Plateauschuhen, wie sie normalerweise deutlich jüngere Frauen trugen. Sie war derart blond, dass die Farbe unmöglich echt sein konnte, und hatte dichte falsche Wimpern, die aussahen wie die Beine einer riesigen Spinne.

Zova schaute sie verständnislos an. „Wer sind Sie?"

„Ich bin Bunny - erinnerst du dich nicht mehr an mich? Ich bin dein größter Fan!", schwärmte die Frau. „Ich war auf all deinen Konzerten, ich habe keins verpasst! Ich bin sogar für eine Nacht nach New York geflogen, nur um deinen Auftritt im Madison Square Garden zu sehen! Und damals in Birmingham, bei der Jubiläumsshow, stand ich ganz vorne an der Bühne! Ich habe dir die ganze Zeit zugewinkt." Sie kicherte und bedachte ihn mit einem neckischen Blick. „Ich war das Mädchen, das dir den roten Spitzenschlüpfer zugeworfen hat. Weißt du noch?"

„Das Konzert in Birmingham ist ungefähr fünfzehn Jahre her!" Zova lachte abschätzig. „Und Dutzende von Mädchen haben ihre Schlüpfer auf die Bühne geworfen. Wie soll ich mich an ein bestimmtes erinnern?“

„Weil ich anders bin - ich bin dein Superfan!“, beteuerte Bunny und ihr Gesicht nahm einen beseelten Ausdruck an. „Ich bin nicht wie die anderen Mädchen. Ich habe mich sogar einmal hinter die Bühne geschlichen und bin in deine Garderobe gegangen – erinnerst du dich? Es sollte eine Überraschung für dich sein, nach dem Konzert. Ich habe mich nackt ausgezogen und von Kopf bis Fuß mit deinem Lieblingsrasierschaum eingerieben und habe auf dich gewartet -“

Zova dämmerte es allmählich. „Oh Gott, du warst das? Was für ein verrücktes Huhn!“

Bunny schmollte. „Das ist aber nicht sehr nett, Rick, schließlich bin ich dein größter Fan. Ich bin dir all die Jahre treu geblieben! Ich habe alle Zeitungsartikel über dich ausgeschnitten. Ich habe deinen Namen auf meine beiden Brüste tätowieren lassen. Und ich habe mir sogar den Arm gebrochen, als du dir deinen bei einem Motorradunfalls gebrochen hast!“

„Was? Du bist nicht bei Trost!“ Zova schüttelte entgeistert den Kopf.

„Wir sind Seelenverwandte, wir sind wie Zwillinge!“, gurrte Bunny. „Ich möchte alles fühlen, was du fühlst, Rick. Du weißt, es gibt nichts, was ich nicht für dich tun würde!“ Sie stürzte sich auf ihn und schlang ihm die Arme um den Hals.

„Lass mich los!“, knurrte er und versuchte, sich zu befreien.

„Schick mich nicht weg, Rick!", wimmerte die Frau mit Tränen in den Augen. „Wenn du mich zurückweist, sterbe ich!"

Zova schnaubte ungeduldig. „Ehrlich, ich hab genug von diesem Schwachsinn!" Er löste Bunnys Arme unsanft von seinem Hals, schob sie beiseite und stürmte aus dem Zimmer.

Bunny taumelte zurück und wäre gestürzt, wenn Poppy sie nicht aufgefangen hätte. Dabei fiel ihre Handtasche auf den Boden, der Verschluss löste sich und der Inhalt verteilte sich großflächig, doch Bunny schien es gar nicht zu bemerken. Stattdessen brach sie in Tränen aus und stand schluchzend mit offenem Mund da, wie ein Kind, dem man das Lieblingsspielzeug weggenommen hat.

Poppy sah sie ratlos an. Dass Bunny mit ihrem melodramatischen Auftritt das Gespräch mit Rick unterbrochen hatte, ärgerte sie, doch beim Anblick des tränenüberströmten Gesichts verflog ihr Groll. Auf dem Boden entdeckte sie ein Päckchen Papiertaschentücher, das aus der Handtasche gefallen sein musste, und bückte sich schnell, um es aufzuheben.

„Hier", sagte sie sanft und reichte Bunny die Packung.

„Wie konnte er nur so grausam sein?" Bunny tupfte sich schluchzend die Augen ab. „Nach allem, was ich für ihn getan habe, sein treuester Fan! Ich bin ihm überall hin gefolgt und jetzt stößt er mich weg!" Sie schniefte. „Mein Herz ist gebrochen. Nein, ich meine es ernst - ich kann es fühlen. Der Schmerz ... er sitzt hier, in meinem Herzen!", rief sie und griff sich mit theatralischer Geste an die rechte Seite.

Poppy musste sich zusammenreißen, um nicht loszulachen. Es wäre nicht richtig, sich über die arme Frau lustig zu machen, die offensichtlich Höllenqualen litt. *Auch wenn sie sich ein bisschen albern benimmt*, dachte Poppy genervt. Ein Teenager, der seinen ersten Liebeskummer erlebt, würde sich nicht halb so hysterisch aufführen!

Seufzend half sie Bunny, den Inhalt ihrer Handtasche aufzusammeln. Es war erstaunlich, wie viel Plunder sie mit sich herumtrug! Selbst zu zweit brauchten sie eine ganze Weile, um alles zu verstauen. Als sie endlich fertig waren, ließ sich Bunny in den Stuhl hinter dem großen Schreibtisch sinken, umklammerte die Handtasche auf ihrem Schoß und sah aus, als würde sie jeden Moment erneut in Tränen ausbrechen.

„Soll ich Ihnen einen Drink holen?", fragte Poppy.

Bunny nickte. „Ch-ch-champagner", murmelte sie.

Poppy warf ihr einen fragenden Blick zu. Sie war sich nicht sicher, ob Alkohol alles schlimmer machen würde, doch schließlich beschloss sie, in die Orangerie zu gehen. Rick Zova war nicht zu sehen, dafür entdeckte sie bald einen Kellner, der sich mit einem Tablett mit Getränken durch die Menge zwängte. Sie schnappte sich ein Glas Champagner und kehrte ins Arbeitszimmer zurück.

„So, hier ist Ihr Champagner!", sagte Poppy fröhlich – doch dann blieb sie verdutzt stehen.

Das Zimmer war leer. Bunny war verschwunden.

63

Kapitel 7

Auf der Toilette spülte Poppy die Flecken aus den Handschuhen und ging dann langsam zurück in die Orangerie. Anstatt sich wieder unter die lärmende Menge zu mischen, suchte sie sich einen ruhigen Platz neben einer der Topfpflanzen und lehnte sich an die Wand. Nach der Begegnung mit der theatralischen Bunny fühlte sie sich emotional ausgelaugt, und der Gedanke, als Christelle Bellini Smalltalk machen zu müssen, missfiel ihr außerordentlich. Als ein weiterer Kellner mit einem Tablett vorbeikam, nahm Poppy ohne nachzudenken das Glas Champagner entgegen, das er ihr reichte. Sie leerte es in einem Zug und prompt wurde ihr etwas schwindlig, als ihr die Bläschen zu Kopf stiegen.

„Haben Sie schon etwas gegessen? Champagner auf leeren Magen ist keine gute Idee."

Sie blickte überrascht auf. Nick Forrest stand neben ihr und sah sie streng an.

„Mir geht es gut", antwortete sie kurzangebunden.

Er musterte ihre geröteten Wangen und ihre leicht glasigen Augen, dann drehte er sich wortlos um und winkte einem Kellner, der Kanapees herumreichte. Nick nahm ein paar Garnelenbeignets vom Tablett, schob sie ihr zu und befahl: „Essen Sie."

Sein Tonfall ärgerte sie. „Ich habe keinen Hunger."

„Wenn Sie die nicht mögen, hole ich Ihnen etwas anderes, aber Sie müssen etwas essen."

„Hören Sie auf, mich wie ein Kind zu behandeln!"

„Hören Sie auf, sich wie eines zu benehmen", schnauzte Nick. „Jeder vernünftige Erwachsene weiß, dass man nicht auf leeren Magen trinken sollte."

„Oh … okay."

Poppy steckte sich ein Häppchen in den Mund und kaute missmutig. Sie wusste, dass sie sich kindisch benahm und dass Nick recht hatte. Sie hätte vorher tatsächlich etwas essen sollen. Es war nur … irgendwie schaffte Nick Forrest es immer wieder, sie auf die Palme zu bringen. Dennoch musste sie zähneknirschend zugeben, dass die Beignets köstlich waren. Und als sie einmal mit dem Essen angefangen hatte, stellte sie fest, dass sie einen Bärenhunger hatte. Sie schnappte sich den zweiten Beignet, wobei sie versuchte, sein Grinsen zu ignorieren, und aß ihn schnell, während sie den Blick durch den Raum schweifen ließ.

„Suchen Sie jemanden?", fragte Nick und folgte ihrem Blick.

„Äh, haben Sie Rick Zova irgendwo gesehen?"

Er hob die Augenbrauen. „Diesen alten Rock-Hippie? Ja, er war irgendwo. Warum suchen Sie ihn? Ich hatte nicht den Eindruck, dass er zu der Sorte Mann gehört, mit der Sie sich gerne abgeben."

„Nein, er ist kein sehr netter Typ", pflichtete Poppy ihm bei. Sie dachte an die arrogante, gefühllose Art, mit der Zova über die Mädchen gesprochen hatte, die ihn früher angehimmelt hatten. Nach kurzem Zögern fügte sie hinzu: „Aber er sagte, dass er früher viele Groupies kannte, und ich dachte … nun ja, ich dachte, er könnte meine Mutter gekannt haben und mir mehr Informationen über sie geben, über ihr Leben zu dieser Zeit. Ich weiß so wenig. Meine Mutter hat fast nie darüber gesprochen."

„Haben Sie ihn nach ihr gefragt?"

„Ja, aber er … nun, er scheint die Mädchen kaum als Individuen wahrgenommen zu haben." Poppy verzog angewidert das Gesicht. Dann hellte sich ihre Miene auf. „Hm, nach dem, was Zova mir erzählt hat, hörte es sich an, als wären die Groupies von einer Band zur nächsten gezogen. Sie sind nicht die ganze Zeit bei einer geblieben. Sie hingen einfach hinter der Bühne oder in den verschiedenen Clubs herum, in der Hoffnung, die Aufmerksamkeit einer beliebigen Band zu erregen. Also dachte ich, vielleicht könnte

Zova mir etwas über andere Bands sagen, die zur selben Zeit auftraten. Und vielleicht würde sich eines der anderen Bandmitglieder an meine Mutter erinnern oder mir etwas über meinen Vater erzählen. Oder vielleicht ist einer von ihnen sogar –"

Sie brach plötzlich ab und errötete. Nick sah sie einen Moment lang schweigend an, dann sagte er mit ruhiger Stimme:

„Nun, es könnte sich sicher lohnen, noch einmal mit Zova zu sprechen. Kommen Sie, wir gehen ihn suchen."

Poppy schaute ihn überrascht an. Das war das Letzte, was sie von Nick erwartet hatte. Trotzdem war sie seltsamerweise froh, ihn bei sich zu haben, als sie sich langsam durch die Menschenmenge schoben. Der Rockstar war nirgendwo zu sehen – ebenso wenig wie ihr Gastgeber. *Und Geoff scheint auch verschwunden zu sein*, dachte Poppy plötzlich. Sie fragte sich, ob sich die drei „alten Freunde" zu einem weiteren freudigen Wiedersehen zusammengefunden hatten, und wollte gerade ihre Vermutung äußern, als Nick meinte: „Warum gucken wir uns nicht draußen auf der Terrasse um? Vielleicht wollte er eine rauchen oder so."

„Oh ja, er hatte eine Zigarre dabei", erinnerte sich Poppy. „Als ich ihn im Arbeitszimmer getroffen habe, war er auf der Suche nach Streichhölzern, um sie anzuzünden."

Nick machte kehrt und steuerte auf die andere Seite der Orangerie zu, wo sich der Haupteingang befand. Poppy wollte ihm folgen, als sie mit einer Frau zusammenstieß, die plötzlich hinter einer Ansammlung von Topfpflanzen auftauchte.

„Oh!", rief die Frau, die ins Straucheln geriet und beinahe umgefallen wäre.

Poppy ergriff ihre Hände und fing sie gerade noch rechtzeitig auf.

„Hoppla! Tut mir leid, ich habe Sie nicht gesehen", sagte sie.

„Danke." Die Frau hatte sich gefangen, schien jedoch außer Atem zu sein, als sei sie gerannt, und Poppy fiel auf, dass ihre Hände eiskalt waren.

„Ist alles in Ordnung?", fragte sie, während sie überlegte, wo sie die Frau schon einmal gesehen hatte. Da fiel es ihr ein: Es war Dawn, die vorhin mit Nowak gesprochen hatte.

„Ja, keine Sorge. Ich habe mich nur ein bisschen erschrocken", lautete die Antwort.

Poppy zögerte, dann sah sie, dass Nick ein paar Meter entfernt ungeduldig auf sie wartete, also nickte sie Dawn rasch zu und ging zu ihm. Kurz darauf traten sie durch die großen Doppeltüren der Orangerie ins Freie. Die Sonne war bereits vor Stunden untergegangen, draußen war es dunkel und kalt und Poppy fröstelte in ihrem ärmellosen Kleid.

„Hier, nehmen Sie den." Nick zog rasch seinen Gehrock aus und hielt ihn ihr entgegen.

„Nein, danke, mir ist nicht kalt", beharrte sie.

Er warf ihr einen verärgerten Blick zu, zuckte dann mit den Schultern und ging die Terrasse entlang, ohne auf sie zu warten. Durch die hohen Bogenfenster der Orangerie fiel das Licht in langen goldenen Streifen auf die Bodenfliesen, die Musik, die Gespräche und das Lachen klangen gedämpft und die Gäste im Innern wirkten wie Schauspieler auf einer Bühne.

Poppy ging in entgegengesetzter Richtung bis zum Rand der Terrasse und hielt nach Rick Zova Ausschau, allerdings vergeblich. Auch sonst war niemand draußen, anscheinend scheuten selbst eingefleischte Raucher die Kälte und Dunkelheit. Als sie sich umdrehte, sah sie Nicks hochgewachsene Gestalt am anderen Ende der Terrasse, von dem aus einige Stufen in einen ummauerten Garten führten. Mit raschen Schritten ging sie zu ihm. Er stand auf der obersten Treppenstufe und hatte den Kopf geneigt, als würde er angestrengt lauschen.

Poppy sah ihn neugierig an und stieg die Steinstufen hinunter auf den Weg. Nicht weit von der Terrasse entfernt stand eine große Eibe mit einem dicken, knorrigen Stamm, wie sie oft in Märchen vorkommen, wo sie einer Hexe oder einem Ungeheuer Unterschlupf boten. Der Wind strich durch die Äste und machte ein seltsam summendes Geräusch.

Poppy horchte angestrengt, dann ging sie näher an den Baum heran, um herauszufinden, woher das Geräusch kam. Vielleicht war es doch nicht der Wind im Geäst? Das Summen schien lauter zu werden. Etwas sauste an ihrem Ohr vorbei, doch sie bemerkte es kaum, als sie sah, was am Fuß des Baumes lag.

„Oh nein!", keuchte sie und stürzte darauf zu.

Es war Rick Zova. Der Lichtschein aus den Fenstern der Orangerie fing sich in dem auffälligen silbernen Ohrring und spielte mit den Tätowierungen auf seinen Armen. Dabei stach eine große schwarze Feder auf seinem Bizeps besonders hervor. Sein Gesicht war stark entstellt, ein Auge war zugeschwollen und auf den Wangen zeigten sich feuerrote Quaddeln.

Sie ging neben ihm in die Hocke, doch dann schrie sie erschrocken auf, als sie plötzlich von einer Wolke schwirrender schwarzer Insekten umgeben war. Ein brennender Schmerz stach in ihrem Oberschenkel, gefolgt von einem weiteren in ihrer Hand. Poppy schrie auf, stolperte nach hinten und fuchtelte mit den Armen vor ihrem Gesicht herum.

„POPPY!"

Jemand packte sie am Arm und riss sie von dem Baum weg.

Poppy hörte Nick fluchen, als sie das Gleichgewicht verlor und beinahe hingefallen wäre. Er zerrte sie auf die Beine und schob sie den Weg zurück zur Terrasse. Hinter ihnen schwoll das Surren zu einem bedrohlichen Brummen an, das alle anderen Geräusche übertönte.

„Warten Sie ... Rick ... Rick Zova ..." Poppy versuchte, sich aus Nicks Griff zu befreien. „Er ist –"

„Er ist tot", sagte Nick kurz. „Und wenn wir nicht

von hier verschwinden, droht uns das gleiche Schicksal."

„W-was?" Ein Blick über die Schulter genügte und ihr Herz zog sich angstvoll zusammen.

Ein Wespenschwarm musste durch irgendetwas aufgescheucht worden sein. Die Tiere erhoben sich in die Luft und bevölkerten den Nachthimmel.

Nick versetzte ihr einen heftigen Stoß und schrie: „WEG HIER!"

Kapitel 8

Poppy rannte so schnell wie noch nie zuvor in ihrem Leben. Der Wespenschwarm verfolgte sie, wild, gnadenlos und mit wütendem Summen, wie in einem Albtraum. Das enge Cocktailkleid und die Schuhe mit den kurzen Pfennigabsätzen waren hinderlich, fast wäre sie gestürzt, doch zum Glück stützte Nick sie und trieb sie vorwärts. Sie hasteten die Treppe hoch, liefen über die Terrasse zum Eingang der Orangerie, retteten sich ins Innere des gläsernen Anbaus und schlugen die Tür hinter sich zu.

Die Gäste starrten sie überrascht an, doch dann erschallten angstvolle Rufe, als sie den Insektenschwarm vor den Fensterscheiben sahen.

„Wespen!", schrie eine Frau.

„Und so viele!"

„Hilfe, sie kommen rein!"

„Neeeein!"

Zum zweiten Mal an diesem Abend breitete sich Panik unter den Eingeladenen aus. Sie rannten planlos umher, rempelten sich gegenseitig an und sorgten für ein heilloses Durcheinander.

„STOPP!" Nicks Stimme übertönte das hysterische Geschrei. „Sie haben nichts zu befürchten. Die Wespen können Ihnen nichts anhaben, solange wir Fenster und Türen geschlossen halten."

Er wies auf die fest verschlossene doppelflügelige Tür hinter ihm. Poppy sah ein paar Wespen wütend gegen die Scheiben fliegen, aber Nick und sie hatten Glück gehabt: Sie hatten schnell genug die Flucht ergriffen, sodass sie vor den Tieren die Orangerie erreichten.

Allmählich beruhigten sich die Gäste, als sie sahen, dass Nick recht hatte. Die meisten hielten jedoch einen gebührenden Abstand von den großen Bogenfenstern und beobachteten den Wespenschwarm voller Furcht.

„Was ist los? Was geht hier vor sich?", rief eine Männerstimme. David Nowak drängte sich durch die Menge, dicht gefolgt von Stuart, seinem Sekretär. Nowak blieb wie angewurzelt stehen, als er die Wolke aus wütenden Insekten vor der Orangerie sah.

„Irgendwo in der Nähe muss ein Wespennest sein", rief jemand. „So greifen sie nur an, wenn sie ihre Königin verteidigen müssen."

„Ich habe gehört, dass sie einem meilenweit

nachfliegen!"

„Wenn eine zusticht, machen die anderen es ihr nach."

„Ja, dann sind sie wie im Blutrausch."

„Mich hat vor einiger Zeit eine Wespe angegriffen – achtmal hintereinander hat sie zugestochen."

„Habt ihr zwei ein Nest aufgestört?", rief ein Gast und sah Nick und Poppy vorwurfsvoll an.

„Nein, ich glaube, das war Ihr Freund Rick Zova", sagte Nick zu Nowak gewandt. „Wir haben ihn an dem großen Baum im ummauerten Garten gefunden. Er sieht böse zerstochen aus –"

„Rick? Aber er ist allergisch gegen Wespenstiche! Er bekommt einen anaphylaktischen Schock – er ist in Lebensgefahr! Schnell, wir müssen ihn retten!" Er eilte zur Tür.

Nick hielt ihn am Arm fest. „Nein! Wenn Sie da rausgehen, stürzt sich sofort der ganze Wespenschwarm auf Sie."

„David, um Himmels willen! Lass die Tür zu!", ertönte eine schrille Stimme.

Die Frau, die Poppy bei ihrer Ankunft mit Joe Fabbri zusammen gesehen hatte, drängte sich durch die Menge, bis sie neben Nowak stand, der ihr den Arm um die Schultern legte. *Das muss seine Frau sein,* dachte Poppy.

„Sie brauchen einen Imker oder einen Kammerjäger, der die entsprechende Ausrüstung hat, um alle Wespen zu töten und das Nest zu zerstören", meinte Nick zu Nowak. Zu Stuart gewandt fuhr er fort: „Ich würde sagen, Sie rufen sofort die Polizei, einen Krankenwagen und einen Kammerjäger."

Die Besonnenheit und Entschlossenheit seines Auftretens wirkten Wunder. Nach und nach verstummte das panische Geschrei, das die Schilderung von Rick Zovas Zustand ausgelöst hatte. Die Art, wie Nick die Gäste beruhigte, sich vergewisserte, dass sich in dem Gedränge niemand verletzt hatte, und den Kellnern bedeutete, sie sollten frische Getränke servieren, erinnerte Poppy an seinen früheren Beruf als Kriminalbeamter. Er war es offensichtlich gewohnt, in einer unübersichtlichen Situation die Zügel in die Hand zu nehmen.

Stuart hatte sich eilig entfernt, um zu telefonieren, doch Nowak stand noch immer an der Tür der Orangerie.

„Wir können doch nicht einfach hier sitzen und warten, während Rick da draußen ist", sagte er heftig. „Er gehört in ein Krankenhaus."

„Dafür ist es möglicherweise zu spät", erwiderte Nick düster. „Ich bin mir nicht sicher, weil ich keine Zeit hatte, ihn mir genauer anzusehen, aber ich hatte den Eindruck, dass sein Gesicht stark zerstochen war. Wahrscheinlich hat er auch am Hals und an den Armen Stiche abbekommen. Er war am Baum zusammengesunken. Selbst für einen Menschen ohne seine Allergie wäre durch die zahlreichen Wespenstiche mehr Gift in den Körper gelangt, als der Organismus verkraften kann. Und wenn es tatsächlich zu einer Anaphylaxie gekommen ist …" Ein Blick in Nowaks schmerzerfülltes Gesicht ließ seinen Ton sanfter werden. „Ich weiß, dass Sie Ihrem Freund helfen wollen, aber Sie würden sich und andere nur in Gefahr bringen. Im Moment können wir nichts tun. Hoffen wir, dass die professionellen Helfer bald da sind."

„Was ist mit uns anderen?", wollte einer der Gäste wissen. „Wir wollen nach Hause! Oder sind wir hier gefangen?"

„Ich vermute, die Orangerie ist mit dem Haupthaus verbunden?", fragte Nick den Gastgeber.

Nowak starrte immer noch blicklos aus dem Fenster und so war es seine Frau, die nickte und mit der Hand auf den Paravent am anderen Ende des Raumes wies.

„Hinter dem Wandschirm ist eine Tür. Durch den Korridor dahinter kommen Sie ins Haupthaus."

Zu den Gästen gewandt sagte Nick: „Wenn Sie gehen wollen, wird Ihnen das Personal der Nowaks sicher gerne den Weg zum Vordereingang zeigen. Vor dem Haus sollten keine Wespen sein, dafür ist die Terrasse zu weit weg. Wenn Sie bleiben wollen, ist es in unser aller Interesse, dass Sie ruhig abwarten, bis die zuständigen Kräfte hier sind."

Ein Raunen ging durch die Menge. Ein paar Leute steuerten auf den Paravent zu, doch zu Poppys Überraschung blieb der größte Teil der Anwesenden in der Orangerie. Jetzt, wo es offensichtlich war, dass die Wespen keine Gefahr für sie darstellten, machte sich plumpe Neugier breit und man war gespannt, was als Nächstes passieren würde.

Es fühlte sich wie eine Ewigkeit an, bis Hilfe kam, obwohl wahrscheinlich nur etwa zehn Minuten verstrichen, bevor Sirenengeheul zu hören war. Nowak ging die ganze Zeit ruhelos auf und ab, während die Gäste in kleinen Gruppen herumstanden und sich offenbar nicht ganz wohl in ihrer Haut fühlten. Der Wespenschwarm schien sich aufgelöst zu haben, die Tiere kehrten vermutlich zu ihrem Nest im Baumstamm zurück. Trotzdem machte niemand Anstalten, auf die Terrasse zu gehen, bevor der Kammerjäger seine Arbeit verrichtet hatte.

Poppy nahm jedoch kaum wahr, was um sie herum passierte, denn in Bein und Hand breitete sich ein brennender Schmerz aus. Offenbar hatten die Wespen sie erwischt. Durch den Adrenalinschub, der auf die Flucht vor dem Schwarm folgte, hatte sie bisher kaum etwas davon gespürt, doch nun drängte sich der Schmerz umso deutlicher in ihr Bewusstsein. Sie hatte das Gefühl, als würde ihr jemand mit einer glühend heißen Nadel in die Haut stechen.

„Sind Sie gestochen worden?“

Poppy blickte auf, als sie Nicks besorgte Stimme hörte.

„Ja, an der Hand“, antwortete sie und bewegte ihre Rechte vorsichtig. „Und am Bein habe ich, glaube ich, auch einen Stich. Wie kommt's, dass Sie nichts abbekommen haben?"

„Ich hatte einfach Glück und eine lange Hose und lange Ärmel sind in solchen Fällen ein guter Schutz." Dass Poppy glimpflicher davongekommen wäre, wenn sie seine Jacke angezogen hätte, erwähnte Nick nicht, doch die Worte hingen unausgesprochen zwischen ihnen, wie Poppy gereizt feststellte. Natürlich wusste sie, dass sie sich albern und kindisch benommen hatte, als sie sein Angebot ablehnte, was ihre Stimmung jedoch nicht besserte.

„Wahrscheinlich stecken die Stachel noch in meiner Haut." Sie rieb sich den Oberschenkel. „Es tut jedenfalls sehr weh."

„Wespen verlieren ihren Stachel nicht, wenn sie zustechen. Das tun nur Bienen."

„Woher wollen Sie das wissen?"

Nick grinste. „Sie glauben ja gar nicht, was ein Krimiautor beim Recherchieren alles lernt."

„Aber da ist was", beharrte Poppy trotzig, hob den Rock und verdrehte den Kopf, in der Hoffnung, einen Blick auf die Rückseite ihres Oberschenkels zu erhaschen.

„Lassen Sie mich mal." Nick ging in die Hocke und hob den Rock noch ein Stückchen höher.

Sie spürte seine kühlen Finger auf der nackten Haut. Mit brennenden Wangen hielt sie die Augen starr geradeaus gerichtet und versuchte, die Tatsache zu ignorieren, dass ein Mann gerade den Kopf unter ihren Rock steckte und ihren bloßen Oberschenkel begutachtete. Dass er seine

Untersuchung mit beinahe klinischer Sachlichkeit durchführte, machte die Sache ein wenig einfacher.

„Da ist nichts, ehrlich nicht", sagte Nick schließlich. Er richtete sich auf und strich ihr den Rock glatt. „Am besten waschen Sie die Stelle gründlich, wenn Sie nach Hause kommen, und cremen sie mit einer antiseptischen Salbe ein. Kühlen wäre auch keine schlechte Idee. Wahrscheinlich ist sie ein paar Tage geschwollen und schmerzhaft und juckt wie verrückt, aber die gute Nachricht lautet: Sie werden es überleben."

Wie zur Unterstreichung seiner Worte trugen die Sanitäter in diesem Moment einen Mann auf einer Bahre an den Fenstern der Orangerie vorbei. Drinnen herrschte betretenes Schweigen. Das Tuch, mit dem der Körper zugedeckt war, sprach Bände. Für Rick Zova war jede Hilfe zu spät gekommen.

Danach leerte sich die Orangerie langsam. Poppy überlegte, ob sie sich von ihrem Gastgeber verabschieden sollte, doch Nowak stand mit seiner Frau, seinem Sekretär und ein paar Polizisten zusammen, und so beschloss sie, ihn nicht zu stören. Als sie sich nach Hubert umsah, fehlte von ihm jede Spur. War er gegangen, ohne ihr Bescheid zu sagen? *Nicht zu fassen, dass dieser egoistische Mistkerl mich hat sitzen lassen!* Sie schäumte innerlich vor Wut.

„Soll ich Sie mitnehmen?", fragte Nick, der plötzlich neben ihr auftauchte.

„Ja, danke, das wäre schön", antwortete Poppy

mit einem grimmigen Lächeln. „Mein Date hat sich wohl aus dem Staub gemacht."

Auf dem Weg nach draußen überlegte sie, dass Nick Forrest trotz seiner barschen, launischen Art eigentlich ganz nett war.

Kapitel 9

„Von diesem Wespenschwarm kriege ich bestimmt Albträume!" Mit schmerzverzerrtem Gesicht rieb sich Poppy die Hand, nachdem sie sich angeschnallt hatte. „Und Rick Zova ... so zerstochen und verquollen ..." Sie erschauderte.

„Hm, falls es Sie tröstet: Wahrscheinlich hatte er einen Herzinfarkt, als Folge des anaphylaktischen Schocks. Er dürfte auf der Stelle tot gewesen sein."

„Ich kann einfach nicht glauben, dass er tot ist", seufzte Poppy. „Ich hätte ihn so gerne nach den Groupies gefragt. Er war bisher meine heißeste Spur." Sie warf Nick einen Blick zu. „Kannten Sie ihn? Ich meine – kannten Sie seine Musik? Ich bin dafür ein bisschen zu jung, aber Sie sind ja ein gutes Stück älter ..."

„Ich bin neununddreißig, also noch kein Methusalem", grinste Nick. „Ich war ungefähr acht, als Zovas Karriere in den späten Achtzigern ihren Höhepunkt erreichte. Und um Ihre Frage zu beantworten: Ich kannte seine Musik, sie war aber nie mein Fall. Damals stand ich eher auf alternativer Rockmusik. Als heute Abend sein Name fiel, habe ich mich allerdings an einen Skandal erinnert, in den er verwickelt war."

„Ist das bei Rockstars nicht normal?", warf Poppy mit zynischem Lachen ein. „Ich dachte, dass es bei denen immer um ‚Sex and Drugs and Rock ’n’ Roll‘ geht. Flegelhaftes Benehmen ist doch in Musikerkreisen an der Tagesordnung."

„Ja, aber bei diesem Skandal ging es nicht um Drogen oder Sex. Es war irgendwas mit IP -"

„IP?"

„Das steht für Intellectual Property, also geistiges Eigentum. Damit ist das Recht an Erfindungen aller Art gemeint, also Bücher, Lieder, Illustrationen und so weiter. Der Inhaber des Copyrights bekommt Tantiemen, wenn ein Buch verkauft, ein Lied gespielt oder ein Bild vervielfältigt wird."

„Oh, Ihnen gehört also das Copyright Ihrer Bücher und damit verdienen Sie Ihr Geld?"

„Nun, ein Schriftsteller verkauft die Rechte normalerweise an einen Verleger, der von den Verkäufen einen Anteil einstreicht. Der Autor bekommt vereinbarte Prozent. Manche Künstler behalten das Copyright und überlassen anderen nur die Lizenz. Künstler und Photographen machen das oft mit ihren Werken.“

Poppy sah immer noch ein wenig verwirrt aus.

„Das ist nicht leicht zu verstehen“, fuhr Nick fort, „weil geistiges Eigentum nicht greifbar ist, man kann es nicht anfassen wie Gold oder Geld oder Immobilien, trotzdem kann es verdammt viel wert sein. So dürfte der Rechteinhaber des Beatles-Katalogs ein Vermögen verdienen, ohne einen Finger zu rühren. Jedes Mal, wenn ein Beatles-Song im Radio gespielt, verkauft oder heruntergeladen wird, klingelt es in seiner Kasse.“

„Wow!“ Poppy war sichtlich beeindruckt. „Und Rick Zova war in eine Auseinandersetzung um geistiges Eigentum verwickelt?“

„Ja“, antwortete Nick stirnrunzelnd, „ich weiß allerdings nicht mehr genau, worum es ging. Mal sehen, ob ich etwas herausfinden kann ...“

Das Dorf Bunnington lag in nächtlicher Stille da, auf den Straßen war kaum Verkehr und so erreichten sie bald die Sackgasse, in der Nicks großes Haus im georgianischen Stil stand. Eine von Kletterpflanzen überwucherte Mauer trennte sein Grundstück vom Garten von Hollyhock Cottage. Im Scheinwerferlicht glomm ein gelb schimmerndes Augenpaar. Aus dem Schatten des Einfahrtstors tauchte ein großer getigerter Kater auf, dessen Schwanzspitze vor Empörung zitterte.

„Hallo, Oren.“ Poppy streichelte das seidige Fell. „Ich glaube, er hat Hunger.“

„*MIAU!*", bestätigte Oren klagend.

„Haben Sie ihn vor der Party gefüttert?", fragte Poppy misstrauisch.

„Nein, ich war knapp dran und habe es vergessen", knurrte Nick. „Aber er ist wohl kaum dem Hungertod nah. Sehen Sie ihn sich an!" Er wies auf den gut genährten Kater. „Der Tierarzt sagt sogar, dass ich Oren auf Diät setzen soll. Er hat in letzter Zeit ordentlich zugelegt. Ich verstehe nicht, wieso – ich gebe ihm nicht mehr als sonst."

Poppy zuckte schuldbewusst zusammen. Hoffentlich hatte Nick es nicht gesehen! Ihr Nachbar wusste nicht, dass Oren oft nach Hollyhock Cottage kam und einen Nachschlag verlangte – und dass sie und Nell sich von ihm mühelos um den Finger oder besser gesagt um die Samtpfote wickeln ließen. Kein Wunder, dass Oren immer dicker wurde, bekam er doch Thunfisch aus der Dose und Fleischpastete auf Bestellung gereicht!

„Der Tierarzt hat ihm ein spezielles Diätfutter verschrieben", erklärte Nick. „Etwas anderes bekommt er nicht. Erst muss er abnehmen."

Oh je, ich darf nicht vergessen, Nell Bescheid zu sagen, dachte Poppy, als sie kurz darauf ihre Haustür aufschloss.

Sie blieb einen Moment auf der Schwelle stehen und sah sich noch einmal in ihrem Garten um, wie sie es immer tat, wenn sie nach Hause kam. In der Dunkelheit konnte sie die Umrisse der mächtigen Rosenbüsche sehen, die rundlichen Kissen aus

Mauerpfeffer der Sorte „Autumn Joy", die einen schönen Kontrast zu den zierlichen Herbstanemonen und den hochgewachsenen Halmen der Ziergräser wie dem Lampenputzergras und dem Chinaschilf bildeten. Poppy atmete tief durch und genoss das Gefühl von Ruhe und Zufriedenheit, das sie in diesen Augenblicken verspürte.

Sie ging in die Küche im hinteren Teil des Cottage, wo Nell am Holztisch saß, umgeben von einem Sortiment leerer Töpfe und Pfannen. Es roch nach Essig - ihre alte Freundin reinigte damit die Griffe, wobei sie sich eingetrockneten Fett- und Schmutzresten mit besonderem Eifer widmete. Bei Poppys Anblick sprang sie entsetzt auf: „Um Himmels willen, was ist passiert?"

Poppy erschrak selbst, als sie ihr Spiegelbild im Küchenfenster sah. Ihr Haar war zerzaust, das Kleid war bei ihrem Sturz in Mitleidenschaft geraten, auf ihrer Wange zeigte sich eine deutliche Schmutzspur und ihre Hand war rot und geschwollen. Sie brauchte etwa zehn Minuten, um Nell davon zu überzeugen, dass alles in Ordnung sei und sie nicht ins Krankenhaus müsse. Ihre Freundin ließ es sich jedoch nicht nehmen, sie zu bemuttern, die Wespenstiche zu kühlen, ihr beim Umziehen zu helfen, ihr einen Tee aufzubrühen und reichlich Zucker hineinzugeben.

„Nicht zu fassen!", murmelte Nell, nachdem Poppy ihr erzählt hatte, was passiert war. „Das ist ja wie in einem Horrorfilm! Was für ein schrecklicher Unfall, tragisch! Und dieser Hubert – was fällt ihm ein, dich einfach auf der Party sitzen zu lassen? Und ich dachte schon, er ist vielleicht doch ein netter Kerl!" Sie schüttelte den Kopf.

„Es war nicht so schlimm. Nick hat mich mitgenommen."

„Nick?" Nell sah Poppy scharf an. „Was wollte der denn auf der Party?"

„Er war einer der Gäste. Offenbar ist David Nowak ein Fan von ihm."

„Ich traue ihm nicht. Krimiautoren haben etwas Verschlagenes an sich, sonst würden sie nicht ständig über Mord und Totschlag und andere Gewaltverbrechen schreiben. Es ist einfach nicht normal." Nell schüttelte sich. „Und außerdem ist Nick so viel älter als du. Ältere Männer versuchen immer, junge Mädchen auszunutzen."

„Nell!", rief Poppy gereizt. „Nick ist nur vierzehn Jahre älter als ich und außerdem bin ich kein naives junges Mädchen. Ich bin immerhin fünfundzwanzig. Du solltest nicht so viele Liebesromane lesen, in denen lauter gefährliche, düstere, grüblerische Helden vorkommen. Ich meine, Nick ist düster und grüblerisch, aber gefährlich ist er nicht, auch wenn er oft schlecht gelaunt ist", fügte sie schmunzelnd hinzu. „Außerdem bin ich für ihn lediglich seine Nachbarin, bestenfalls eine Freundin, mehr nicht."

„Hm." Nell presste die Lippen zusammen, sie sah nicht überzeugt aus. „Wenn du meinst ..."

„Ach, Unsinn", gab Poppy entnervt zurück.

„Wie dem auch sei, jetzt ist es genug von der Party", sagte Nell munter und scheuchte Poppy aus der Küche. „Du brauchst ein warmes Bad und dann gehst du gleich zu Bett. Und es wird nicht mehr gelesen oder mit dem Handy gespielt, hörst du?"

Kapitel 10

Poppy hatte nichts dagegen, Nells Rat zu befolgen. Sie fühlte sich erschöpft und ausgelaugt in Körper und Geist, und konnte es kaum erwarten, sich unter die Decken zu kuscheln. Als sie endlich im Bett lag, war die Haut um die Wespenstiche noch stärker gerötet und juckte und brannte wie verrückt, obwohl sie die Stelle gekühlt und mit antiseptischer Salbe behandelt hatte.

Sie wälzte sich von einer Seite auf die andere und versuchte, sich nicht zu kratzen. Als sie schließlich in einen unruhigen Schlaf fiel, träumte sie, ein Wespenschwarm würde sie verfolgen. So schnell sie auch rannte, sie konnte ihm nicht entkommen.

Schweißgebadet erwachte sie. Poppy setzte sich auf, warf einen Blick auf den Wecker auf dem Nachttisch, dann zog sie ihren fadenscheinigen Morgenmantel über und schlurfte müde in die Küche, um sich einen Tee zu kochen. Es war noch früh, doch Nell war schon auf und staubte die Fensterrahmen ab.

„Hast du die nicht letzte Woche geputzt?", fragte Poppy gähnend.

„Poppy!" Nell sah sie besorgt an. „Ich dachte, du wolltest ausschlafen."

„Ja, aber ich hatte einen schrecklichen Albtraum." Poppy gähnte erneut. „Und die Stiche machen mich wahnsinnig", fügte sie hinzu. Sie rieb sich mit der Hand an der Hüfte, um den schlimmsten Juckreiz zu lindern, ohne daran zu kratzen. „Die antiseptische Salbe hat nicht geholfen."

„Du solltest Calamine-Lotion auftragen", empfahl Nell. „Meine Mutter hat darauf geschworen, sie wirkt Wunder bei Insektenstichen und auch bei Windpocken. Vielleicht haben sie sie in der Dorfapotheke, sonst müsstest du in die Stadt fahren."

„Ob Bertie wohl ein Mittel gegen Juckreiz hat?", überlegte Poppy. „Er hat einen unerschöpflichen Fundus an Mixturen parat und ich möchte wetten, dass er etwas erfunden hat, das das Jucken sofort stoppt."

„Wenn es dich nicht vorher in die Luft jagt", meinte Nell düster.

Poppy grinste. Ihre Freundin hatte recht – Bertie

oder Dr. Bertram Noble, wie er mit vollem Namen hieß -, war ihr Nachbar auf der anderen Seite von Hollyhock Cottage und entsprach ganz dem Klischee des verrückten Erfinders. Seine Ideen und Kreationen waren erstaunlich – und bisweilen auch erstaunlich gefährlich. Man konnte nie vorhersagen, was sie anrichten würden. Früher war er Professor an der Universität Oxford gewesen, doch nun hatte er sich mehr oder weniger zur Ruhe gesetzt und lebte zurückgezogen in seinem Haus, arbeitete an seinen Erfindungen und half gelegentlich dem britischen Geheimdienst aus. Er war ein reizender Mensch, freundlich, exzentrisch und weltfremd, ein brillanter Geist, dessen kindliche Begeisterungsfähigkeit ihn so liebenswert machte. Außerdem war er Nick Forrests Vater. Das wussten allerdings nur wenige, denn Nick weigerte sich, mit ihm zu reden, und verschwieg die Tatsache, dass er sein Sohn war. Poppy hatte einige Male versucht, den Grund für den Bruch zwischen den beiden herauszufinden, doch wenn es um Bertie ging, wurde Nick noch reizbarer, als er es sowieso schon war.

Berties Haus erschien ihr ungewöhnlich still, als sie durch die Lücke in der Mauer kletterte, die ihre Gärten voneinander trennte. Aus den Fenstern drangen weder Qualm noch üble Gerüche und es waren keine Explosionen zu hören. Sie hatte jedoch kaum ein paar Schritte auf dem Weg zur Tür zurückgelegt, als lautes Hundegebell ertönte und ein zerzauster schwarzer Terrier um die Hausseite geschossen kam, um das Hab und Gut seines Herrchens zu verteidigen.

„Hallo, Einstein!" Poppy streichelte den kleinen Hund, der auf den Hinterbeinen tanzte und mit den Vorderpfoten in der Luft wedelte. Um die Schnauze hatte er einen seltsamen grünen Schaum und auch an den Pfoten klebte das Zeug. Poppy fragte sich, was Bertie wieder angestellt hatte.

Einstein winselte freudig, dann führte er sie eifrig um die Seite des Hauses. Poppy folgte ihm durch den überwucherten Garten zur hintersten Ecke des Grundstücks, wo sich Bertie gerade über ein verwittertes Holzstück beugte, das halb unter Unkraut und Büschen verborgen war.

„Poppy, meine Liebe, wie schön, Sie zu sehen!", rief Bertie. Er trug eine Art Taucherbrille, hinter der seine Augen riesig erschienen. Außerdem hatte er sich eine Stirnlampe umgeschnallt, die Poppy blendete, wenn er sie ansah.

„Oh, verzeihen Sie, meine Liebe. Warten Sie, ich mache dieses Dings aus." Bertie tastete nach einem Schalter und das Licht erlosch.

„Was machen Sie da?", wollte Poppy wissen.

„Ich suche Pilze", antwortete der alte Mann mit einem strahlenden Lächeln. „Der Herbst ist die beste Zeit für Pilze. Eigentlich beginnt die Saison für Wildpilze erst im November, dann gibt es den Violetten Rötelritterling und den Flatter-Milchling in rauen Mengen. Aber wenn Sie wissen, wo Sie suchen müssen, finden Sie das ganze Jahr über Pilze: Im

Winter gibt es den Gemeinen Samtfußrübling, einen wunderschönen Pilz, und im Frühling den köstlichen Georgsritterling ...“

„Ich dachte, Wildpilze gibt es nur im Wald“, sagte Poppy mit einem Blick in den zugewachsenen Garten.

„Oh nein, Pilze wachsen überall, in Gärten, auf Grasstreifen, unter Hecken. Ich habe sogar Pilze auf einem Strohdach wachsen sehen – und in einem Badezimmer.“

„Igitt! In einem Badezimmer?“ Poppy zog angewidert die Nase kraus.

„Nun ja, es war ein außergewöhnlich dunkles und feuchtes Badezimmer, aber das kommt gar nicht so selten vor. Normalerweise handelt es sich dabei um eine Form von Becherpilz.“ Bertie grinste. „Wahrscheinlich wachsen sogar welche in Ihrem Cottage.“

„Ausgeschlossen! Bei Nell hat keine Pilzspore eine Überlebenschance.“ Sie spähte über Berties Schulter. „Und? Haben Sie schon Pilze gefunden?“

„Ja, hier haben wir eine vielversprechende Ansammlung von *Grifola frondosa*. Man nennt ihn auch den Gemeinen Klapperschwamm.“ Bertie zeigte auf den Holzklotz. „Sehen sie nicht entzückend aus?“

„Oh ...“ Poppy beäugte das gräuliche Gebilde aus welligen, zungenförmigen Lappen. „Entzückend“ war nicht unbedingt das Wort, das ihr dazu einfiel.

„In Japan ist dieser Pilz eine Delikatesse, wissen Sie“, erklärte Bertie. Er schnitt ein Stück heraus und hielt es ihr hin. „Er wird gerne in Eintopfgerichten verwendet, Nabemono heißen sie. Er ist voller Antioxidantien." Er legte das Pilzstück in einen Korb und richtete sich mühsam auf. „Den kann ich gut in meinem Pilztee verwenden."

„Pilztee?"

Bertie ging langsam zum Haus zurück und winkte ihr, sie solle mitkommen. „Ja, ja, ich braue gerade welchen. Kommen Sie, ich zeige es Ihnen."

Er führte sie zur Eingangstür, Einstein dicht auf den Fersen. Im Haus schlug ihnen ein durchdringender Gestank entgegen.

„Pfui Teufel, Bertie, hier stinkt's!" Poppy hielt sich die Nase zu.

„Das ist der Pilztee!", strahlte Bertie. „In der Küche brodelt er vor sich hin, ein ganzer großer Topf voll. Ich probiere gerade ein neues Rezept mit Stinkmorcheln aus – *Phallus impudicus*. Ein faszinierender Pilz! Hierzulande weit verbreitet, ebenso auf dem europäischen Festland und in Nordamerika, und dank seiner phallischen Form leicht zu erkennen."

„Aha, interessant." Poppy hoffte inständig, dass er nicht darauf bestand, ihr ein Exemplar zu zeigen. „Äh, meinen Sie, man kann diesen Tee tatsächlich trinken? Er riecht wie verdorbenes Fleisch." Ihr wurde ein wenig übel.

„Oh, das ist die charakteristische Duftnote der Stinkmorchel. Ich hatte gehofft, den Geruch ein wenig abmildern zu können, indem ich Teeblätter hinzufüge. Wissen Sie, *Phallus impudicus* enthält Stoffe, die die Gefahr einer Zusammenballung von Blutplättchen reduzieren, er könnte also ein ideales Mittel zur Verhinderung von tiefen Venenthrombosen sein. Ich teste verschiedene Mischungen für eine Reihe von Heiltees." Er sah Poppy hoffnungsvoll an. „Wollen Sie mal probieren?"

„Ach, ich -" Poppy konnte sich kaum etwas Schlimmeres vorstellen als einen Tee zu trinken, der aus einem stinkenden Pilz in Form eines Penis gebraut worden war.

„Warten Sie hier, meine Liebe, ich bringe Ihnen eine Kostprobe." Bertie schob sie ins Wohnzimmer.

„Nein, danke, Bertie -" Poppy verstummte, als sie ein surrendes Geräusch hörte und sich gleich darauf eine bizarr aussehende Maschine auf sie zubewegte.

Sie war fast so groß wie Poppy und hatte Ähnlichkeit mit einer beweglichen Vogelscheuche. Die Gliedmaßen bestanden aus allen möglichen Alltagsgegenständen. Es handelte sich offenbar um einen Roboter mit einem kastenförmigen Torso, an dem verschiedene Einsätze und Knöpfe zu sehen waren, einem einzigen säulenförmigen Bein, das auf einem Sockel auf Rädern ruhte, und zwei Metallarmen mit „Händen", von denen eine wie eine Scheuerbürste aussah und die andere wie ein Schwamm. Das Seltsamste war jedoch der Kopf. Er bestand aus dem Teil einer Supermarktkasse, der normalerweise dem Kunden zugewandt war. Im Display war allerdings nicht etwa „Toilettenpapier

£3.50“ zu sehen, sondern „MODUS: HAUSHALT STAUBWISCHEN“.

„Ah! Darf ich Ihnen meine neueste Erfindung vorstellen: CLARA“, sagte Bertie stolz. „Das steht für Cleaning Legacy Adaptive Robot Assistant. CLARA ist ein Allzweck-Reinigungs-Roboter, ihre Sensoren spüren das kleinste Staubkörnchen auf. Ich habe sie die Woche über getestet und sie ist wirklich fantastisch. Meinen Sie nicht auch?“ Mit einer ausladenden Armbewegung deutete er auf sein Wohnzimmer.

Poppy musste ihm recht geben. Normalerweise sah es in Berties Haus so aus, als sei ein tropischer Wirbelsturm durch ein Chemielabor gefegt. Überall lagen Röhrchen, Gläser, Bücher und Messgeräte herum und dazwischen stapelten sich Teller mit Essensresten zu wackligen Türmen, die jederzeit umzufallen drohten. Heute jedoch war das Wohnzimmer sauber und aufgeräumt, alle Oberflächen glänzten und der Boden war gesaugt. Während sie sich noch staunend umsah, rollte der Roboter an ihr vorbei zum Fenster und begann, die Fensterbank abzustauben. Die Hand, die vorher ein Schwamm gewesen war, hatte sich in ein weiches Staubtuch verwandelt, während die andere vorsichtig über die Fensterscheibe fuhr.

„Wow! Das ist beeindruckend“, sagte sie überrascht.

Bertie strahlte. „Danke, meine Liebe. Ich bin überzeugt, dass CLARA die Hausarbeit revolutionieren wird. Ihr ausgefeiltes SEP – das ist das Schmutzerkennungsprogramm – macht es mir möglich, sie so zu programmieren, dass sie bestimmte Dinge sucht und erkennt, zum Beispiel Schimmel oder Sand oder Kohlenstaub. Auf diese Weise erzielt sie hervorragende Ergebnisse und ist damit ein vollwertiger Ersatz für menschliche Reinigungskräfte. Wäre das nicht wundervoll? Dann müsste niemand mehr seine Zeit mit Putzen vergeuden."

„Das wäre fantastisch. Haben Sie den Roboter schon jemandem gezeigt?"

„Nein, bislang nicht. CLARA ist ein Prototyp und braucht noch eine längere Testphase. Ich bin gerade auf der Suche nach einem lebensechten Umfeld für ein paar Versuchsreihen. Vielleicht möchte Ihre Freundin Mrs Hopkins CLARA ausleihen? Sie könnte ihr beim Putzen helfen. Die arme Frau scheint unablässig zu scheuern und zu wienern."

Irgendwie konnte sich Poppy nicht vorstellen, dass Nell es gutheißen würde, wenn sich ein Roboter in ihrem angestammten Herrschaftsgebiet breitmachte, behielt ihre Gedanken jedoch für sich. „Ich glaube, Nell schrubbt und scheuert sogar gerne, so seltsam es klingt", sagte sie schmunzelnd. „Aber ich kann sie fragen."

Bertie ließ sie auf dem Sofa Platz nehmen und ging dann - ungeachtet ihrer Proteste – in die Küche, um den Pilztee zu holen. Derweil beobachtete Poppy den Roboter mit einer Mischung aus Ehrfurcht und

Belustigung. CLARA hatte soeben die Fensterbank abgestaubt und rollte nun langsam durch den Raum auf die Tür zu, die in den Flur führte. Als sie an ihr vorbeikam, hielt sie plötzlich an und schwenkte ihren rechteckigen Kopf mit dem Display, als würde sie sie anstarren. Die Worte „UNBEKANNTES OBJEKT ERKANNT" blinkten auf. Die Räder drehten sich und sie kam näher. Poppy beugte vorsichtshalber den Oberkörper nach hinten.

„Äh, hallo?" Sie kicherte nervös.

Zu ihrem Entsetzen antwortete eine mechanische Stimme: „Menschliches Subjekt. Unbekannte Herkunft. Mögliche Kontamination durch äußere Umgebung. Beginne mit dem Scan."

Plötzlich erschien eine Sonde aus einem Fach im Körper des Roboters und streckte sich ihr entgegen.

„Äh ..." Poppy beobachtete besorgt, wie sich die Sonde über ihren Körper zu bewegen begann und dabei ein seltsames blaues Licht ausstrahlte.

Sie blieb über ihrem nackten Arm stehen, senkte sich dann und verharrte wenige Zentimeter über ihrer Haut, die durch die Arbeit im Freien gebräunt und mit Sommersprossen übersät war. Plötzlich ertönte eine Sirene, die Poppy aufschrecken ließ.

„ESG-Alarm! Ernste Schmutzgefahr!"

Ein Metallarm schoss vor und begann, Poppys Arm eifrig mit einem Putzlappen abzureiben.

„Nein, nein, das ist ein Irrtum. Das ist kein Schmutz, das sind meine Sommersprossen", grinste Poppy.

Der Roboter hielt inne und sagte: „Erste Reinigungsversuche erfolglos. Nächste Intensitätsstufe einleiten."

Poppys Grinsen verschwand, als der Roboter den anderen Arm ausstreckte und die Haut mit einer harten Bürste bearbeitete.

„Au, das tut weh! Hör auf! Glaub mir - das ist kein Schmutz! Das kriegst du nicht weg. Das sind meine Sommersprossen!"

Der Roboter ignorierte sie und schrubbte noch fester. Poppy wollte ihn gerade wegschieben, als er stehen blieb. Doch bevor sie aufatmen konnte, öffnete sich ein weiteres Fach in seinem Körper. Diesmal kam etwas zum Vorschein, das wie eine Mischung aus einem Knäuel Stacheldraht und einem riesigen Zäpfchen aussah.

„Standard-Reinigungsverfahren unwirksam", sagte die mechanische Stimme. „Nächste Stufe: Stahlwolle mit Extradruck."

„Was?" Poppy sprang kreischend vom Sofa auf. Sie wich Schritt für Schritt von dem Roboter zurück.

„Nein! Stopp! Lass das, du blöde Maschine!", rief sie, als der Roboter zielstrebig auf sie zurollte. Sie gab auf und rannte in die Küche. „Bertie - HILFE!"

Kapitel 11

Leicht traumatisiert und mit einem partiellen Peeling kehrte Poppy schließlich zu ihrem Cottage zurück. Zu ihrer Überraschung stand Joe Fabbri im Garten und begutachtete das Gewächshaus. Poppy war schockiert, als sie sein Gesicht sah. Es war geschwollen, er hatte ein blaues Auge und seine Lippe war im Mundwinkel aufgeplatzt. Seine Körperhaltung wirkte schief, und als er sich zu ihr umdrehte, sah sie, dass er sein linkes Bein schonte.

„Mein Gott, Joe - was ist passiert?", rief sie. „Haben Sie sich geprügelt?"

„Nein", antwortete er schnell. „Keine Prügelei. Sturz."

„Sie sind gestürzt?"

„Von der Leiter."

„Oh." Poppy beäugte seine Verletzungen skeptisch und fragte sich, wie man bei einem solchen Sturz ein blaues Auge bekommt. „Waren Sie schon beim Arzt?"

Er zuckte mit den Schultern und verzog schmerzhaft das Gesicht. „Nee. Nicht nötig."

„Was soll das heißen, ‚nicht nötig'? Diese Verletzungen sehen übel aus und mit Ihrem Bein stimmt auch etwas nicht. Was, wenn Sie sich etwas gebrochen haben? Sie sollten sich untersuchen lassen. Sie wollen doch keine Infektion bekommen und -"

„Nicht nötig", wehrte Joe erneut mit fester Stimme ab.

Poppy wollte widersprechen, holte dann tief Luft und schluckte die Worte hinunter. Es hatte vermutlich keinen Sinn, ihn zu drängen. Nach einer langen Pause deutete sie auf das Gewächshaus und sagte: „Was meinen Sie? Ich bin noch nicht ganz fertig, aber ich habe den größten Teil des Algenbelags vom Glas abbekommen und die Ecken des Rahmens von Dreck und Moos befreit. Jetzt muss ich den Boden gründlich schrubben."

Joe trat einen Schritt zurück und warf dem Gewächshaus einen prüfenden Blick zu, dann nickte er. „Jo. Nicht schlecht."

Poppy schmunzelte. Aus Joes Mund war das ein großes Lob. Er war immer ein geduldiger und hilfsbereiter Lehrmeister und Mentor gewesen, nur mit Komplimenten war er sparsam und sie war jedes Mal ungemein stolz, wenn er mit ihrer Arbeit zufrieden war.

„Danke – das freut mich. Heute wollte ich den Rest erledigen." Sie seufzte. „Ich weiß gar nicht, warum ich mich damit so beeile – andererseits habe ich nichts anderes zu tun. Ich habe das Gefühl, als würde ich die ganze Zeit warten, auf den Frühling, darauf, dass meine Setzlinge wachsen, damit ich anfangen kann, Pflanzen zu verkaufen, darauf, dass der Garten wieder blüht, damit ich wieder Sträuße verkaufen kann ... aber ich weiß nicht, womit ich in der Zwischenzeit Geld verdienen soll."

„Gewächshaus putzen."

Poppy sah ihn fragend an. „Was meinen Sie damit? Ich habe es doch geputzt."

„Andere."

„Andere? Andere Gewächshäuser?"

„Leute hassen das. Zahlen gutes Geld."

„Sie meinen, die Leute würden mich dafür bezahlen, dass ich ihnen ihre Gewächshäuser putze?"

Er schob die rechte Hand in die Tasche seines Overalls, zuckte vor Schmerz zusammen und wechselte schnell auf die linke. Nach einigem Ziehen und Zerren gelang es ihm, ein zerfleddertes Notizheft herauszuholen. Er hatte Mühe, die Seiten umzublättern, doch schließlich fand er, was er suchte, und zeigte es Poppy. „Mrs Walpole" stand in Krakelschrift oben auf der Seite. Dann folgten die Adresse im Dorf und die Worte „Gewächshaus putzen".

„Heute. Zwölf Uhr", sagte Joe. Er wies auf weitere Seiten mit ähnlichen Angaben. Offenbar war Joe für den Rest der Woche mit dem Putzen von Gewächshäusern ausgebucht.

„Wow! Darauf bin ich gar nicht gekommen, dass man auch damit Geld verdienen kann."

Joe legte den Kopf schief. „Gelegenheitsjobs. Arbeit im Herbst. Blätter zusammenharken. Dachrinnen säubern. Blumenzwiebeln pflanzen."

„Das kann ich alles!", rief Poppy eifrig.

„Geb Ihnen ein paar von meinen Jobs ab."

„Wirklich? Oh, das ist wirklich nett von Ihnen, Joe! Ich könnte -"

Weiter kam sie nicht, denn Nell stürmte mit einem Korb voller Mullbinden und Pflaster aus dem Haus.

„Das war alles, was ich finden konnte, also muss es reichen, obwohl ich Ihnen immer noch raten würde, zum Arzt zu gehen. Ich habe zwar etwas Erfahrung in der Krankenpflege, aber ich bin keine Krankenschwester, und das Auge sieht furchtbar aus - ich wette, Sie haben es nicht sofort gekühlt, oder? Männer! Immer versuchen sie, den Helden zu spielen! Und was ist mit Ihrer Hand? Für mich sieht das so aus, als wäre das Handgelenk verstaucht, wenn nicht sogar gebrochen. Sie gehören ins Krankenhaus, das muss geröntgt werden. Lieber Himmel, was haben Sie bloß auf dieser Leiter gemacht, dass Sie so schlimm gestürzt sind?"

Joe murmelte etwas Unverständliches, während Nell seine Blutergüsse begutachtete, antiseptische

Salbe auftrug und Verbände anlegte. Schließlich trat sie mit einem Seufzer zurück.

„So! Ich habe getan, was ich konnte. Achten Sie darauf, dass die Verbände nicht nass werden und dass Sie immer wieder Salbe auf die Wunden auftragen. Ihr Handgelenk habe ich so gut es ging bandagiert." Sie wies auf Joes Rechte, die sie mit einem Holzspatel und einem in Streifen gerissenen Geschirrtuch provisorisch geschient hatte. „Aber wenn Sie Fieber bekommen oder die Wunden rot und entzündet aussehen, müssen Sie ins Krankenhaus, und wenn ich Sie eigenhändig hinfahre!" Nell musterte den Mann streng. „Und die nächsten Tage wird nicht gearbeitet! Sie halten das Handgelenk schön ruhig, verstanden? Und das Bein sollten Sie auch schonen. Außerdem bezweifle ich, dass Sie mit diesem Auge richtig sehen können. Nicht, dass Sie sich am Ende mit dem Hammer auf den Daumen schlagen und noch ärger verletzen. Sie müssen alle Ihre Aufträge absagen."

Joe schüttelte eindringlich den Kopf. „Die alte Mrs Walpole. Heute um zwölf. Andere Hand."

„Oh nein, das werden Sie nicht tun!" Nell hob warnend den Finger. „Sie gehen nirgendwo hin, Mister, außer nach Hause ins Bett."

„Muss arbeiten."

„Nicht, wenn Sie verletzt sind", sagte Nell entschieden.

Joe funkelte sie an. „Ist nicht Ihre Sache."

„Ich übernehme das", mischte Poppy sich ein. Sie

legte Joe die Hand auf den Arm. „Nell hat recht - Sie müssen Ihre Verletzungen ausheilen lassen, sonst fallen Sie noch länger aus. Sie haben gesagt, ich könnte Ihnen bei einigen Ihrer Aufträge helfen, warum also fange ich nicht gleich heute an? Ich gehe zu Mrs Walpole und sehe zu, dass ihr Gewächshaus gereinigt wird. Und Sie bekommen trotzdem Ihr Geld."

„Geld ist mir egal. Sie verdienen es, Sie nehmen es", knurrte Joe. „Vierzig Jahre. Hab noch nie einen Kunden sitzen lassen."

„Nun, Sie lassen Mrs Walpole nicht sitzen - Sie schicken mich", erwiderte Poppy und fügte lachend hinzu: „Wer hätte gedacht, dass ich mich freiwillig für eine weitere Gewächshausreinigung melde. Vielleicht sollte ich CLARA mitnehmen."

„Wen?", fragte Nell verwirrt.

„Oh, CLARA ist Berties neue Erfindung; sie ist ein Putzroboter."

„Putzroboter?" Nell schaute empört.

Poppy nickte. „Sie ist erstaunlich! Bertie hat spezielle Sensoren und mehrere Reinigungsmodi eingebaut und eine Auswahl an Werkzeugen -"

„Bah!" Nell schnaubte verächtlich. „Kein Roboter macht das so gut wie ein Mensch." Sie wandte sich wieder an Joe. „Also, Sie warten hier: Bevor Sie nach Hause gehen, trinken Sie noch eine Tasse Ingwertee. Meine Mutter hat auf Ingwer geschworen; er heilt alles, hat sie immer gesagt. Ich bin gleich wieder da." Sie eilte vor sich hin schwatzend in Richtung Haus davon.

Einen Moment später kehrte Nell jedoch bereits zurück. Poppy wollte gerade im Scherz fragen, wie sie es geschafft hatte, den Ingwertee so schnell aufzubrühen, als sie sah, dass ihre Freundin von zwei Männern begleitet wurde: von einem uniformierten Polizisten und einem Mann in Zivil. Poppy ahnte nichts Gutes, als sie ihn erkannte: Es war Detective Sergeant Aidan Lee von der Kripo Oxfordshire, mit dem sie in der Vergangenheit schon mehrmals aneinandergeraten war. Sie mochte seine arrogante Art nicht. Jetzt beobachtete sie misstrauisch, wie er sich mit seinem Kollegen im Schlepptau näherte.

Lee baute sich vor Joe auf. „Mr Fabbri?"

Joe nickte wortlos.

„Wir möchten Sie bitten, uns zur Wache zu begleiten."

„Was ist los?", fragte Poppy.

Lee ignorierte sie, doch als Joe sich nicht rührte, stieß er einen gereizten Seufzer aus und ergänzte: „Wir möchten Sie im Zusammenhang mit dem Tod von Rick Zova befragen." Er winkte den Polizeibeamten zu sich. „Begleiten Sie Mr Fabbri zum Auto."

„Warten Sie!" Poppy stellte sich vor Joe. „Sie können doch nicht einfach herkommen und ihn ohne irgendeine Erklärung verhaften!"

„Ich verhafte Mr Fabbri nicht - zumindest noch nicht", erwiderte Lee und warf ihr einen verächtlichen Blick zu. „Und selbst wenn ich es täte, ginge es Sie nichts an. In einem Mordfall habe ich die Befugnis, zu tun, was ich für richtig halte."

„Mordfall?", rief Nell. „Aber ... aber war der Tod von Rick Zova nicht ein Unfall?"

„Ja, ist er nicht an einem anaphylaktischen Schock gestorben?", fragte Poppy.

„Wir sind zunächst davon ausgegangen, dass Zova an einer Anaphylaxie in der Folge von Wespenstichen gestorben ist, aber die Autopsie hat gezeigt, dass er Blutergüsse und Abschürfungen im Gesicht und am Körper hatte, die auf eine tätliche Auseinandersetzung hindeuten." Lee sah Joe strafend an. „Und beim Abtransport der Leiche wurde unter seinem Körper etwas gefunden – möglicherweise die Tatwaffe: eine Gartenkelle." Lee trat einen Schritt vor, sodass sein Gesicht nur eine Handbreit von Joes entfernt war. „Und raten Sie mal, wessen Fingerabdrücke wir darauf gefunden haben? Ihre!"

Poppy und Nell starrten den Detective Sergeant ungläubig an.

„Wollen Sie damit sagen, dass Joe Rick Zova umgebracht hat? Das glauben Sie doch selbst nicht!", rief Poppy.

Lee ignorierte sie und sprach stattdessen weiter zu Joe: „Sie waren gestern Abend auf dem Anwesen von Chatswood House, nicht wahr, Mr Fabbri? Sie wurden gerufen, um etwas zu reparieren - Mrs Nowak hat das bestätigt: ein kaputtes

Pflanzenspalier. Sie gibt an, nach Abschluss der Arbeiten mit Ihnen gesprochen zu haben. Danach hat sie sich unter die Partygäste gemischt, sie kann also nicht bestätigen, dass Sie das Grundstück verlassen haben. Während drinnen gefeiert wurde, hätten Sie sich im Garten bei Zova anschleichen und ihn angreifen können."

Er musterte Joes zugeschwollenes Auge und das geschiente und verbundene Handgelenk. „Sieht aus, als hätten Sie sich geprügelt. Oder wie sind Sie sonst an diese Verletzungen gekommen?"

Joe zuckte mit den Schultern. „Gefallen. Von einer Leiter."

Lees Gesichtsausdruck zeigte nur zu deutlich, dass er ihm nicht glaubte, und leider musste Poppy einräumen, dass seine Erklärung selbst in ihren Ohren wenig glaubwürdig klang. Hastig sagte sie: „Warum in aller Welt sollte Joe Rick Zova umbringen? Er war Zova noch nie begegnet - er hatte nichts mit ihm zu tun, welches Mordmotiv könnte er also haben? Das stimmt doch, Joe, oder?"

„Das wird sich zeigen." Lee ließ Joe nicht zu Wort kommen. Dem Constable zugewandt, befahl er: „Bringen Sie Mr Fabbri zum Auto."

Poppy packte Joe am Arm, als der Polizist ihn wegführen wollte.

„Joe, Sie brauchen einen Anwalt. Sagen Sie nichts ohne juristischen Beistand. Wenn ich irgendetwas für Sie -"

„Mrs Walpole", sagte Joe.

„W-was?" Poppy verstand nicht.

Er drückte ihr sein Notizbuch in die Hand. „Zwölf Uhr."

Poppy sah ihn verwirrt an. „Joe, das ist nicht wichtig. Mrs Walpole hat sicher Verständnis, wenn Sie nicht kommen. Wenn Sie wollen, rufe ich sie an und erkläre ihr alles."

„Nein, einen Termin nie absagen!"

„Schon gut, schon gut, ich gehe hin", versprach Poppy beschwichtigend. Sie wollte noch etwas sagen, kam aber nicht dazu, weil der Polizist Joes Arm packte und ihn mit sich zerrte. Sie konnte nur hilflos zusehen, wie der alte Handwerker weggeführt wurde.

Kapitel 12

„Oh mein Gott, wie schrecklich, der arme Joe!" Nell lehnte an der Spüle und drehte nervös einen Putzlappen zwischen den Fingern.

Poppy saß niedergeschlagen am Küchentisch. Es war über zwei Stunden her, dass die Polizei Joe abgeholt hatte, und obwohl sie einen halbherzigen Versuch unternommen hatte, das Gewächshaus fertig zu putzen, wanderten ihre Gedanken immer wieder zu dem, was sich in ihrem Garten abgespielt hatte. Dass Nell nicht aufhörte, die peinlich saubere Arbeitsplatte abzuwischen, ließ sie vermuten, dass es ihr genauso ging.

„Das ist lächerlich!", platzte Poppy plötzlich heraus. „Die Polizei kann nicht ernsthaft annehmen, dass Joe Rick Zova ermordet hat! Sergeant Lee ist ein ausgesprochener Dummkopf; ich könnte schwören, dass er wieder einmal völlig danebenliegt!"

„Vielleicht merken sie, dass sie einen Fehler gemacht haben, wenn sie Joe befragen."

„Nein, das ist unwahrscheinlich", sagte Poppy verbittert. „Ich kenne Lee – und ich habe oft genug erlebt, wie er seine Fälle bearbeitet. Er hat eine Vorliebe für voreilige Schlüsse und biegt sich die Fakten so zurecht, dass sie zu seiner bevorzugten Theorie passen. Wenn Lee von Joes Schuld überzeugt ist, gilt der Satz ‚Im Zweifel für den Angeklagten' nicht mehr." Sie stieß einen frustrierten Seufzer aus. „Ich wünschte, ich könnte Joe irgendwie helfen."

„Vielleicht könntest du mit der netten Dame von der Kripo sprechen? Ihr seid doch inzwischen ganz gut befreundet. Du weißt schon, Ex-Freundin von Nick Forrest. Susan ..."

„Du meinst Suzanne", sagte Poppy. „Detective Inspector Suzanne Whittaker."

„Ja, die meine ich. Sie scheint viel netter zu sein als dieser Lee, und ich bin sicher, sie würde dir zuhören, wenn du dich für Joe einsetzt."

„Hmm, könnte sein ..." Poppy war immer noch mit ihren eigenen Gedanken beschäftigt. „Die Frage ist nur, warum sich die Polizei sofort auf Joe stürzt? Ich weiß, dass seine Fingerabdrücke auf der blöden Kelle waren, aber das spricht doch nicht zwangsläufig gegen ihn, oder? Immerhin ist die Kelle ein Gartengerät, und er ist Gärtner. Was ist mit den

Gästen der Party? Ein Mann namens Geoff hörte sich an, als hätte er etwas gegen Rick Zova, er war so voller Hass auf ihn. Weiß die Polizei von ihm? Und was ist mit dieser verrückten Frau, die Zova vollgeheult hat?"

Nell schaute sie verwirrt an. „Wer ist Geoff? Welche verrückte Frau?"

Poppy wollte gerade erklären, was sie meinte, als ihr Blick auf die Küchenuhr fiel. Sie sprang auf. „Oh nein! Ist es schon so spät? Ich mache mich besser auf den Weg, wenn ich Joes Putzjob im Gewächshaus für ihn erledigen soll!"

Sie packte schnell Eimer, Bürsten und Lappen zusammen und trug sie hinaus zu ihrem neuen Auto, das in der Gasse vor dem Eingangstor parkte. Nachdem sie sich monatelang auf die langsamen und unzuverlässigen Busse verlassen hatte, die Bunnington mit dem Rest der Welt verbanden, hatte sie in den sauren Apfel gebissen und sich einen gebrauchten Kleinwagen gekauft. Schließlich brauchte sie ein Fahrzeug, um Pflanzen- und Blumenbestellungen auszuliefern, wenn die Gärtnerei im Frühjahr in Schwung kam.

Trotzdem war sie nervös gewesen, als sie den Kaufvertrag unterschrieb, und hatte sich gefragt, ob es die richtige Entscheidung war. Die Anzahlung hatte den größten Teil ihrer restlichen Ersparnisse aufgezehrt, und die monatlichen Raten kamen zu den Kreditkartenschulden ihrer Mutter hinzu, die sie bereits mühsam abbezahlen musste. Als sie jedoch alles im Kofferraum verstaut hatte, den Motor startete und langsam die Gasse entlangfuhr, war sie froh darüber.

Zehn Minuten später hielt Poppy vor einigen Reihenhäusern und sah sich neugierig um. Es war ein Neubaugebiet am Rande von Bunnington, und die stromlinienförmige Architektur und die modernen Baumaterialien bildeten einen krassen Widerspruch zum alten Dorfkern. Trotzdem war die Straße auf ihre Weise recht hübsch, auch wenn ihr der Charme eines typisch englischen Dorfes fehlte. Die meisten Vorgärten wirkten gepflegt, mit ordentlich gestutzten Sträuchern und Blumentöpfen auf Treppenstufen und Fensterbänken. Das kleine Grundstück von Mrs Walpole war das farbenprächtigste von allen, es war offensichtlich, dass die alte Dame Blumen liebte, denn ihr Vorgarten quoll über von Eisenhut, Veilchen und Herbstzeitlosen, und Poppy sah sogar ein paar buschige Chrysanthemen mit winzigen Blüten, die wie Pompoms aussahen.

Poppy drückte auf die Klingel an der Haustür und wartete nervös. Hoffentlich war Mrs Walpole nicht allzu überrascht, dass sie statt Joe Fabbri zum Putzen kam. Einen Moment später öffnete sich die Tür und eine weißhaarige Dame in einer geblümten Schürze sah sie neugierig an.

„Mrs Walpole? Mein Name ist Poppy Lancaster. Ich bin eine Bekannte von Joe Fabbri. Leider kann Joe heute nicht kommen, daher würde ich Ihr

Gewächshaus reinigen, wenn es Ihnen recht ist."

„Oh, das wäre wunderbar, meine Liebe! Ich wollte das Gewächshaus seit Ewigkeiten ausmisten und richtig sauber machen, aber ich habe mir vor ein paar Monaten den Rücken verletzt, und mein Sohn, der Arzt ist, hat mir alles verboten, was zu anstrengend ist - und vor allem die Gartenarbeit. Natürlich höre ich nicht auf ihn. Ich musste schließlich all die Blumentöpfe für den Vorgarten bepflanzen, das war allerdings nicht so schlimm, weil ich sie auf einen Tisch stellen konnte. Mit dem Bücken, Hocken und Heben habe ich Probleme. Es wäre schön, wenn das Gewächshaus sauber wäre. Ich habe mir schon Sorgen um meine empfindlichen Pflanzen gemacht, denn das Wetter wird doch merklich kühler ..."

Fröhlich plappernd führte Mrs Walpole sie durch das Haus und durch die Hintertür in einen langgestreckten, schmalen Garten. Um eine kleine Rasenfläche waren mehrere mit Stauden bepflanzte Beete, aber den hinteren Teil nahm ein großes Gewächshaus ein. Es war in einem viel besseren Zustand als das im Hollyhock Cottage, doch die staubigen Glasscheiben mussten gründlich gereinigt werden.

„Und wenn Sie das erledigt haben, könnten Sie mir dann bei ein paar anderen Arbeiten zur Hand gehen? Ein paar Pflanzen müssten geteilt und andere müssten zurückgeschnitten werden ... oh, und da ist dieser schreckliche Efeu!" Sie deutete auf eine dichte, in sich verschlungene Efeumatte, die die Mauer an einer Seite des Gartens bedeckte.

„Er gehört eigentlich meinem Nachbarn, aber er kümmert sich überhaupt nicht darum, und deshalb ist er völlig verwildert, ist auf seiner Mauer hochgewachsen und hängt jetzt auf meiner Seite herunter. Ich finde ihn grässlich, er ist voller Spinnen und anderer Krabbeltiere, die darin Netze und Nester bauen ...“ Mrs Walpole schüttelte sich. „Ich habe ihm angeboten, ihn für ihn zu stutzen, aber davon wollte er nichts hören. Er ist sogar so aufbrausend geworden, dass ich mich nicht mehr traue, ihn um etwas zu bitten. Also versuche ich einfach, die Ranken unter Kontrolle zu halten, indem ich sie auf meiner Seite zurückschneide.“

„Haben Sie eine Leiter?“, fragte Poppy.

„Ja, hinter dem Gewächshaus steht eine.“

„Dann kann ich das für Sie erledigen. Ich hatte in meinem Garten vor Kurzem das gleiche Problem“, sagte Poppy fröhlich. „Ich weiß also genau, was zu tun ist.“

„Oh, danke, meine Liebe - das wäre wunderbar! Möchten Sie eine Tasse Tee, bevor Sie anfangen?“

Poppy lehnte höflich ab, und nachdem sie Mrs Walpole versichert hatte, dass sie auch kein Pflaumenkompott, keinen hausgemachten Madeirakuchen, keinen geräucherten Bückling und kein Orangengelee haben wollte, begab sie sich an die Arbeit. Für das Gewächshaus brauchte sie nicht so lange, wie sie erwartet hatte, also holte sie bald die Leiter und schnappte sich ihre Gartenschere, um dem wuchernden Efeu zu Leibe zu rücken. Sie stand an der Mauer, starrte auf das Gewirr von Ranken und überlegte, welchen Teil sie zuerst in Angriff nehmen sollte, als sie von der anderen Seite raue Stimmen hörte. Es hörte sich an, als kämen gerade zwei Männer aus dem Nachbarhaus in den hinteren Teil des Gartens - und sie stritten sich heftig.

Poppy achtete zunächst nicht besonders darauf, bis sie die Worte „Mord", „zu gut", „Zova soll dafür bezahlen", „Gerechtigkeit" hörte und erstarrte. Sie spitzte die Ohren, um mehr mitzubekommen, aber von den Stimmen war nur noch ein unverständliches Brummen zu hören. Eine der Stimmen kam ihr jedoch sehr bekannt vor, und sie überlegte angestrengt, woher. Als ihr klar wurde, wo sie diesen angenehmen Bariton schon einmal gehört hatte, hielt sie überrascht die Luft an: auf Nowaks Party gestern Abend. Sie war sich sogar sicher, dass es der milliardenschwere Geschäftsmann selbst war.

Mit wem spricht er? Und was sagen sie über den Mord an Rick Zova? Von Neugierde gepackt, lehnte sich Poppy näher an die Wand, aber so sehr sie auch die Ohren spitzte, sie konnte nicht verstehen, was sie sagten. Die Mauer selbst und das dichte Efeugestrüpp wirkten wie ein Puffer und dämpften die Geräusche.

Poppy schaute zur Mauerkrone hinauf, dann griff sie impulsiv nach der Leiter und lehnte sie gegen die Efeuzweige. Schnell kletterte sie die Sprossen hinauf und verlangsamte ihr Tempo erst, als sie sich dem Rand näherte. Durch die Efeublätter sah sie auf der anderen Seite der Mauer zwei Männer unter ihr. Sie standen am anderen Ende des Nachbargartens, und obwohl sie ihr den Rücken zuwandten, erkannte sie den glatzköpfigen Mann sofort als David Nowak. Auch der andere Mann kam ihr bekannt vor, und als er sich ins Profil drehte und sie einen besseren Blick auf sein Gesicht werfen konnte, erkannte Poppy ihn. Es war Geoff, der Mann, der auf Rick Zovas unerwartetes Auftauchen auf der Party so wütend reagiert hatte.

Nowak legte seinem Freund besänftigend die Hand auf die Schulter, aber Geoff schüttelte sie wütend ab. Poppy bekam nur Satzfetzen mit:

„Hör auf, mich zu bevormunden! Ich bin kein Kind, das man ... Du weißt, was er mir angetan hat - wie konntest du ihn überhaupt hereinlassen? ... da stehen und so mit ihm plaudern ... ich dachte, du wärst auf meiner Seite!"

„Das bin ich, Geoff ... versuch, mich zu verstehen ... hatte Gäste ... konnte keine ... unangenehme Szene ..."

„Für einen wahren Freund wäre das kein Hindernis! ... sich vor mich gestellt ... wusste, wie er mein Leben ruiniert hat ..."

Es war frustrierend, nur Bruchstücke ihrer Unterhaltung zu hören. Poppy kletterte noch ein Stück höher und schwang beide Beine über die Mauer. Zum Glück wuchs daneben ein

Lorbeerbaum, dessen dichte Äste sie vor Blicken schützen würden, falls einer der Männer zufällig in ihre Richtung sehen sollte. Sie lehnte sich weiter vor, um noch mehr mitzubekommen.

„Ach, komm schon, Geoff, jetzt wirst du melodramatisch! ... ein schwerer Schlag, aber das ist lange her ... das Leben ist nicht zu Ende ... mittlerweile ein erfolgreiches Geschäft -"

Geoff lachte bitter auf. „Ein Eisenwarenladen! Ja, ich bin eine echte Erfolgsgeschichte ... mach dich nur lustig über mich!"

„... mache mich nicht über dich lustig ... in der Geschäftswelt vor Ort ... aber du musst dich zusammenreißen!" Nowak packte seinen Freund am Arm. „Du musst aufpassen, was du der Polizei erzählst ... ein stichhaltiges Alibi ... unsere Geschichten müssen übereinstimmen, dann wird dir nichts passieren ... sag ihnen, du warst mit mir im Weinkeller ..."

Plötzlich spürte Poppy, wie sie nach vorn kippte – sie hatte nicht gemerkt, dass sie sich so weit vorgebeugt hatte. Wild mit den Armen rudernd versuchte sie, das Gleichgewicht wiederzuerlangen, doch es nutzte nichts. Mit einem unterdrückten Schrei stürzte sie kopfüber von der Mauer in den Nachbargarten. Glücklicherweise bremste ein großer Strauch ihren Sturz ab, und sie landete in einem Gewirr aus Blättern und Stängeln.

Die Männer wirbelten herum und starrten sie an. Poppy bewegte versuchsweise Finger und Zehen -

nichts schien gebrochen zu sein - und versuchte dann, sich aufzusetzen.

„Wer zum Teufel sind Sie?", fragte Geoff und rannte zu ihr. Er machte keine Anstalten, ihr aufzuhelfen, sondern blieb einfach stehen und starrte sie an.

Nowak beeilte sich jedoch, ihr eine stützende Hand unter den Ellbogen zu legen. „Ist alles in Ordnung?", fragte er. Seine Augen weiteten sich, als er erkannte, wen er da vor sich hatte. „Christelle! Was machen Sie denn hier?"

Oh, Mist, dachte Poppy. Bei der Party am Abend zuvor hatte sie keine Gelegenheit gehabt, ihrem Gastgeber zu sagen, wer sie wirklich war. Langsam stand sie auf, klopfte sich die Erde ab und überlegte, wie sie es ihm am besten beibringen sollte.

„Ähm, eigentlich heiße ich gar nicht Christelle", sagte sie mit einem nervösen Lächeln. „Ich heiße Poppy. Poppy Lancaster. Und ich bin auch nicht die Freundin von Hubert Leach", setzte sie eilig hinzu. „Ich bin seine entfernte Cousine."

„Seine Cousine?" Nowak sah sie verwirrt an.

Schnell erzählte sie ihm von Huberts Bitte. „Es tut mir wirklich leid", fügte sie hinzu. „Ich hätte dieser ganzen lächerlichen Scharade nie zugestimmt, wenn ich das gewusst hätte ... Ich dachte, ich würde ihm für einen Abend als sein Date aushelfen, damit er nicht so dumm dasteht, weil er keine Freundin hat ..."

„Das erklärt aber nicht, warum Sie in meinem

Garten sind!", sagte Geoff misstrauisch. „Sie sind von der Mauer gefallen, nicht wahr? Was haben Sie da oben gemacht?"

Poppy errötete. „Ich ... ich habe den Efeu zurückgeschnitten."

Geoff kniff die Augen zusammen. „Sie lügen! Sie sind eine Spionin, stimmt's?"

„Was? Nein!", rief Poppy empört.

„Oh doch, Sie sind eine verdammte Journalistin, die mich ausspionieren will!"

„Nein, nein! Ich bin -"

„Sie dachten, Sie könnten etwas über mich ausgraben, was Sie gegen mich verwenden können, oder? Um einen sensationslüsternen Artikel über Rick Zovas Tod zu schreiben - wie all die anderen, die heute Morgen vor meiner Haustür campierten. Ich habe es satt, belästigt zu werden!" Er starrte sie an. „Gut! Sie wollen einen Kommentar? Bitte sehr: Ich bin froh! Ich bin froh, dass er tot ist, klar? Der Bastard hat nichts Besseres verdient."

„Geoff!" Nowak sah leicht schockiert aus. „Geoff, das meinst du doch nicht so. Wir sind alle am Boden zerstört über Ricks Tod."

Geoff lachte. „Du vielleicht - du warst immer Mr Nice Guy, David - aber ich wette, sonst vermisst niemand diesen Mistkerl."

„Ja, trotzdem war es ein tragischer Unfall", warf Nowak hastig ein. Er runzelte die Stirn. „Allerdings sagt mir die Polizei jetzt, dass es vielleicht gar kein Unfall war. Irgendetwas an Ricks Tod scheint verdächtig zu sein. Ich konnte es nicht fassen, als die Spurensicherung heute Morgen bei mir vor der Tür stand und den gesamten Bereich um die Orangerie abgesperrt hat. Ich meine, wer in aller Welt würde Rick etwas antun wollen?"

Geoff stieß ein bellendes Lachen aus. „Ist das dein Ernst, David? So, wie er all die Jahre mit den Leuten umgesprungen ist? Mich wundert, dass er nicht längst schon umgebracht worden ist." Als er Poppys Gesichtsausdruck sah, grinste er sie an. „Ja, das ist Wasser auf Ihre Mühlen, was? Und ich werde Ihnen noch etwas sagen: Rick wurde ermordet, das stimmt. Es tut mir nur leid, dass ich nicht derjenige war, der es getan hat!"

Er drehte sich um und stürmte zurück ins Haus.

Kapitel 13

Nachdem Geoff im Haus verschwunden war, herrschte verlegenes Schweigen, das sich unendlich hinzuziehen schien. Nowak war offenbar nicht wohl in seiner Haut. Er räusperte sich und sagte: „Sie müssen Geoffs Verhalten entschuldigen. Er ist … er steht im Moment sehr unter Druck. Manchmal kann er ziemlich aufbrausend sein und nimmt alles persönlich. Leider macht es das umso leichter, ihn auszunutzen."

„So wie es Rick Zova getan hat?", fragte Poppy.

„Nein, also, das heißt …" Nowak suchte verzweifelt nach Worten. „Es stimmt, die beiden waren sich nicht grün, aber das lag alles schon lange zurück."

„Geoff scheint es nicht vergessen zu haben", bemerkte Poppy.

„Oh nein, Sie dürfen es nicht ernst nehmen, was er sagt! Geoff wird bisweilen ein bisschen theatralisch. Aber er würde nie einer Fliege etwas zuleide tun. Das müssen Sie mir glauben. Ich kenne ihn seit Ewigkeiten, fast mein ganzes Leben lang."

Poppy sah ihn neugierig an. „Dann sind Sie Sandkastenfreunde?"

Nowak nickte. „Ja, so könnte man es sagen. Wir sind alle hier in der Gegend aufgewachsen. Rick kam ursprünglich aus dem Norden, und seine Familie zog hierher, als er zehn war. Er, Geoff und ich haben uns in der Schule kennengelernt. Wir haben alles zusammen gemacht und haben oft genug Ärger bekommen." Ein wehmütiges Lächeln huschte über sein Gesicht. „Später beschlossen wir, eine Rockband zu gründen. Eigentlich war Rick die treibende Kraft dahinter. Damals hieß er noch Rick Barnsby, das war sein richtiger Name. Er hat ihn irgendwann zu Rick Zova geändert, weil das cooler klang. Wir haben uns immer zum Proben getroffen - Rick, Geoff und ich - und so getan, als stünden wir vor Tausenden von Fans auf der Bühne."

Poppy versuchte, sich den glatzköpfigen Geschäftsmann mittleren Alters in einer Rockband vorzustellen, was ihr jedoch nicht gelang. „Sie sind also tatsächlich zusammen in einer Band aufgetreten?"

„Oh, ja, irgendwann, nach jahrelangem Proben. Wir hatten ein paar Auftritte in Kneipen und Clubs in der Umgebung - nichts Großes. Es wurde ziemlich schnell klar, dass Rick der Einzige war, der Talent hatte. Und er hatte die richtige Persönlichkeit, er liebte das Rampenlicht und wusste, wie man ein Publikum begeistert und umgarnt. Geoff hat sich sehr bemüht - er kann gut mit Worten umgehen und hat einen Großteil der Songtexte geschrieben -, aber er hatte nicht das nötige Selbstvertrauen. Was mich betrifft ..." Nowak lachte verlegen. „Um ehrlich zu sein, hatte ich keine Ambitionen, Rockstar zu werden – für mich war es lediglich eine gute Möglichkeit, Mädchen kennenzulernen."

„Haben Sie so auch Ihre Frau kennengelernt?" Poppy versuchte, sich die Frau, die sie auf der Party kennengelernt hatte, im Dunstkreis einer Rockband vorzustellen und scheiterte kläglich.

Nowak brach in Gelächter aus. „Oh, nein, nein, nein. Lena war meine Buchhalterin. Wahrscheinlich sollte ich mich glücklich schätzen, dass ich sie geheiratet habe, und nicht irgendein hohlköpfiges Groupie. Lena ist die ideale Partnerin für einen Geschäftsmann. Sie kümmert sich persönlich um jeden Laden und achtete auf jedes Detail – wir haben in England insgesamt siebenundzwanzig Filialen. Außerdem ist sie für den Aufbau neuer Läden zuständig." Er schmunzelte. „Manchmal denke ich, dass sie mich nur geheiratet hat, um im Geschäft mitmischen zu können."

„Also haben Sie und Geoff die Band verlassen, und Rick Zova hat allein weitergemacht?"

„Die Band gab es schon lange nicht mehr, als Rick

berühmt wurde. Wir haben sie nicht offiziell aufgelöst, sondern waren jeder mit anderen Dingen beschäftigt und haben uns nicht mehr getroffen. Man könnte sagen, dass wir uns auseinandergelebt haben und getrennte Wege gegangen sind."

„Hatten Sie damals bereits mit den Gartencentern angefangen?"

„Nicht ganz, aber ich war Anfang zwanzig - wie Rick und Geoff auch - und dachte, ich sollte mir einen ‚richtigen' Job suchen. Und ich habe nicht schlecht gestaunt, als wir hörten, dass Rick heimlich ein Soloalbum aufgenommen hatte! Das hat er an eine Plattenfirma geschickt, und die hat ihn unter Vertrag genommen." Er schüttelte voller Bewunderung den Kopf. „Seine erste Single war ein Hit - er wurde praktisch über Nacht ein großer Star."

„Aber hatten Sie nicht das Gefühl, dass er Sie hintergeht? Haben Sie sich nicht geärgert?", fragte Poppy.

Nowak zuckte mit den Schultern. „Na ja, eigentlich nicht. Wie gesagt, habe ich die Sache mit der Band nie besonders ernst genommen und hatte mich sowieso schon fast davon verabschiedet. Ich arbeitete halbtags in einer Gärtnerei, sparte etwas Kapital an und spielte mit dem Gedanken, selbst eine Gärtnerei zu eröffnen. Selbst wenn Rick versucht hätte, mich einzubeziehen, wäre ich wahrscheinlich nicht interessiert gewesen."

„Und Geoff?"

Nowak zögerte. „Geoff hat es härter getroffen",

räumte er ein. „Er war der Meinung, dass Rick uns betrogen hat, dass wir ein Team hätten sein sollen. Das ist der Grund, warum er immer noch so wütend ist", fügte er hinzu.

„Wirklich?" Poppy war skeptisch. Als Grund für die Bitterkeit und den Hass, die er an den Tag gelegt hatte, erschien es ihr recht weit hergeholt, vor allem nach all den Jahren. „Aber als Sie sich auf der Party unterhalten haben – tut mir leid, ich wollte nicht lauschen, es ließ sich jedoch nicht vermeiden –, da hat Rick Zova erwähnt, das Gericht habe ihn für unschuldig befunden. Dann war er also mal angeklagt?"

Nowak wich ihrem Blick aus. „Das ist alles so lange her - Schnee von gestern." Er lachte gezwungen und wechselte das Thema. „Sie sind also nicht Christelle Bellini, hm? Und vermutlich sind Sie auch keine Bauunternehmerin?"

Nun war es Poppy, die seinem Blick auswich. „Nein, tut mir leid, ich wollte Sie damit nicht belügen. Eigentlich bin ich in Ihrer Branche tätig. Ich habe von meiner Großmutter einen Bauerngarten und eine Gärtnerei geerbt und versuche gerade, beides wieder ans Laufen zu kriegen."

„Oh?" Nowak schaute sie interessiert an. „Hier in Bunnington?"

„Ja, es heißt Hollyhock Cottage Gärtnerei -"

„Meine Güte, Sie sind die Enkelin von Mary Lancaster?" Nowak betrachtete sie mit ganz anderen Augen. „Ich kannte Ihre Großmutter, ihr grüner

Daumen war weit über die Grenzen von Bunnington bekannt. Ich habe sie sogar ein paarmal aufgesucht - ich war daran interessiert, ihre Gärtnerei zu übernehmen und sie unter das Dach der Róża Gartencenter zu bringen. Sie hat so viel Potenzial, und mit dem Netzwerk und den Kontakten meines Unternehmens könnten wir den Standort wirklich ausbauen und einen größeren Kundenstrom anziehen. Aber sie hat alle meine Angebote abgelehnt. Sie hat ihre Unabhängigkeit mit Zähnen und Klauen verteidigt." Er schmunzelte. „Sie war eine sture alte Dame, wenn ich das sagen darf."

„Ja, das habe ich auch schon von anderen Leuten gehört." Poppy lachte. „Man hat mir sogar vorgeworfen, in ihre Fußstapfen zu treten. Soweit es ihren grünen Daumen betrifft, wäre ich gerne so wie sie", fügte sie mit einem wehmütigen Seufzer hinzu.

Nowak musterte sie aufmerksam. „Läuft es denn nicht gut?"

„Ach, ich bin sicher, das sind Kinderkrankheiten", sagte Poppy eilig. „Als ich anfing, wusste ich nichts über Pflanzen oder Gartenarbeit, also war es eine steile Lernkurve. Aber ich werde es schaffen", fügte sie mit einem entschlossenen Lächeln hinzu. „Ich muss nur durchhalten, bis der Frühling kommt und ich anfangen kann, Pflanzen zu verkaufen."

„Nun, falls es nicht klappen sollte ..." Nowak pausierte vielsagend. „Ich möchte, dass Sie wissen, dass mein Interesse an Ihrer Gärtnerei noch besteht. Ich könnte Ihnen ein sehr attraktives Angebot machen."

„Oh." Poppy wusste nicht, was sie sagen sollte. „Ähm, danke."

„Haben Sie Erfahrung mit der Führung eines eigenen Unternehmens?"

„N-nein."

„Nun, ich will Ihnen keine Angst machen", sagte Nowak sanft. „Aber für jemanden wie Sie ohne gärtnerische oder unternehmerische Erfahrung und ohne professionelles Netzwerk als Unterstützung könnte es eine große Herausforderung sein, eine angeschlagene Gärtnerei zu übernehmen und wieder auf die Beine zu stellen. Ich würde mich das Vergnügen, das Erbe Ihrer Großmutter weiterzuführen, eine ansehnliche Summe kosten lassen. Und Sie könnten weiterhin dort arbeiten – Sie hätten einen Job in der Firma und würden sich weiterhin um das Tagesgeschäft der Gärtnerei kümmern." Er lächelte sie an. „Überlegen Sie es sich."

Kapitel 14

Poppy war noch nie auf einem Polizeirevier gewesen, schon gar nicht bei der Kripo, und so sah sie sich neugierig um, als sie einem Polizisten in ein Großraumbüro folgte. Mit seinen Schreibtischen voller Papierstapel, den fahrbaren Aktenwagen, den staubigen Aktenschränken in den Zimmerecken und den flirrenden Neonröhren an der Decke unterschied es sich kaum von den Büros anderer Behörden und sah keineswegs nach filmreifer Verbrecherjagd aus. Das Einzige, was auf Detektivarbeit hindeutete, waren hemdsärmelige Beamte, die auf ihren Tastaturen tippten oder müde auf die Computerbildschirme vor ihnen starrten.

Während sie weisungsgemäß an der Tür wartete, rieb sie sich gedankenverloren die Hand. Der

Wespenstich plagte sie immer noch. Da Bertie kein spezielles Mittel für sie hatte, musste sie sich mit der uralten Tube antiseptischer Salbe begnügen, die sie in Hollyhock Cottage aufgetragen hatte, bevor sie zu Mrs Walpole gefahren war. Die Salbe schien allerdings kaum etwas zu bewirken, denn der Stich juckte wie verrückt und die Haut ringsum war rot und wund.

Der Beamte ging zu einem Büro in der Ecke und kam einen Moment später in Begleitung einer dunkelhaarigen Enddreißigerin wieder heraus. Detective Inspector Suzanne Whittaker begrüßte sie mit einem herzlichen Lächeln. Wie immer bewunderte Poppy ihre elegante Schönheit und wünschte, sie besäße die gleiche kühle Selbstsicherheit.

„Poppy! Schön, dich zu sehen - du siehst gut aus." Suzanne warf Poppy einen verschmitzten Blick zu. „Ich nehme an, das ist kein Freundschaftsbesuch? Wie ich gehört habe, bist du schon wieder in einen Mordfall verwickelt."

„Woher weißt du das?", fragte Poppy erstaunt.

Ohne zu antworten trat Suzanne einen Schritt beiseite. Aus ihrem Büro kam ein großer, dunkelhaariger Mann: Es war Nick Forrest.

„Nick hat seine Aussage zu Nowaks Party zu Protokoll gegeben, und dabei hat er mir erzählt, dass er dich gestern Abend dort getroffen hat", erklärte Suzanne. „Zum Glück, denn wir sind die Gästeliste durchgegangen und konnten alle Namen zuordnen, bis auf einen: Christelle Bellini.“

Poppy lachte verlegen. „Ja. Das war ich“, gab sie zu. „Aber ich habe nicht versucht, jemanden hinters Licht zu führen - zumindest nicht absichtlich. Ich war sozusagen gezwungen, mich als eine andere auszugeben.“

„Ja, Nick erwähnte etwas davon, dass du als Freundin deines entfernten Cousins dort warst?“ Suzanne sah verwirrt aus. „Nun, dieses Rätsel wäre also gelöst. Ich gebe die Information an Sergeant Lee weiter, damit er die Unterlagen aktualisieren kann - oder hast du es ihm vielleicht schon gesagt, als er dich befragt hat?“

„Er hat mich nicht befragt.“

„Nein? Seltsam ...“ Sie sah Nick an. „Dich hat er auch nicht befragt, oder?“

Nick schüttelte den Kopf.

Suzanne runzelte die Stirn. „Ich hätte angenommen, dass er mit euch beiden sprechen will, weil ihr die Leiche gefunden habt. Vielleicht hatte er anderweitig zu tun und meldet sich heute noch bei euch.“

Warum sollte er sich die Mühe machen, uns zu befragen, wenn er überzeugt ist, den Mörder gefunden zu haben, dachte Poppy missmutig.

„Ich mache mich besser wieder an die Arbeit.“ Suzanne sah Poppy fragend an. „Es sei denn, da war noch etwas anderes?“

Poppy nickte. „Ja, es geht eigentlich um die Ermittlungen wegen des Mordes an Rick Zova. Ich habe Informationen, die dafür wichtig sein könnten."

„Lee müsste bald zurück sein, wenn du also auf ihn warten möchtest ..."

„Kann ich es nicht dir sagen?"

„Ich arbeite nicht an dem Fall", sagte Suzanne.

„Nein?" Poppy war entsetzt. „Sergeant Lee ist kein Detective Inspector, wie kann er dann -"

„Es ist nicht ungewöhnlich, dass Detective Sergeants die Ermittlungen leiten, vor allem in kleineren CID-Einheiten. Außerdem steht Lee kurz vor der Beförderung zum Inspector. Dieser Fall hat entscheidende Bedeutung bei der Beurteilung seiner Fähigkeiten und Kompetenzen, deshalb möchte ich ihm so viel wie möglich überlassen. Natürlich untersteht er mir offiziell, aber ich versuche, mich weitgehend herauszuhalten."

Poppy lag eine bissige Bemerkung zu Lees „Fähigkeiten und Kompetenzen" auf der Zunge, doch sie schluckte sie hinunter. Stattdessen sagte sie: „Ich würde lieber mit dir sprechen, Suzanne. Mit Sergeant Lee ist es manchmal ein bisschen schwierig." Sie schwieg einen Moment und platzte dann heraus: „Ich glaube, er hat den Falschen erwischt!"

Suzanne hob die Augenbrauen.

„Er ist überzeugt, dass Joe Fabbri der Mörder ist, aber er irrt sich!", beteuerte Poppy. „Ich kenne Joe. Er würde niemandem etwas zuleide tun ... und außerdem hat er keinen Grund, Rick Zova zu töten. Ihn zu verdächtigen, ist irrwitzig. Das habe ich habe heute Morgen versucht, Sergeant Lee zu erklären, allerdings wollte er mir einfach nicht zuhören!"

Suzanne zögerte, dann seufzte sie: „Also gut. Wir suchen uns besser einen ruhigeren Platz."

Kurze Zeit später saßen die drei in einem der Besprechungsräume, Suzanne auf einer Seite, Nick und Poppy auf der anderen Seite des Tisches.

„Ich weiß, dass Lee manchmal etwas arrogant sein kann, aber du musst es aus der Sicht der Polizei sehen, Poppy", erklärte Suzanne sanft. „Joe Fabbris Fingerabdrücke befinden sich auf der Gartenkelle, die tatsächlich die Mordwaffe sein könnte."

„Gibt es dafür Beweise? Steht mittlerweile endgültig fest, wie Zova getötet wurde?"

„Ich glaube, der vollständige Autopsiebericht liegt noch nicht vor, doch nach der vorläufigen Untersuchung durch den Gerichtsmediziner deutet alles auf die Kelle als Mordwaffe hin. Sie wird gerade auf Blutspuren untersucht."

„Okay, das bedeutet aber nicht, dass Joe sie in der Hand hatte, oder?", fragte Poppy inständig. „Die Kelle war für jeden zugänglich. Die Gäste oder sogar das Personal hätten sie an sich nehmen können, nachdem Joe sie hat fallen lassen."

„Joes Fingerabdrücke sind die einzigen auf dem Griff."

„Und wenn der Mörder Handschuhe getragen hat?", fragte Poppy. „Dann würde er keine Abdrücke hinterlassen, oder?"

„Nein", räumte Suzanne ein. „Diese Möglichkeit

besteht immer, und wir ziehen sie in Betracht."

„Und die anderen Gäste? Ihr habt sie auch befragt, oder? Ihr konzentriert euch doch nicht nur auf Joe, ohne die anderen zu überprüfen?"

„Ja, natürlich befragt die Polizei noch andere Personen", beruhigte Suzanne sie. „Das ist in diesem Fall sogar eine der größten Herausforderungen. Da Zovas Tod wegen der Wespen zunächst als Unfall behandelt wurde, hat es keine der üblichen Tatortuntersuchungen gegeben. Hätten wir geahnt, dass eine Mordermittlung daraus werden würde, hätten wir die Gäste gestern Abend nicht gehen lassen, ohne ihre Aussagen aufzunehmen. Jetzt müssen wir jeden einzelnen aufspüren und befragen."

„Ihr müsst vor allem mit einem Mann sprechen", sagte Poppy ernst. „Sein Name ist Geoff, den Nachnamen kenne ich nicht. Er ist ein alter Freund von Rick Zova und war gestern Abend auf der Party. Er hat blaue Augen, sandfarbenes Haar und einen struppigen Bart."

Suzanne runzelte die Stirn, als versuchte sie, sich an die Gästeliste zu erinnern. „Tut mir leid, ich bin mit diesem Fall nicht so vertraut, da Lee sich um alle Details kümmert und mir heute noch nicht Bericht erstattet hat." Sie stand auf. „Wartet einen Moment, ich sehe nach, ob ich die Notizen zu dem Fall auf Lees Schreibtisch finde."

Wenige Augenblicke später kam sie mit einer Akte zurück, die sie durchblätterte, als sie sich wieder hinsetzte. „Ah, hier ist es: Geoff Healey. Ja, offenbar hat Lee ihn heute Morgen befragt. Ich habe hier seine Aussage", sagte sie und zog ein Stück Papier heraus. „Lee hat mit ihm gesprochen, gleich nachdem er Nowak befragt hat, der ebenfalls ein alter Freund von Zova ist, glaube ich."

„Ja, als Kinder waren sie unzertrennlich. Später haben sie sogar eine Band gegründet, da waren sie um die zwanzig Jahre alt", berichtete Poppy.

Suzanne schaute sie neugierig an. „Du scheinst gut über sie Bescheid zu wissen."

„Ich bin Geoff Healey heute zufällig begegnet. Ich habe ein Gewächshaus für eine Dame gereinigt, und wie sich herausstellte, wohnt Healey nebenan. Er war feindselig und verbittert, als ich den Mord an Rick Zova erwähnte. Er sagte, Zova habe es ‚verdient', und es wundere ihn, dass er nicht längst schon umgebracht worden sei. Es gebe genug Leute, denen Zova übel mitgespielt habe."

Suzanne schüttelte lachend den Kopf. „Bist du sicher, dass er den Mord nicht gestanden hat?"

„Er meinte, er bedaure, dass er nicht derjenige gewesen sei, der ihn getötet habe", berichtete Poppy. „Aber das könnte eine Art doppelter Bluff sein, nicht wahr? Wenn er der Mörder ist, war es schlau, das zu sagen. Jedenfalls wirkte Nowak sehr nervös und hat Geoffs Verhalten hinterher heruntergespielt. Er meinte, ich solle dessen Gerede nicht ernst nehmen."

„David Nowak?" Suzanne hob die Augenbrauen.

„Ach ja, das habe ich vergessen zu erwähnen. Ich

vermute, dass er seinen Freund besuchen wollte."

„Und wie hat er Geoffs Aussagen heruntergespielt? Ich dachte, die drei seien enge Jugendfreunde gewesen. Woher kommt dann die Feindseligkeit?", fragte Suzanne.

„Ich glaube, sie haben sich wegen der Band zerstritten. Nowak sagte, Geoff sei wütend auf Zova gewesen, weil der heimlich ein Soloalbum aufgenommen und einen Plattenvertrag bekommen hatte; für ihn war das wie ein Verrat, weil er meinte, sie seien doch eine Band." Poppy runzelte nachdenklich die Stirn. „Aber irgendwie passt das nicht zusammen. Mir kommt es ein bisschen unverhältnismäßig vor, dass Geoff nach all den Jahren deswegen immer noch derart wütend ist. Du hättest ihn heute hören sollen - und gestern Abend auf der Party auch. Wie er geredet hat! So viel Hass in seinen Augen, so viel Bitterkeit."

„Es ging nicht nur um die Band", meldete sich Nick zum ersten Mal zu Wort, „sondern darum, dass Zova möglicherweise Songs gestohlen hat, die Geoff Healey geschrieben hatte. Er hat sie als seine eigenen ausgegeben, ohne seinem alten Freund die Anerkennung zu zollen, die ihm gebührte. Tatsächlich war auf seiner ersten Single, mit der er berühmt wurde, einer der Songs, die angeblich von Geoff Healey stammten."

An Suzanne gewandt sagte er. „Poppy und ich haben gestern Abend auf dem Heimweg im Auto über Zova gesprochen, und ich wurde neugierig. Ich erinnerte mich vage an einen Skandal, in den er verwickelt war, aber ich konnte mich nicht an die Einzelheiten erinnern, nur dass es etwas mit dem Diebstahl geistigen Eigentums zu tun hatte. Als ich gestern Abend nach Hause kam, habe ich ein bisschen recherchiert und im Internet einige Hinweise gefunden. Geoff Healey hat versucht, Zova wegen Diebstahls geistigen Eigentums zu verklagen, aber vor Gericht konnte er sich damit nicht durchsetzen. Angeblich war die Beweislage unzureichend."

„Nowak hat mir erzählt, dass Geoff alle Songs geschrieben hat!", bemerkte Poppy.

Nick zuckte mit den Schultern. „Es geht nur um Beweise - und Healey hatte nichts Konkretes in der Hand, um seine Anschuldigungen zu untermauern. Es stand Aussage gegen Aussage. Außerdem können solche Verfahren ein Vermögen kosten und Healey war damals arbeitslos; er musste auf seine Ersparnisse zurückgreifen, während Zova die Unterstützung der Plattenfirma hatte."

„Oh! Deshalb hat er immer wieder gesagt, dass Zova sein Leben ruiniert hat." Poppy beugte sich aufgeregt vor. „Ich habe ein wenig von dem Gespräch zwischen den beiden Männern mitbekommen, bevor ich von der Mauer gefallen bin, ich meine, bevor ich mit ihnen gesprochen habe, und Geoff hat Nowak richtig fertig gemacht, weil er Zova nicht rausgeworfen hat. Er hat Nowak vorgeworfen, Zova nicht die Stirn geboten zu haben, obwohl er wusste, was dieser getan hatte. Ich fand das kindisch, aus dem Zusammenhalt der Band solch eine große Sache zu machen, aber wenn es um die gestohlenen Lieder und das Gerichtsverfahren ging, dann ergibt es einen Sinn.“

„Ja, am Ende hat Healey den Prozess verloren und war hoch verschuldet, ohne etwas erreicht zu haben. Es hat wahrscheinlich Jahre gedauert, bis er sich aus diesem Tief herausgearbeitet hat. Ich kann verstehen, dass er Zova vorwirft, sein Leben ruiniert zu haben.“

„Das ist ein ausreichendes Motiv für einen Mord.“ Poppy sah Suzanne an. „Meinst du nicht auch?“

„Ja, das könnte sein“, sagte Suzanne vorsichtig. „Aber warum gerade jetzt? Die ganze Sache ist über dreißig Jahre her und Healey hat in dieser Zeit nichts getan, warum sollte er sich jetzt plötzlich rächen wollen?“

„Vielleicht hat Zova ihn auf der Party verspottet und er ist ausgerastet?“, überlegte Poppy. „Geoff scheint ziemlich jähzornig zu sein. Selbst Mrs Walpole, seine Nachbarin, hat mir erzählt, wie launisch er ist.“

„Wenn wir schon über alte Freunde reden - was ist mit Nowak?“ Nick lehnte sich auf seinem Stuhl zurück.

„Nowak? Aber Sie haben doch selbst gesehen, wie verzweifelt er war!“, erwiderte Poppy. „Er wollte losstürmen und Rick Zova retten, als er von den Wespen hörte.“

„Menschen können sich verstellen."

„Hmm, möglich." Poppy war skeptisch. „Aber warum sollte er Zova töten? Welches Motiv könnte er haben?"

Nick zuckte mit den Schultern. „Vielleicht fühlte er sich auch betrogen."

„Nein, das glaube ich nicht. Zova hat ihm keine Lieder gestohlen, außerdem war die Band für ihn nur ein Zeitvertreib", meinte Poppy. „Als Zova den Plattenvertrag bekam, hatte Nowak sich mit seinen Gartencenter schon anderweitig orientiert."

„Ja, und er hat seitdem ein stattliches Vermögen angehäuft", sagte Suzanne. „Auf jeden Fall hat Zova ihn nicht finanziell ruiniert."

Nick hob abwehrend die Hände. „Es ist nur ein Gedanke. Jeder ist verdächtig, bis zum Beweis des Gegenteils."

„Ja, du hast recht", räumte Suzanne ein. Sie blätterte in der Akte. „Und wie es aussieht, hat Lee Nowak befragt und einige Hintergrundrecherchen angestellt: einer der erfolgreichsten Geschäftsleute Großbritanniens, Besitzer einer großen Kette von Gartencentern, bekannter Philanthrop - er sitzt im Vorstand mehrerer Wohltätigkeitsorganisationen und hat eine eigene Stiftung, die ehemalige Drogenabhängige bei der Wiedereingliederung unterstützt - und es scheint, als sei er allgemein respektiert und beliebt. Selbst seine Konkurrenten wissen nur Gutes über ihn zu berichten. Er ist zudem in der Lokalpolitik aktiv, plant, bei den nächsten Wahlen als Abgeordneter zu kandidieren. Und die Gerüchteküche geht noch weiter: Angeblich hat er sogar das Zeug, ganz nach oben zu kommen und Premierminister zu werden."

„Mich wundert, dass solch ein Ausbund an Seriosität mit Rick Zova und seinem ausschweifenden Leben als Rockstar in Verbindung gebracht werden will", bemerkte Nick.

„Er sah unbehaglich und verlegen aus, als Zova plötzlich im Rahmen stand", erinnerte sich Poppy. „Und es war offensichtlich, dass er Zova nicht zu seiner Party eingeladen hatte."

„Ich hoffe, ihr zwei wollt jetzt nicht andeuten, dass Nowak Zova ermordet hat, weil er als ungebetener Gast auf seiner Party aufgetaucht ist", entgegnete Suzanne trocken.

„Nein, ich glaube nicht, dass Nowak Zova ermordet hat, aber möglicherweise will er etwas vertuschen." Poppy dachte angestrengt nach. „Ich habe gehört, wie er Geoff etwas zugeraunt hat, irgendetwas mit stichhaltigem Alibi und übereinstimmenden Geschichten."

Suzanne las wieder in der Akte. „Hmm, es ist interessant, dass Healeys Alibi von Nowak stammt. Angeblich waren die beiden eine ganze Weile zusammen im Weinkeller - anscheinend suchten sie nach einem seltenen Jahrgang. Dass etwas passiert war, haben sie erst erfahren, als sie in die Orangerie kamen und den Aufruhr wegen des Wespenschwarms mitbekamen."

„Ich kann mich nicht erinnern, sie zusammen gesehen zu haben, als wir in die Orangerie gelaufen sind. Und Sie?" Nick schaute Poppy an.

„Ich weiß nicht, ich habe nicht darauf geachtet", gestand sie. „Es war so chaotisch, die Leute liefen durcheinander, draußen war der Wespenschwarm ... Ich habe Nowak gesehen, als er sich durch die Menge drängte, um mit uns zu sprechen. Ich erinnere mich aber nicht, Geoff bei ihm gesehen zu haben."

Suzanne machte sich einen Vermerk in der Akte. „Ich werde Lee bitten, noch einmal mit beiden Männern zu sprechen und ihre Alibis zu überprüfen."

„Was ist mit dem verrückten Fan von Rick Zova?", fragte Poppy. „Hat Sergeant Lee mit ihr gesprochen?"

„Verrückter Fan?" Suzanne schaute überrascht auf. „Davon steht hier nichts."

„Ich glaube, sie hat sich ebenfalls eingeschlichen", erklärte Poppy. „Ich vermute, dass sie Zova gefolgt ist. Sie war eine echte Drama-Queen, hat sich ihm an den Hals geworfen und gejammert und ein fürchterliches Theater gemacht." Poppy verzog das Gesicht. „Zova wurde sehr wütend und stürmte davon."

„Sie meinen also, sie könnte ihn umgebracht haben, weil ... ja, warum? Weil sie kein Autogramm von ihm bekommen hat?", fragte Nick grinsend.

Poppy ärgerte sich über seinen sarkastischen Ton. „Sie war wie besessen von ihm. Vielleicht hat sie ihn gestalkt, wie Glenn Close in ‚Eine verhängnisvolle Affäre'.“

Nick verdrehte die Augen, aber Suzanne sagte hastig: „Wir werden sie auf jeden Fall befragen. Die Schwierigkeit ist, sie aufzustöbern. Wenn sie nicht auf der Gästeliste stand, könnte es eine Weile dauern, bis wir sie ausfindig machen. Weißt du, wie sie heißt?“

Poppy kratzte nachdenklich an dem Wespenstich an ihrer Hand.

„Sie nannte sich Bunny, aber ich weiß nicht, ob das ihr richtiger Name ist.“

Suzanne machte eine weitere Notiz in der Akte. „Kannst du sie beschreiben? War sie groß? Klein? Kräftig?“

„Sie war eigentlich recht zierlich. Nicht superschlank, ziemlich klein und nicht besonders muskulös. Warum?“

„Wer auch immer Rick Zova getötet hat, muss stark genug gewesen sein, um ihn zu überwältigen. Seine Verletzungen lassen vermuten, dass es einen Kampf gegeben hat, und dann hat der Mörder die Wespen geschickt und sie als Tarnung für den Mord benutzt. Wenn Bunny eine kleine, schmächtige Frau war, ist es unwahrscheinlich, dass sie ihn umgebracht hat.“

Poppy sah Suzanne flehend an. „Aber du kannst nicht abstreiten, dass sie ein Motiv gehabt haben könnte, oder? Und Geoff Healey – auch er hatte ein Motiv. Und sie beide kannten Zova. Die meisten Morde werden von jemandem begangen, der dem

Opfer nahesteht oder es kennt. Joe Fabbri kannte Rick Zova nicht - er hatte überhaupt keine Verbindung zu ihm."

„Bist du sicher, dass es zwischen ihm und Zova keine Verbindung gab?", fragte Suzanne.

„Was meinst du damit?"

„Wie gut kennst du Joe Fabbri wirklich? Du hast ihn doch erst vor ein paar Monaten kennengelernt."

„Ich ... ich habe Joe schon oft gesehen, wenn er in Hollyhock Cottage war und etwas repariert hat oder dergleichen ... und er hat mir eine Menge über Gartenarbeit beigebracht", stammelte Poppy.

„Das heißt nicht, dass du ihn wirklich kennst. Würdest du sagen, dass er dich als enge Vertraute betrachtet? Als Freundin? Würde er mit dir über persönliche Dinge sprechen?"

Poppy zögerte. „Joe redet nie viel. So ist er eben." Sie holte tief Luft. „Ich weiß vielleicht nicht, was seine Lieblingsfarbe ist oder ... oder solche Sachen ... aber ich weiß, dass er nie jemanden umbringen würde."

„Vor ein paar Monaten, als du ihn zum ersten Mal getroffen hast, warst du dir nicht so sicher", erinnerte Suzanne sie. „Du hast ihn verdächtigt, etwas mit dem Mord an Valerie Winkle zu tun zu haben."

Poppy biss sich auf die Lippe. Sie gab es nur ungern zu, aber Suzanne hatte recht. „Das war etwas anderes", argumentierte sie. „Ich kenne ihn jetzt besser."

Suzanne seufzte. „Es tut mir leid, Poppy, im

Moment ist Joe unser Hauptverdächtiger. Das heißt nicht, dass wir nicht auch anderen Spuren nachgehen, aber wir können ihn nicht einfach aufgrund deiner Gefühle entlasten. Auf jeden Fall ist er nicht verhaftet worden; er wurde lediglich zur Befragung mitgenommen", fügte sie hinzu, als sie Poppys Gesichtsausdruck sah. „Er wird erst angeklagt, wenn alle anderen Spuren nach gründlicher Ermittlung nichts ergeben haben."

Kapitel 15

Poppy fühlte sich nach dem langen Gespräch ausgelaugt, als sie das Polizeirevier verließ. Sie wusste nicht, wie Suzanne und die anderen Polizisten es schafften, den ganzen Tag Zeugen zu befragen. Sie war schon nach einer einzigen Sitzung erschöpft! Vielleicht bemerkte sie deswegen nicht, dass Nick ihr nach draußen gefolgt war, bis sie ihn rufen hörte.

„Poppy, können Sie mir einen Gefallen tun?", fragte er, als er sie auf der Straße einholte. „Ich nehme in einer Stunde den Zug - mein Verleger hat in letzter Minute eine Signierstunde und einen PR-Ausflug in den Norden organisiert, und ich werde ein paar Tage weg sein. Macht es Ihnen etwas aus, Oren zu füttern, während ich weg bin? Nur einmal am

Morgen und einmal am Abend. Ich wollte eigentlich Suzanne fragen, aber da Sie ja nebenan wohnen ..."

„Oh, kein Problem", sagte Poppy. „Wenn Sie mir den Zweitschlüssel geben ..."

„Sie müssen sich unbedingt an Orens Diätplan vom Tierarzt halten, er darf nur das Spezialfutter bekommen, sonst nichts", warnte Nick sie. „Er wird wahrscheinlich einen Aufstand machen - er wirft seinen Napf um und schleudert das Futter durch die Gegend, aber Sie müssen stark bleiben. Ignorieren sie ihn einfach."

„Okay. Was ist?", fragte Poppy gereizt, als sie Nicks skeptischen Blick bemerkte. „Trauen Sie mir nicht?"

„Ehrlich gesagt scheinen Sie wie Wachs in Orens Pfoten zu sein", neckte Nick sie grinsend.

„Das ist nicht wahr!", empörte sich Poppy. „Sie tun so, als könnte man mit mir machen, was man will!"

Nick hob eine Augenbraue. „Gestern Abend haben Sie bei Huberts lächerlicher Scharade mitgespielt, ohne viel Aufhebens."

„Das war etwas anderes. Er hat mich überrumpelt. Und er hatte etwas bei mir gut." Poppy erzählte ihm die ganze Geschichte von dem Gefallen, den sie Hubert schuldete, weil er Nell einen Job verschafft hatte. „Natürlich hat er mir nicht gesagt, dass ich mich auch als seine Kundin ausgeben sollte, und nicht nur als seine Freundin. Dieser hinterhältige Schuft! Hätte ich das gewusst, hätte ich mich nicht darauf eingelassen."

„Joe Fabbri kann von Glück sagen, dass Sie da waren. Er hat in Ihnen seine persönliche Fürsprecherin."

Poppy schaute Nick scharf an. „Sie glauben doch nicht ernsthaft, dass er der Mörder sein könnte?"

„Es spielt keine Rolle, was ich glaube. Was zählt, sind die Beweise."

„Nun, die Beweise deuten auch auf andere Leute hin! Zum Beispiel auf Geoff Healey. Er war vor Ort, er hatte ein Motiv und er neigt dazu, auszurasten."

„Würde man dann nicht erwarten, dass er Zova einfach eine Ohrfeige gibt? Dass er eine Gartenkelle als Mordwaffe benutzt, ist ein bisschen weit hergeholt." Nick schüttelte den Kopf. „Warum sollte er sich so viel Mühe machen? Er hätte doch ein Dutzend anderer Dinge nehmen können, wie ein Messer oder einen Hammer. Damit hätte er den Job wahrscheinlich besser erledigt."

„Es ist offensichtlich: Geoff wollte Joe den Mord anhängen und ihn zum Sündenbock machen."

„Das würde bedeuten, dass er die Tat geplant und mit Vorsatz gehandelt hat - und das passt nicht zu Ihrem Bild von Geoff und seinen Ausrastern", gab Nick zu bedenken.

Poppy kniff die Lippen zusammen. Sie ärgerte, dass Nick für alles, was sie ins Feld führte, ein vernünftiges Gegenargument zu haben schien.

„Die Idee, mit den Wespen den Mord wie einen Unfall aussehen zu lassen, ist ein cleverer

Schachzug", überlegte Nick. „Das erfordert gründliche Überlegung und Planung im Vorfeld."

„Aber das deutet noch mehr auf Geoff hin!", behauptete Poppy. „Der Mörder muss jemand sein, der von Zovas Anaphylaxie wusste. Das ist etwas, über das nur enge Freunde und Familienmitglieder informiert sind. Es war das Erste, was Nowak erwähnte, als er gestern Abend von dem Wespenschwarm hörte, und ich bin sicher, dass Geoff ebenfalls davon wusste."

„Nicht unbedingt. Zova hätte eines dieser ID-Armbänder für Allergiker tragen können, in dem Fall hätte jeder -"

„Aber das hat er nicht", widersprach Poppy. „Ich habe ihn auf der Party gesehen. Er hatte nackte Arme und er hatte nichts an den Handgelenken, außer einem dieser geflochtenen Lederarmbänder, wie manche Männer sie tragen." Sie wies auf ihr eigenes Handgelenk und kratzte dabei erneut an dem Wespenstich.

„Das sollten Sie sein lassen." Nick beobachtete sie. „Der Stich könnte sich infizieren."

Poppy blickte schuldbewusst nach unten und stellte entsetzt fest, dass die Schwellung durch den Stich größer geworden war und die Haut ringsum flammend rot und wund aussah.

„Haben Sie etwas draufgetan?", fragte Nick.

„Ja, in der Küchenschublade im Cottage lag eine Tube antiseptische Creme."

„Haben Sie sich das Verfallsdatum angesehen?

Ich würde es Ihrer Großmutter zutrauen, dass sie die Tube noch aus dem letzten Weltkrieg aufbewahrt hat", meinte Nick trocken. „Wahrscheinlich wirkt die Salbe schon lange nicht mehr."

„Ich schaue auf dem Heimweg in der Apotheke im Dorf vorbei", versprach Poppy.

Eine halbe Stunde später stand sie in der High Street von Bunnington vor der Dorfapotheke, die am Ende der Straße neben dem Friedhof lag. Es war ein großer, etwas chaotischer Laden mit niedrigen Decken und Regalen, die aussahen, als seien sie seit den 1950er-Jahren nicht mehr abgestaubt worden. Das Warensortiment war jedoch erstaunlich vielfältig, es reichte von Kollagen-Gesichtsmasken bis zu Herrensocken gegen Schweißfüße, und in einem Regal mit der Aufschrift „Erste Hilfe" gab es zu Poppys Erleichterung die entsprechenden Medizinprodukte.

Sie schnappte sich ein paar Mullbinden, antiseptische Tupfer, eine Salbe gegen Insektenstiche und eine Tube Antihistamin-Creme gegen den Juckreiz und ging damit zur Kasse im hinteren Teil des Ladens.

Es war mitten am Nachmittag und halb Bunnington schien sich in der Apotheke eingefunden zu haben, um die neuesten Angebote zu begutachten und Klatsch und Tratsch auszutauschen. Poppy reihte sich in die Warteschlange an der Kasse ein und hörte nur mit halbem Ohr zu, was um sie herum geredet wurde. Die wichtigsten Themen waren die

Cocktailparty bei Nowak und der Mord an Rick Zova.

Poppy fiel auf, dass die Frau, die unmittelbar vor ihr stand, gespannt lauschte. Dabei schien ihr unbehaglich zumute zu sein. Neugierig lehnte sich Poppy ein wenig zur Seite und versuchte, unauffällig einen Blick auf ihr Gesicht zu erhaschen. Sie erkannte sie sofort: Es war Dawn, die Frau, die auf der Party so dringend mit Nowak hatte sprechen wollen. Wohnte sie in Bunnington?

Die Warteschlange bewegte sich langsam nach vorn. Endlich war Dawn an der Reihe. Sie murmelte etwas, worauf der Apotheker antwortete: „Ich sehe nach, ob ich im Lager welche habe", und verschwand durch eine Tür hinter dem Tresen. Dawn trat ungeduldig von einem Fuß auf den anderen. Poppy zögerte, dann tippte sie ihr kurzentschlossen auf die Schulter.

„Hallo!", sagte sie mit strahlendem Lächeln, als Dawn sich umdrehte. „Sie sind Dawn, nicht wahr?"

Die Frau beäugte sie misstrauisch. „Tut mir leid – kennen wir uns?"

„Wir haben uns gestern Abend auf der Party getroffen. Na ja, eigentlich nicht wirklich getroffen ..." Poppy lachte verlegen, „... aber Sie haben Mr Nowak angesprochen, als ich mit ihm geplaudert habe, und später haben wir uns noch einmal gesehen."

„Oh - oh ja, jetzt erinnere ich mich." Dawn schien nicht gerade erfreut über das neuerliche Zusammentreffen zu sein.

„Ist es nicht furchtbar, was passiert ist?", fuhr

Poppy im besten Klatsch-und-Tratsch-Ton fort. „Dieser Wespenschwarm war der reinste Albtraum! Ich weiß nicht einmal, woher die Wespen kamen. Plötzlich tauchten sie aus dem Baum auf, wie von Zauberhand."

„Nein, ihr Nest war in dem Spalt im Baumstamm", erwiderte Dawn und presste gleich darauf die Lippen zusammen, als ärgerte sie sich, dass sie etwas gesagt hatte.

„Oh! Das wusste ich gar nicht. Wohnen Sie ebenfalls in Chatswood House?"

Die Frau errötete. „Ja, ich bin ... ich meine, ich war David Nowaks persönliche Assistentin."

Natürlich entging es Poppy nicht, dass Dawn die Vergangenheitsform benutzte. Auf der Party hatte Nowak nicht mit seiner ehemaligen Assistentin sprechen wollen, er hatte Anwälte und das Arbeitsgericht erwähnt – waren er und Dawn im Streit auseinandergegangen? Es kam Poppy seltsam vor, dass sie zu der Party ihres Arbeitgebers kommen wollte, nachdem sie gefeuert worden war.

Ihre Gedanken mussten sich in ihrer Miene widerspiegeln, denn Dawn fügte trotzig hinzu: „Die Party war das Letzte, was ich organisiert habe, und ich habe mir sehr viel Mühe gegeben, also wollte ich mich vergewissern, dass alles wie geplant gelaufen ist."

„Oh, das haben Sie toll hinbekommen", schwärmte Poppy. „Ich glaube, es war die beste Party, auf der ich je gewesen bin!"

Dawn entspannte sich leicht und ein schwaches Lächeln umspielte ihre Lippen. „Danke. Das ist nett, dass Sie das sagen. Zumal die Party für Sie ein traumatisches Ende gefunden hat. Sie waren die Frau, die der Wespenschwarm verfolgt hat, nicht wahr?"

Poppy verzog das Gesicht. „Ja, und dabei bin ich gestochen worden. Deshalb bin ich hier." Sie hob die Hand und deutete auf die flammend rote Schwellung. In diesem Moment kam der Apotheker zurück und reichte Dawn etwas über den Tresen.

„Sie haben Glück. Das ist unsere letzte Flasche, sie stand ganz hinten im Regal. Aber sind Sie sicher, dass Sie nur Calamine-Lotion wollen? Das ist ein ziemlich altmodisches Mittel und es hilft nicht immer. Bei Wespenstichen ist Hydrocortison-Creme besser, sie lindert den Juckreiz."

Wespenstiche! Poppy sah Dawn durchdringend an, die ihrem Blick auswich und sich stattdessen auf den Apotheker konzentrierte.

„Nein, danke, das ist schon in Ordnung." Sie schob einen Geldschein über den Tresen.

„Wurden Sie gestern Abend auch gestochen?", fragte Poppy. „Ich habe Sie nicht auf der Terrasse gesehen, als wir vor den Wespen geflohen sind." Erst jetzt fielen ihr die großen Quaddeln auf Dawns Arm auf, die unter ihrem Ärmel hervorlugten.

Dawn bemerkte ihren Blick und versuchte, ihren Ärmel weiter herunterzuziehen. „Ich? Oh nein, ich war gestern Abend nicht draußen", antwortete sie schnell. „Diese Stiche sind von vorgestern. Ich wollte draußen die letzten Vorbereitungen für die Party treffen, und dabei habe ich ein paar herumfliegende Wespen aufgestört."

„Oh. Die sehen noch ganz frisch aus. Ich dachte, nach zwei Tagen würde die Schwellung zurückgehen", sagte Poppy, ohne den Blick vom Arm der Frau zu wenden.

„Nicht immer tritt die Reaktion auf einen Wespenstich sofort auf und es kann Tage dauern, bis der Juckreiz und die Rötung abgeklungen sind. Aber keine Sorge, ich bin sicher, Ihr Stich heilt schnell." Dawn schnappte sich das Fläschchen mit der Lotion, nickte kurz zum Abschied und verließ den Laden.

Poppy bezahlte schnell die Sachen, die sie zusammengesucht hatte, und lief hinaus, in der Hoffnung, Dawn noch zu erwischen. Sie wollte ihr unbedingt noch ein paar Fragen stellen, doch auf der Straße konnte sie sie nirgendwo entdecken.

„Mist!", murmelte sie.

Ein paar Meter weiter fiel ihr am Eingang des Friedhofs etwas auf, das im ersten Moment aussah wie ein Abfallhaufen, doch bei näherem Hinsehen erkannte sie, dass es sich um eine Ansammlung von Blumensträußen, handgeschriebenen Karten, Fotos, Zeitungsausschnitten und Tüchern handelte.

Es war wie ein Schrein, dem Andenken von Rick Zova gewidmet. Am Friedhofstor hing ein verblichenes Poster, das ihn als viel jüngeren Mann, auf dem Höhepunkt seines Ruhms zeigte. Er war ähnlich gekleidet wie auf Nowaks Party mit Lederweste und Bandana. Eine halb gerauchte Zigarre hing ihm im Mundwinkel. „Wir lieben dich, Rick!" und „Zova Forever!" hatte jemand auf den Rand des Posters gekritzelt. Auf den Karten, die darunter aufgestellt waren, standen ähnliche Botschaften. Es war ein recht kümmerlicher Tribut, schließlich war Zova ein alternder Rockstar gewesen, dessen glanzvolle Zeiten ein paar Jahre zurücklagen und der der jüngeren Generation vermutlich kaum bekannt war. Trotzdem schienen sich einige Fans an ihn zu erinnern und trauerten um ihn. Er war zwar nicht in Bunnington geboren, doch er hatte den größten Teil seiner Kindheit und Jugend in der Gegend verbracht und so bot sich das Dorf für eine improvisierte Gedenkstätte an.

Als sie Schritte hinter sich hörte, drehte sie sich um und trat dann zur Seite, um einer Frau Platz zu machen, die laut schluchzend einen Strauß roter Rosen zu den anderen Blumen legte. Die dunkle Brille verbarg die Tränen nicht, die ihr über das Gesicht liefen. Sie stolperte leicht, als sie sich aufrichtete und zurücktrat, und Poppy streckte eine Hand aus, um sie zu stützen.

„Danke", murmelte die Frau, zog ihren Mantel fester um sich und ging eilig davon.

Poppy blieb einen Moment lang stehen und sah ihr nach. Hinter der großen Sonnenbrille hatte sie ihr Gesicht nicht richtig erkennen können, aber irgendwie kam sie ihr bekannt vor, trotz des Tuchs, das sie sich im Stil von Grace Kelly um den Kopf gewunden hatte. Poppy betrachtete den Strauß roter Rosen, den die Frau hinterlassen hatte. Zwischen den Blüten steckte ein Zettel. Ihr Herz setzte einen Schlag aus, als sie die hingekritzelten Worte las:

„Ich werde nie aufhören, dich zu lieben, Rick.
Mein Herz wird ewig weinen.
Bunny
XXX"

Kapitel 16

Mit einem Ruck richtete sich Poppy auf und wirbelte herum. Sie konnte Bunny gerade noch sehen, bevor sie um eine Ecke bog. Sie rannte los, so schnell sie konnte, während sie sich insgeheim verfluchte, dass sie die Frau nicht früher erkannt hatte. An der Straßenecke angekommen, sah sie sie zu ihrer Erleichterung ein gutes Stück entfernt. Sie holte sie schließlich an einer Bushaltestelle ein.

„Bunny?", rief sie zögernd.

Die Frau drehte sich um und sah sie überrascht an.

„Hallo." Poppy ging freundlich lächelnd auf sie zu. „Ich weiß nicht, ob Sie sich an mich erinnern, aber wir haben uns auf Nowaks Cocktailparty getroffen."

Die dunklen Brillengläser waren einen Moment lang auf sie gerichtet, ohne dass sich in Bunnys Miene etwas regte, doch dann schien sie sie zu erkennen. „Oh, Sie sind die junge Frau, die sich mit Rick unterhalten hat."

„Ja, genau." Poppy schaute sich um und sah, dass die Teestube des Dorfes ganz in der Nähe war. „Ich würde wirklich gern mit Ihnen reden. Hätten Sie Zeit für eine Tasse Tee?"

Bunny zögerte. „Mein Bus kommt in einer halben Stunde."

„Für einen Tee reicht es", sagte Poppy munter und nahm Bunny beim Ellbogen, bevor sie Einwände erheben konnte.

Kurze Zeit später saßen sie an einem Tisch in der Fensternische der gemütlichen Teestube. Bunny hatte Mantel und Schal ausgezogen und die Sonnenbrille abgenommen und Poppy konnte sehen, dass ihre Augen rot und verquollen, ihr blondes Haar zerzaust und ihr Kleid zerknittert war. Sie sah aus, als hätte sie nicht geschlafen, und Poppy fragte sich, ob sie die ganze Nacht über Totenwache für den Rockstar gehalten hatte.

„Das mit Rick Zova tut mir wirklich leid", sagte sie. „Ich weiß, dass er Ihnen viel bedeutet hat."

In Bunnys Augen schimmerten Tränen und ihr Gesicht verzog sich. „Ich habe es heute Morgen in den Nachrichten gehört." Sie presste sich ihr Taschentuch vor den Mund. „In dem Moment wollte ich auch sterben!", schluchzte sie.

Poppy saß ratlos dabei, sie hatte keine Ahnung, was sie tun sollte. Sie hatte aus einem Impuls heraus gehandelt, aber jetzt hatte sie ein schlechtes

Gewissen. Zum Glück brachte die Kellnerin in diesem Moment ihre Bestellung. Als die Kanne mit dem Tee, die dazugehörigen Tassen und die Haferkekse auf den Tisch gestellt wurden, hatte Bunny ihre Fassung wiedererlangt.

„Es tut mir leid. Ich wollte Sie nicht aufregen“, sagte Poppy zerknirscht.

„Kein Problem.“ Bunny unterdrückte einen Schluchzer. „Rick war so lange ein Teil meines Lebens. Ich kann es einfach nicht glauben, dass er nicht mehr da ist.“

„Sie sind also schon lange ein Fan von ihm“, stellte Poppy fest.

„Ja, er war seit Ewigkeiten ein Teil meines Lebens“, seufzte Bunny traurig. Dann setzte sie sich aufrechter hin und schob ihr Haar zurück. Ihr Gesicht war vom Weinen gerötet und fleckig, und ihre Augen waren fast zugeschwollen, aber sie schien sich ein wenig zu beruhigen.

„Ich erinnere mich, als ich Rick zum ersten Mal sah“, sagte sie nachdenklich. „Es war auf einem Konzert. Ich wusste sofort, dass er der erstaunlichste Mann war, den ich je kennengelernt hatte. Richtig kennengelernt hatte ich ihn da natürlich noch nicht, aber mir war klar, dass ich nur Geduld haben musste. Ich ging zu jedem seiner Konzerte ... Ich saß immer in der ersten Reihe ... und dann -“ Ein Lächeln umspielte ihren Mund. „Eines Tages schaffte ich es hinter die Bühne und bekam ein Autogramm von ihm! Da waren so viele andere Mädchen, die an ihm herumzerrten, es war ekelhaft, aber er konnte sehen, dass ich anders war. Ich habe ihm gesagt, dass ich sein allergrößter Fan bin - ein Superfan!"

Poppy spitzte die Ohren, als Bunny die „vielen Mädchen" erwähnte. Plötzlich vergaß sie den Mordfall und überlegte, ob Ricks „Superfan" ihr wohl etwas über die Vergangenheit ihrer Mutter sagen konnte, jetzt, da sie Zova nicht mehr fragen konnte.

„Waren diese ,vielen Mädchen' hinter der Bühne vielleicht Groupies?", wagte sie sich vor.

Bunny antwortete nicht. Sie schien immer noch in Erinnerungen versunken zu sein. Sie schaute verträumt aus dem Fenster. „Und damals habe ich angefangen, Rick zu schreiben. Ich habe ihm nach jedem Konzert Briefe und Geschenke geschickt." Sie lächelte verschämt. „Und dann war da dieser rote Spitzenschlüpfer, den ich ihm zugeworfen habe!"

„Diese anderen Mädchen hinter der Bühne", versuchte Poppy es erneut. „Erinnern Sie sich an ihre Namen? Waren Sie mit ihnen befreundet?"

„Nein." Bunny runzelte die Stirn. „Warum sollte ich mich mit ihnen anfreunden? Sie wollten Rick nur für sich!"

„Oh, ich dachte … na ja, Groupies sind doch oft Freunde …"

„Ich war kein Groupie", fauchte Bunny. „Ich war ein Superfan! Ich war anders, verstehen Sie? Ich war nicht wie diese Mädchen!"

Poppy rückte unwillkürlich von ihr ab. Der Hass in Bunnys Stimme war erschreckend. „Ja, natürlich", sagte sie besänftigend. „Aber ich hatte nur überlegt, ob Sie sich möglicherweise mit einer von ihnen unterhalten haben? Erinnern Sie sich zum Beispiel an ein blondes Mädchen namens Holly? Holly Lancaster?"

Bunny zuckte die Achseln. „Ich weiß nicht. Ich kann mich nicht erinnern. Ich habe den anderen Mädchen nie viel Aufmerksamkeit geschenkt. Lauter Schlampen", fügte sie bissig hinzu.

Poppy hätte ihre Mutter am liebsten mit einer wütenden Bemerkung verteidigt, zwang sich aber, den Mund zu halten. Es war naiv, zu hoffen, dass Bunny ihr etwas würde sagen können. Irgendwie hatte sie sich vorgestellt, dass sie ihr in munterem Plauderton alles erzählen würde, was sie immer schon über die Jugendjahre ihrer Mutter wissen wollte, doch Bunny war zu sehr mit sich und ihrer Trauer beschäftigt.

Seufzend lehnte sich Poppy zurück und sagte: „Nun, danke für das Gespräch. Geben Sie mir Ihre Telefonnummer? Oder kann ich Sie sonst irgendwie erreichen? Die Polizei würde auch gerne mit Ihnen sprechen."

„Die Polizei?" Bunny schaute sie mit großen Augen an.

„Ja, sie versucht herauszufinden, wer Rick Zova ermordet hat."

Bunny schnappte nach Luft. „Nein! Nein, es war kein Mord. Es waren die Wespen. Rick ist allergisch, wissen Sie. Er bekam einen allergischen Schock und

_"

„Ja, das ist es, was in den Nachrichten verbreitet wurde, aber die Polizei geht tatsächlich von Mord aus."

„Nein, nein, nein, es war ein Unfall!", widersprach Bunny heftig. „Niemand würde Rick ermorden! Er war wunderbar! Er war der wunderbarste Mann der Welt! Wie können Sie nur denken, dass ihn jemand umbringen wollte?"

„Bunny, die Polizei hat Beweise gefunden -"

„Die Polizei irrt sich! Es war ein Unfall", wimmerte sie.

„Okay, mag sein, sie würde trotzdem gerne mit Ihnen reden." Poppy versuchte, die aufgebrachte Frau zu besänftigen. „Können Sie mir Ihre Nummer geben? Oder mir sagen, wo Sie wohnen?"

„Es ist ein Pub, die Adresse weiß ich nicht mehr. OH, warten Sie, ich habe eine Karte in meiner Tasche." Bunny griff nach ihrer Handtasche, aber ihre Hand verfehlte den Riemen, sodass sie zu Boden fiel und sich der Inhalt überall verteilte.

Nicht schon wieder! Poppy stöhnte insgeheim. *Warum macht sie den Reißverschluss ihrer Handtasche nicht zu?* Seufzend bückte sie sich, um Bunny beim Einsammeln zu helfen. Es sah so aus, als hätte Bunny noch mehr Plunder dabei als am Abend zuvor. Neben dem üblichen Sortiment an Lippenstift, Schlüsseln, zerknitterten Quittungen, einer Haarbürste und Kaugummi waren da noch Heilkristalle, Spielewürfel, kaputte Ohrringe,

Nagellack, eine Weihnachtskugel und -

Poppy hob ein kleines Plastikröhrchen hoch, das an einem orangefarbenen Ende spitz zulief. Auf dem leuchtend gelben Etikett stand „EpiPen". Sie warf Bunny einen raschen Blick zu.

„Bunny, warum haben Sie einen EpiPen?" Sie hielt den sogenannten Autoinjektor in die Höhe. „Sind Sie ebenfalls gegen Bienen- und Wespenstiche allergisch?

Bunnys Augen weiteten sich und sie schnappte Poppy den EpiPen aus der Hand. „N-nein, ich meine, ja … vielleicht … ich weiß nicht", murmelte sie.

Poppy runzelte die Stirn. „Aber warum tragen Sie eine lebensrettende Adrenalinspritze mit sich herum?"

Bunny wich ihrem Blick aus. „Ich wollte eben alles machen, was Rick gemacht hat. Wie Zwillinge, verstehen Sie?"

„Wollen Sie damit sagen, dass Sie so tun, als hätten Sie die gleiche Allergie?", fragte Poppy ungläubig.

„Dadurch habe ich mich ihm näher gefühlt", meinte Bunny trotzig. „Als würden wir etwas miteinander teilen." Sie schob Poppy etwas zu. „Hier ist die Karte von dem Pub. Sie können sie haben, wenn Sie wollen. Ich kann mir an der Rezeption noch eine holen, wenn ich zurückkomme."

Poppy nahm die Visitenkarte, auf der die Adresse eines Pubs stand, das auch Zimmer mit Frühstück anbot; in Gedanken war sie immer noch bei dem

EpiPen. Sie wollte Bunny dazu weitere Fragen stellen, aber diese stieß plötzlich einen Schrei aus. Sie hob einen Gegenstand vom Boden auf und Poppy sah, dass es sich um einen Button mit einem Bild von Rick Zova handelte, der auf einer Gitarre klimperte.

„Den habe ich beim allerersten Konzert bekommen, zu dem ich gegangen bin." Bunnys Stimme zitterte. „Oh mein Gott - ich werde diesen Abend nie vergessen! Rick war so ... so magisch! So wunderbar! Ich kann nicht fassen, dass er tot ist!"

Sie brach erneut in Tränen aus. Poppy rutschte unruhig hin und her und sah ihr beim Weinen zu. Bunny mochte überspannt und unreif sein, doch ihr Kummer war furchtbar mitanzusehen. Poppy plagte ihr schlechtes Gewissen, weil sie sie ausgehorcht hatte, und nun beschloss sie, ihr keine weiteren Fragen zu stellen.

„Möchten Sie noch etwas, Bunny?", fragte sie unbeholfen. „Ein Glas Wasser? Oder noch eine Tasse Tee?"

Bunny schluchzte in ihr Taschentuch und gab nur einen unverständlichen Laut von sich.

Poppy stand zögernd auf. „Also, dann verabschiede ich mich jetzt. Die Polizei wird sich bald bei Ihnen melden. Und ... mein herzliches Beileid."

Nach einem letzten besorgten Blick auf die weinende Frau beglich Poppy ihre Rechnung und verließ die Teestube.

Kapitel 17

Nell war nicht da, als Poppy endlich nach Hause kam. Sie wusch sich die Hände, kramte die Desinfektionstupfer und die lindernde Creme aus der Tüte, die sie aus der Apotheke mitgebracht hatte, und verarztete ihre Wespenstiche. Dann machte sie sich eine Tasse Tee und ging damit ins Gewächshaus, um nach ihrer Gardenie zu sehen. Die letzten beiden Tage waren hektisch gewesen, sodass sie kaum Zeit gehabt hatte, an die Pflanze zu denken. Sie hoffte inständig, dass sie sich seit ihrem letzten Besuch im Gewächshaus erholt hatte, doch leider waren noch mehr Knospen abgefallen und fast alle Blätter hatten sich gelb verfärbt.

„Warum? Warum? Warum?", murmelte sie verzweifelt.

Poppy vergewisserte sich, dass die Erde im Topf feucht genug, aber nicht zu nass war, und rückte die Pflanze an einen anderen Platz. Etwas anders fiel ihr nicht ein. Schließlich kehrte sie mit ihrem inzwischen abgekühlten Tee ins Haus zurück, ging in das kleine Wohnzimmer im vorderen Teil des Hauses und ließ sich auf das zerbeulte Sofa fallen. Puh! Poppy stieß einen Seufzer aus und massierte sich den Nacken. Dann warf sie einen Blick auf den Stapel ungeöffneter Post auf dem Couchtisch. Ein mulmiges Gefühl überkam sie, als sie ein paar Fensterbriefumschläge sah, in denen normalerweise Rechnungen verschickt wurden. Das Geld war knapp, sie zahlte immer noch hohe Kreditkartenschulden ab, ganz zu schweigen von den Raten für das Auto, also waren weitere Rechnungen das Letzte, was sie jetzt brauchte.

Sie riss die Umschläge auf, überflog den Inhalt und entspannte sich ein wenig. In einem war die monatliche Milchrechnung, die zum Glück nicht sehr hoch war. Der andere war an ihre Großmutter adressiert und enthielt die Erinnerung, den Hausnotruf verlängern zu lassen – den Poppy aber nicht brauchen würde. Poppy warf die Rechnungen beiseite und nahm sich die restliche Post vor. Ihre Augen leuchteten, als sie den Katalog eines Blumenzwiebel-Großhändlers in die Hand nahm. Eifrig riss sie die Plastikverpackung ab und blätterte die Seiten durch und starrte entzückt auf die Fotos. Tulpen in strahlenden Pink-, Gelb- und

Rotschattierungen, Rasen mit Narzissenbüscheln und Glockenblumen, die in schattigen Ecken wuchsen, Hyazinthen und zierliche weiße Schneeglöckchen, hübsche Anemonen und klassische Freesien, elegante holländische Schwertlilien und pralle Krokusse, die wie amethystfarbene Edelsteine funkelten. Poppy konnte sich kaum sattsehen.

Wie wunderbar diese Blumen in meinem Garten wirken würden, dachte sie, und stellte sich den bunten Blütenreigen vor, der aus den Zwiebeln entstehen würde. Nach dem enttäuschenden Anblick der Gardenie erfüllte sie der Gedanke, all diese schönen Blumen zu züchten, mit neuer Hoffnung und Zuversicht. Ehe sie sich versah, hatte Poppy auf ihrem Laptop die Website des Lieferanten aufgerufen. Es sah alles so einfach aus: Ein paar Klicks und sie konnte sich eine große Bestellung von Blumenzwiebeln nach Hause liefern lassen. Außerdem konnte sie durch den Großeinkauf viel sparen – natürlich musste sie auf einen Schlag eine stattliche Summe berappen, aber auf lange Sicht war das viel günstiger …

Poppy zögerte. *Es ist keine Extravaganz, sondern eine Investition in das Geschäft*, überlegte sie. *Wenn der Garten schön aussieht, kommen die Kunden eher und kaufen Pflanzen, oder? Und ich könnte einige als frische Schnittblumen verkaufen oder auch Sträuße daraus machen. Außerdem heißt es doch, dass sich Blumenzwiebeln vermehren, oder? In ein paar Jahren habe ich also die doppelte oder dreifache Anzahl an Pflanzen!*

Aufgeregt scrollte sie durch die Bilder auf der Website, klickte hier, klickte da und packte ihren Warenkorb voll. Als sie damit fertig war und zur Kasse ging, zuckte sie jedoch erschrocken zusammen, als sie die Gesamtsumme sah.

Du meine Güte! Okay, vielleicht brauche ich keine neunzig Narzissenzwiebeln - fünfzig reichen, dachte sie. *Und vierzig Freesienknollen sind wahrscheinlich genug, achtzig sind vielleicht ein paar zu viel. Diese Papageientulpen sehen ein bisschen seltsam aus - die könnte ich weglassen. Und die holländischen Schwertliliensammlungen sind schön, aber es wäre billiger, nur eine Sorte zu kaufen. Oh, ein paar dieser wunderschönen italienischen Ranunkeln müssen unbedingt sein - ich weiß, sie sind teuer, aber sie sind ihr Geld wert.*

Nachdem sie ihre Liste durchgegangen war und voller Bedauern die Mengen reduziert und manche Posten ganz gestrichen hatte, sah Poppy sich die Gesamtsumme noch einmal an. Sie war nicht mehr ganz so hoch, aber immer noch hoch genug. Den Blick unverwandt auf den Bildschirm gerichtet, dachte sie nach. Sie hatte einen kleinen Betrag beiseitegelegt, der gerade ausreichen würde. Eigentlich hatte sie damit die monatlichen Rechnungen oder sogar einen Teil der Kreditkartenschulden begleichen wollen. Aber die Kreditkartenfirma konnte sicher noch einen Monat warten. Und was die Stromrechnungen anging, so würden sie wahrscheinlich nicht sehr hoch ausfallen, schließlich betrieb sie bis jetzt keine vollwertige Gärtnerei. Und wenn sie tatsächlich ein paar Gelegenheitsjobs ergattern konnte, wie Joe vorgeschlagen hatte, würde sich ihre Reserve bald wieder auffüllen.

Freudig lächelnd klickte Poppy auf „Bestellen" und erledigte die Zahlungsmodalitäten, dann lehnte sie sich auf dem Sofa zurück und blickte verträumt ins Leere, während sie sich vorstellte, wie schön ihr traditioneller Bauerngarten im Frühling aussehen würde. Ein lauter Schrei unterbrach ihre Gedanken; er kam von draußen vor der Haustür, und als Poppy öffnete, stand ein großer rotgetigerter Kater auf der Schwelle.

„MIAU? MIAAAU??", machte Oren und zuckte mit dem Schwanz.

Poppy warf einen Blick auf die Wanduhr. Schuldbewusst stellte sie fest, dass es viel später war, als sie gedacht hatte. Kein Wunder, dass Oren so ärgerlich aussah, er hätte längst etwas zu fressen bekommen müssen. Er marschierte geradewegs auf die Küche zu, doch Poppy nahm ihn schnell auf den Arm.

„Tut mir leid, Oren, heute Abend steht kein Thunfisch auf dem Speiseplan. Für dich gibt es Diätfutter."

„Maaaaa-uuu!" Oren zappelte in ihren Armen. Er ließ keinen Zweifel daran, dass er ganz und gar nicht einverstanden war.

Er war groß und kräftig und Poppy hatte Mühe, ihn festzuhalten, doch irgendwie schaffte sie es, ihn durch den Garten zum Nachbargrundstück zu tragen. In Nicks Haus angekommen, setzte sie den orangefarbenen Kater in der Küche ab und lehnte sich gegen den Tresen, um zu verschnaufen.

Nicks offen gestaltete Küche war modern eingerichtet, mit einer großen Kücheninsel in der Mitte und einem Essbereich mit Blick auf den Garten. Sie war unerwartet ordentlich und aufgeräumt - Poppy hatte eigentlich mit Stapeln schmutziger Teller und Tassen mit Kaffeeresten gerechnet, doch da stand nur etwas, was wie ein selbst gebautes Puppenhaus aussah. Bei näherer Betrachtung stellte Poppy fest, dass es sich nicht so sehr um ein klassisches Puppenhaus handelte, sondern eher um die Nachbildung einer Wohnung im kleinen Maßstab, die aus Pappe, Klebeband und anderen Alltagsmaterialien sorgsam zusammengesetzt war. Die Inneneinrichtung war liebevoll arrangiert, mit Miniaturvorhängen aus Papier, Sofas aus Pappe, winzigen Vasen mit Papierblumen und sogar kleinen Tellern und Besteck auf dem Esstisch. Im Wohnzimmer war auf dem Teppich aus Krepppapier der Umriss eines menschlichen Körpers zu sehen, wie ihn die Polizei an einem Tatort hinterließ, nachdem die Leiche abtransportiert worden war.

Poppy bewunderte die Akribie und die Liebe zum Detail, die in das Modell geflossen sein mussten.

Hatte Nick das Modell gebastelt? Da fiel ihr ein Zettel ins Auge, der an einer Außenwand klebte.

„Für meinen Lieblingsautor. Ich liebe Ihre Bücher! Dieses Modell zeigt die unheimliche Wohnung aus Ihrem ersten Buch ‚Töte die Nacht‘. Ich hoffe, es gefällt Ihnen! Ihr größter Fan, Nikki“

Poppy betrachtete das Papiermodell mit noch größerer Ehrfurcht. *Das ist echte Hingabe eines Fans*, dachte sie. *Es muss Tage oder sogar Wochen gedauert haben, um den Schauplatz von Nicks Roman ausschließlich aus selbst gebastelten Gegenständen nachzubauen. Diese Art von Fankunst muss unbezahlbar sein!*

Schließlich riss sie sich von dem faszinierenden Anblick los und begann, in den Küchenschränken nach Orens Katzenfutter zu suchen. Der Kater schlängelte sich laut klagend zwischen ihren Beinen durch und gab ihr klar und deutlich zu verstehen, dass es höchste Zeit fürs Abendessen war.

„Miau! Mi-auuuu!“

„Schon gut, schon gut, gleich bekommst du was zu fressen“, murmelte Poppy, die endlich das Diätfutter gefunden hatte. Die sachliche Verpackung wirkte streng und gewiss nicht sonderlich einladend. Sie maß die vorgesehene Menge mit der Küchenwaage ab, gab alles in Orens Napf und stellte ihn dem hungrigen Tier hin.

Der Kater starrte ungläubig auf das bescheidene Häufchen Trockenkekse, dann blickte er zu ihr auf, als wollte er sagen: „Ist das dein Ernst?“

„Na, komm, sei ein guter Junge und friss deinen Teller leer", sagte Poppy.

„*Mau?*"

„Was ist los?"

Er ging zum Kühlschrank hinüber, stellte sich vor die Tür und sah über die Schulter zu ihr. „*Miau?*", fragte er hoffnungsvoll.

Poppy deutete auf die Schüssel. „Nein, Oren. Das ist dein Abendessen."

„*M-i-i-aaaau!*" Sein Schwanz peitschte wütend hin und her. „*MAAAAU!*"

Poppy verschränkte die Arme. „Es hat keinen Sinn, Theater zu machen. Ich habe strikte Anweisungen: Du bist bis auf Weiteres auf Diät."

„*MIIAAAU!*", maulte Oren.

Er kehrte steifbeinig zu seinem Napf zurück und schlug mit seiner Pfote dagegen, sodass einige Kekse herausgeschleudert wurden.

„He! Oren, lass das", rief Poppy.

Der Kater beachtete sie gar nicht, sondern holte zu einem weiteren Schlag aus. Wieder flogen Kekse über den Boden.

„Oren!"

„*M-MAU!*" Er warf ihr einen eindringlichen Blick zu und hieb dann mit seiner Pfote auf den Rand des Napfes, der umkippte und das restliche Futter verteilte.

„Oren!", rief Poppy ärgerlich. „Was soll das?"

Sie ging in die Hocke, um das Katzenfutter einzusammeln. Oren zuckte mit dem Schwanz und ließ sie nicht aus den Augen.

„Da", sagte Poppy und schob ihm den wieder gefüllten Napf zu. „Komm schon, Oren! Stell dich nicht so an. Du musst damit vorliebnehmen, etwas anderes gibt es nicht."

„*Mau*." Oren wandte sich empört ab und ging zu seinem Wassernapf.

Poppy stellte das Trockenfutter daneben. Er hielt mit dem Trinken inne, warf ihr einen trotzigen Blick zu und stieß den Wassernapf um, sodass sich ein Schwall über die Kekse ergoss.

„Oren!!" Die Kekse in der Schüssel hatten sich binnen kürzester Zeit in einen Matschklumpen verwandelt und waren ungenießbar.

Poppy war jedoch wild entschlossen, sich nicht unterkriegen zu lassen. Sie holte tief Luft, leerte den Keksbrei in den Mülleimer, wusch und trocknete den Napf und stellte ihn auf der Kücheninsel ab, wo die Futterschachtel stand. Sie schüttelte sie, in der vagen Hoffnung, dass Oren doch noch Appetit darauf bekam.

„Also, zweiter Versuch", sagte sie zu dem Kater.

Poppy wollte gerade eine weitere Portion in den Napf schütten, als ihr einfiel, dass sie die genaue Menge abmessen sollte. Sie holte die Waage von der Arbeitsfläche, doch in diesem Moment sprang Oren auf die Kücheninsel und musterte die Schachtel mit einem boshaften Glitzern in den Augen.

„Oren - nein!", rief Poppy und stürzte zur Kücheninsel.

Aber es war zu spät. Oren hob eine Pfote und schlug so fest gegen die Schachtel, dass sie gegen das Pappmodell flog, aufging und das Katzenfutter durch die Küche segelte.

„Neeeeein! Oren!", rief Poppy entsetzt.

Das zerbrechliche Pappmodell war in sich zusammengefallen, die Wände waren eingestürzt und hatten das Klebeband weggerissen, das die Stützen hielt. Poppy blickte entgeistert auf das Chaos. Nicks wunderschöne Fankunst war hinüber.

Kapitel 18

„Oh, Oren, sieh nur, was du angerichtet hast!",
rief Poppy.

„*Mau?*" Der Kater putzte sich in aller Gemütsruhe
die Ohren, als könne er kein Wässerchen trüben.
Poppy warf ihm einen bösen Blick zu - langsam
wurde ihr klar, warum Nick immer wieder sagte, er
werde Oren den Hals umdrehen. Dann richtete sie
ihre Aufmerksamkeit auf das Modell.

Behutsam richtete sie die Teile auf, die
zusammengefallen waren, und stellte erleichtert fest,
dass der Schaden nicht so groß war, wie es zunächst
den Anschein hatte. Mit ein bisschen Schieben und
Zupfen ließ sich der ursprüngliche Zustand
wiederherstellen. In einer Küchenschublade fand sie
eine Rolle Klebeband, sodass sie die Stützen

befestigen konnte, die sich gelöst hatten. Mit einem Küchenmesser schob und drückte sie geknickte Teile in ihre ursprüngliche Position.

Schließlich trat sie einen Schritt zurück und betrachtete ihr Werk. Es war ihr gelungen, die meisten Schäden zu beheben, bis auf ein paar Teile, die geklebt werden mussten, insbesondere eine wunderschöne hölzerne Kuckucksuhr an einer Zimmerwand. Das winzige Pendel war durch den Aufprall zerbrochen. Poppy durchsuchte die Küchenschubladen gerade nach Sekundenkleber, als ihr Telefon klingelte.

Es war Suzanne Whittaker: „Poppy - du hast eine Nachricht hinterlassen, dass ich dich zurückrufen soll?"

„Ja, das stimmt. Oh Suzanne, ich habe sie gefunden! Bunny, meine ich. Du weißt schon, der verrückte Fan von Rick Zova", erklärte Poppy atemlos. „Es war ein fantastischer Glücksfall. Ich habe sie zufällig im Dorf gesehen, als sie Blumen an einer Art Rick-Zova-Schrein am Friedhofstor niedergelegt hat. Wir haben uns unterhalten."

„Super! Hast du ihre Kontaktdaten bekommen?"

„Ja, aber ... weißt du, ich glaube nicht, dass Bunny die Mörderin ist. Du hättest sie erleben sollen: Nach Zovas Tod ist sie völlig am Boden zerstört, außerdem scheint sie viel zu hysterisch, um einen kaltblütigen Mord zu planen. Und dann habe ich darüber nachgedacht, was du gesagt hast - dass Zovas Mörder recht kräftig sein muss, um ihn zu überwältigen. Bunny ist eine recht zierlich Frau, also ist es unwahrscheinlich, dass sie es war. Der Mörder muss ein großer Mann sein – oder eine große Frau -"

„Nein, das ist nicht mehr ganz richtig", schaltete sich Suzanne ein.

„Wie meinst du das?"

„Ich habe gerade den Autopsiebericht bekommen. Wie es aussieht, ist Zova doch nicht an den Verletzungen gestorben, die ihm der Täter zugefügt hat. Bei näherer Betrachtung waren sie nicht sehr schwer – deswegen hätte Zova nicht einmal ins Krankenhaus gemusst."

„Oh. Er ist also nicht durch den Angriff ums Leben gekommen. Aber wie wurde Zova dann getötet?"

„Der Gerichtsmediziner fand Hinweise auf ..." Suzanne hielt inne, ihr Tonfall änderte sich, es klang, als würde sie ablesen: „... Schleimpfropfen, überblähte Lungenbläschen und Kehlkopfödeme. Das sind normalerweise typische Anzeichen für Asthma, aber Zova litt nicht an Asthma. Außerdem wurden erhöhte Werte von Mastzelltryptase festgestellt. Mastzellen spielen eine Rolle bei entzündlichen Prozessen."

„Was heißt das?"

„Im Grunde deutet alles auf eine massive, tödliche allergische Reaktion hin."

„Du meinst ... die Wespen haben ihn getötet?"

„Ja. Und das heißt, dass Rick Zovas Mörder nicht

allzu stark sein musste, um ihn zu töten. Er musste ihn nur außer Gefecht setzen, das Wespennest aufstören - und die Insekten erledigten den Rest."

Poppy sog scharf die Luft ein. „Der Wespenangriff war also kein Unfall, mit dessen Hilfe der Mord vertuscht werden sollte – die Tiere waren die Mordwaffe."

„Ich habe mit dem Kammerjäger gesprochen, der das Nest entfernt hat, und habe erfahren, dass ein Teil des Nests beschädigt aussah, als sei mit einem harten Gegenstand darauf geschlagen worden. Wenn der Mörder einen Stein oder etwas Derartiges in das Nest geworfen hätte, wäre das im wahrsten Sinn des Wortes eine todsichere Methode, die Wespen in Panik zu versetzen. Und wenn Zova in der Nähe stand, hatte er keine Chance."

„Das ist eine ziemlich ausgeklügelte Methode, jemanden umzubringen", sagte Poppy. „Ich meine, warum ihm nicht einfach einen gezielten Schlag auf den Kopf geben?"

„Eigentlich finde ich es genial", meinte Suzanne. „Vor allem, wenn der Mörder wusste, dass Zova allergisch gegen Bienen- und Wespengift war. Ein einziger Stich reichte, um ihn zu töten, und man hätte alles als tragischen Unfall abtun können. Immerhin sterben jedes Jahr Menschen an Bienenstichen. Es war die perfekte Möglichkeit, Zova zu ermorden, ohne ihm zu nahe zu kommen, und der Mörder hatte gute Chancen, damit durchzukommen."

„Was für eine schreckliche Art zu sterben, nicht

wahr?"

„Ja, das Gewebe schwillt an und normalerweise erstickt man, wenn man nicht vorher an Schock und Herzversagen stirbt - in Zovas Fall ging es wahrscheinlich ziemlich schnell."

„Aber es kommt mir sehr persönlich vor", sagte Poppy.

„Mord ist in der Regel persönlich." Suzanne klang fast amüsiert.

„Nein, ich meine, es scheint, als wollte der Mörder, dass Zova leidet, als wollte er ihn für etwas büßen lassen."

„Du denkst wieder an Geoff Healey?"

„Nun, er ist verbittert", erklärte Poppy. „Und er weiß vermutlich über Zovas Allergie gegen Bienen- und Wespenstiche Bescheid."

„Nowak auch", sagte Suzanne.

„Ja, aber weißt du, wer es nicht gewusst hat?", fragte Poppy aufgeregt. „Joe Fabbri! Wenn Zova wirklich von den Wespen getötet wurde, dann beweist das, dass Joe es nicht getan haben kann!"

Suzannes Stimme klang skeptisch. „Nicht unbedingt. Joe könnte einen Stein in das Nest geworfen haben. Selbst wenn er nichts von Zovas Allergie wusste, könnte er es in böser Absicht getan haben. Selbst wenn man keine Allergie hat, kann man sterben, wenn man von einem ganzen Wespenschwarm überfallen wird. So viel Gift auf einmal überfordert den Organismus einfach."

„Etwas derartig Böses würde Joe nie tun!", sagte

Poppy heftig.

Suzanne stieß einen ungeduldigen Seufzer aus. „Poppy, ich weiß, dass du mit Joe befreundet bist und viel Vertrauen in ihn hast. Aber du darfst nicht vergessen, dass du diesen Mann erst vor ein paar Monaten kennengelernt hast, und du hast selbst gesagt, dass er nicht viel redet, dass es nicht leicht ist, ihm näherzukommen. Wieso kannst du dir also so sicher sein, dass du wirklich weißt, was Joe Fabbri tun oder nicht tun würde?"

Poppy wollte antworten, überlegte es sich aber anders. Schließlich hatten sie das Thema schon einmal durchgekaut. Und obwohl sie es ungern zugab, wusste sie in ihrem tiefsten Innern, dass Suzanne recht hatte.

„Ich möchte nur nicht, dass Joe zu Unrecht beschuldigt wird, weil er zur falschen Zeit am falschen Ort war. Bitte, Suzanne, lass nicht zu, dass Sergeant Lee sich auf Joe als Sündenbock einschießt."

„Keine Sorge", sagte Suzanne knapp, „ich ziehe alle Möglichkeiten in Betracht; natürlich achte ich darauf, dass Lee bei seinen Ermittlungen keine Spur vernachlässigt. Im Gegenzug, was Joe angeht, musst du ebenfalls alle Möglichkeiten in Betracht ziehen und dir die Beweislage vor Augen halten."

„Okay", versprach Poppy leise. „Aber außer der Kelle gibt es doch eigentlich keine Beweise gegen ihn, oder?"

„Joe hat kein Alibi. Er behauptet, er sei nach

Hause gefahren, als die Party in vollem Gange war, nur gibt es keine Zeugen, die das bestätigen könnten. Er lebt allein, und niemand kann sich daran erinnern, seinen Pick-up zu den fraglichen Zeiten gesehen zu haben."

„Was ist mit den anderen Verdächtigen? David Nowak könnte Geoff Healey decken und ihm ein falsches Alibi geben. Er könnte gelogen haben, als er sagte, Geoff sei mit ihm in den Keller gegangen."

„Kann sein, aber Nowaks Chefsekretär, Stuart Southall, hat bestätigt, dass es so war."

„Und was ist mit Bunny?", fragte Poppy. „Wir kennen ihr Alibi nicht. Und wenn du sagst, dass Zovas Mörder nicht besonders kräftig sein, sondern nur die Wespen aufscheuchen musste ... Damit gehört Bunny definitiv zum Kreis der Verdächtigen. Und sie wusste von Zovas Allergie! Sie hat mir selbst davon erzählt. Sie tut sogar so, als hätte sie dieselbe Allergie, um etwas mit ihm gemeinsam zu haben."

„Was meinst du?" Suzanne klang verwirrt.

„Als ich heute Morgen in der Teestube des Dorfes mit ihr Tee getrunken habe, ist ihre Handtasche wieder einmal heruntergefallen – auf der Party ist das auch passiert – und der gesamte Inhalt landete auf dem Boden. Ich habe ihr geholfen, alles einzusammeln, und habe gesehen, dass sie einen EpiPen dabeihatte. Als ich sie danach fragte, hat sie mir erklärt, dass sie wie ein Zwilling für Zova sein wolle." Poppy verdrehte die Augen. „Unglaublich, was diese verrückten Fans alles machen."

„Wir müssen Bunny befragen. Wenn du mir ihre Kontaktdaten gibst, können wir gleich morgen früh mit ihr sprechen."

„Sie wohnt über einer Kneipe in der Nähe. Sie hat mir die Visitenkarte gegeben. Warte mal kurz." Poppy fand die Karte und las Suzanne die Adresse vor.

„Und Bunny hat nicht gezögert, dir ihre Kontaktdaten zu geben? Macht es sie nicht unruhig, dass die Polizei mit ihr reden will?"

„Nein, sie wirkte weder schuldbewusst noch besorgt." Poppy seufzte. „Ich muss zugeben, dass ich sie mir nicht als Mörderin vorstellen kann. Sie ist so gefühlsbetont und emotional schrecklich durcheinander. Dass jemand wie sie einen Mord begeht und dabei einen kühlen Kopf bewahrt – unvorstellbar. Oh, was ist mit Nowaks Assistentin?", fragte Poppy plötzlich. „Hat sie ein Alibi?"

„Seine Assistentin? Ich weiß nur von diesem Chefsekretär, Stuart Southall."

„Nein, ich meine seine Assistentin – oder besser gesagt: seine ehemalige Assistentin. Sie heißt Dawn; ich kenne ihren Nachnamen nicht."

„Hmm ..." Poppy hörte Papierrascheln, dann ertönte wieder Suzannes Stimme. „Ah ja, hier habe ich sie. Dawn McLaren. Hier steht, dass sie am Vortag entlassen wurde, also zum Zeitpunkt der Party nicht mehr bei Nowak beschäftigt war."

„Aber sie war da. Ich habe sie selbst gesehen - sie tauchte auf, als ich mich mit Nowak unterhielt, und sie wirkte sehr angespannt. Sie sagte immer wieder, sie wolle mit ihm unter vier Augen sprechen, und Nowak sah aus, als sei ihm nicht wohl in seiner Haut."

„Inwiefern?"

„Irgendwie ausweichend und verlegen. Nowak sagte etwas vom Arbeitsgericht. Möglicherweise hat es mit ihrer Entlassung zu tun und er hatte Angst, dass sie eine Szene machen würde."

„Ich werde Lee bitten, noch einmal mit ihr zu sprechen."

„Ja, sag ihm, dass ich sie heute zufällig in der Dorfapotheke getroffen habe und mir aufgefallen ist, dass sie Wespenstiche am Unterarm hat."

„Wespenstiche? Bist du dir sicher?" Suzannes Stimme klang hellwach.

„Ja, sie hat Calamine-Lotion gegen den Juckreiz gekauft. Als ich sie auf die Stiche ansprach, gab sie an, sie sei am Tag vor der Party gestochen worden. Ihre Stiche sahen aber rot und geschwollen aus, als seien sie noch ganz frisch. Ich habe sie danach gefragt und sie meinte, dass die Reaktion auf Wespenstiche mit Verzögerung eintreten kann."

„Das stimmt", räumte Suzanne ein. „Dem sollte man auf jeden Fall nachgehen. Danke, dass du mir Bescheid gesagt hast. Ich werde Lee bitten, ihr Alibi zu überprüfen und herauszufinden, wann sie sich wo aufgehalten hat." Sie zögerte, dann fügte sie hinzu: „Ich verstoße wahrscheinlich gegen das Protokoll, aber da du so hilfreich warst und ich weiß, dass ich dir vertrauen kann, halte ich dich auf dem

Laufenden, nachdem wir mit Bunny und Dawn gesprochen haben.“

„Oh! Danke! Das weiß ich wirklich zu schätzen.“ Poppy lächelte.

Sie verabschiedete sich von Suzanne. Oren sah sie erwartungsvoll an. Poppy atmete tief durch, krempelte die Ärmel hoch und sagte mit einem entschlossenen Blick auf den rothaarigen Kater: „Abendessen!“

Kapitel 19

Poppy schlief besser als in der Nacht zuvor und wachte erfrischt und mit viel besserer Laune auf. Sie wusch sich schnell und zog sich an, dann ging sie in die Küche, in der es bereits nach frischem Gebäck roch. Nell war schon weg, aber sie hatte einen Zettel hinterlassen, der neben dem noch ofenwarmen Brot lag. Poppy schnitt ein paar Scheiben ab, röstete sie leicht an und bestrich sie mit Butter und Marmelade. Sie hatte gerade den letzten Bissen hinuntergeschluckt und leckte sich die Finger ab, als es an der Haustür klopfte.

„Oh, hallo, Bertie! Meine Güte, haben Sie sich aber schick gemacht", sagte Poppy überrascht, als sie die Tür öffnete und den alten Erfinder auf ihrer Türschwelle sah.

Er trug eine Tweedjacke und eine braune Kordhose und hatte sogar eine rot gepunktete Fliege umgebunden. Sie warf einen verstohlenen Blick auf seine Füße, doch zu ihrer Überraschung trug er ganz normale Schuhe. Dass einer braun und der andere schwarz war, fiel dabei kaum ins Gewicht, wenn man bedachte, dass er bisweilen mit Taucherflossen, Wathose oder Gladiatorenhelm herumlief.

„Oh, ich muss mich von meiner besten Seite zeigen, denn ich bin auf dem Weg zu einem wichtigen Geschäftstermin, meine Liebe." Bertie strahlte. „Aber ich wollte Ihnen noch schnell etwas vorbeibringen. Sie hatten mich gestern nach einem Mittel gegen Wespenstiche gefragt. Ich hatte ein schlechtes Gewissen, weil ich nichts für Sie hatte, also habe ich mir gestern Abend etwas ausgedacht." Er reichte ihr eine flache Metalldose. „Tragen Sie diese Salbe auf Ihre Stiche auf. Sie sollte die Heilung enorm unterstützen."

„Oh, Bertie, wie lieb von Ihnen", rief Poppy gerührt, während sie die Dose langsam aufschraubte. „Ich habe zwar ein paar Dinge in der Dorfapotheke gekauft, aber ich bin sicher, dass Ihre Salbe viel besser - igitt!" Sie würgte angesichts des fauligen Geruchs, der aus der Dose aufstieg. „Lieber Himmel, Bertie, was ist denn da drin?"

„Stinkmorchelsalbe", antwortete Bertie stolz. „Ich habe herausgefunden, dass man aus *Phallus impudicus* nicht nur einen wunderbaren Tee herstellen kann. Man kann ihn auch reduzieren, bis er eine gallertartige Konsistenz hat, und ihn dann mit Wachs mischen – fertig ist eine hervorragende Heilsalbe. Bislang ist dazu nichts veröffentlicht worden, aber ich gehe davon aus, dass er ähnlich heilende Eigenschaften hat wie *Agaricus bisporus* und andere Pilzarten, die besser dokumentiert sind. Ich bin überzeugt, dass meine Stinkmorchelsalbe die Regeneration der Haut fördert und die Narbenbildung reduziert." Aufgeregt ergriff er Poppys Hände. „Und Sie sind mein erstes Versuchskaninchen, meine Liebe!"

„Oh. Ich fühle mich ... geehrt", sagte Poppy zweifelnd. Der durchdringende Geruch aus der Dose stieg ihr erneut in die Nase, sodass sie versuchte, durch den Mund zu atmen.

„Gab es denn keine Möglichkeit, diese Salbe ohne die spezielle Stinkmorchelnote herzustellen?"

„Ah, Sie meinen den Geruch? Ja, er ist recht intensiv, das gebe ich zu."

„Recht intensiv?" Poppy hustete. „Es riecht nach der widerlichsten Mischung aus verfaultem Fleisch, Schweißfüßen und Klärschlamm! Ehrlich, Bertie, damit können Sie Tote zum Leben erwecken, wenn Sie ihnen das Zeug unter die Nase halten."

Bertie starrte sie an, seine Augen weiteten sich vor Freude. „Was für eine wunderbare Idee!"

„Das war nur ein Scherz", erklärte Poppy hastig.

Aber Bertie hörte gar nicht zu. Er rieb sich das Kinn und murmelte aufgeregt vor sich hin: „Ja, Geruchsstimulanzien werden bereits bei sportlichen

Wettkämpfen eingesetzt, bei Boxern, die bewusstlos zu Boden gehen. Auch im Zweiten Weltkrieg, beim Britischen Roten Kreuz ... natürlich besteht die aktive Verbindung normalerweise aus Ammoniumcarbonat, aber das könnte man leicht durch die in den Pilzen enthaltenen Schwefelwasserstoff-, Phenylacetaldehyd- und Dimethyltrisulfid-Verbindung ersetzen."

Poppy schraubte den Deckel auf die Dose und steckte sie in ihre Jeanstasche. Dann sagte sie: „Erzählen Sie mir mehr über Ihren Geschäftstermin."

„Ich bin mit Mrs Lena Nowak von den Róża Gartencentern verabredet."

Poppy starrte ihn an. „Mit der Frau von David Nowak?"

Bertie nickte. „Ja, genau. Mrs Nowak hat sich vor ein paar Monaten an mich gewandt, weil sie von meiner Arbeit an Robotersystemen für Reinigung und Hygiene gehört hat. Ihr war aufgefallen, wie beliebt Saug- und Mähroboter geworden sind, und da hat sie sich gefragt, ob man eine Maschine für die Reinigung vertikaler Flächen bauen könnte, etwa für die Glasscheiben in Gewächshäusern. Sie meint, dass es eine große Nachfrage nach einer solchen Maschine geben könnte."

„Oh ja", stöhnte Poppy. Sie wusste schließlich nur zu gut, wie anstrengend es war, eigenhändig ein Gewächshaus zu putzen. „Lena Nowak ist eine kluge Frau. Ich wette, viele Leute würden sich so eine Maschine anschaffen!" Sie schaute Bertie neugierig an. „Entwickeln Sie etwas für die Róża Gartencenter?“

„Mrs Nowak schwebt eine exklusive Produktlinie vor.“ Bertie hob die abgewetzte Aktentasche hoch, die er immer bei sich trug. „Ich habe hier ein paar vorläufige Entwürfe und fahre jetzt nach Chatswood House, um sie ihr zu zeigen. Wäre es nicht wunderbar, wenn Róża Garden Centres in eine meiner Erfindungen investieren würde?“

„Hören Sie, Bertie, soll ich Sie nach Chatswood House fahren?“, schlug Poppy spontan vor.

„Ja, das wäre wunderbar, meine Liebe, weil ich nicht weiß, wie ich CLARA transportieren soll. Mein Quadracycle braucht nämlich ein neues Rad und quadratische Räder sind so schwer zu bekommen. Außerdem ist auf dem Gepäckträger nicht genug Platz, um sie anzuschnallen.“

„Warum müssen Sie CLARA mitnehmen?“

„Ich will sie Mrs Nowak zeigen! Natürlich wird das Modell, das ich für die Gartencenter entwickeln werde, viel schlichter sein, aber mit CLARA lässt sich das Potenzial meiner Erfindung demonstrieren.“

Hoffentlich schöpft CLARA ihr Potenzial nicht aus, dachte Poppy und schüttelte sich insgeheim. Als sie mit Bertie zum Auto ging, wartete bereits ein weiterer Fahrgast daneben, der sie erwartungsvoll ansah: Einstein, der Terrier.

„Bertie, Sie können Einstein nicht einfach mitnehmen“, sagte sie erschrocken.

„Er begleitet mich überall hin.“

„*Wuff-wuff!*", bestätigte Einstein schwanzwedelnd.

„Mag sein, aber das ist ein Privatgrundstück. Vielleicht mag Mrs Nowak keine Hunde."

„Ach, machen Sie sich keine Sorgen. Einstein kann vor dem Haus auf mich warten", erwiderte Bertie fröhlich.

Poppy gab auf. Schließlich besaßen die Nowaks ein großes Anwesen und sicher hatten sie nichts dagegen, wenn ein kleiner Terrier an der Haustür auf sein Herrchen wartete. Sie lud den Erfinder, den Hund und den Roboter ins Auto und sie machten sich auf den Weg nach Chatswood House. Dort angekommen, bot Poppy an, Bertie hinein zu begleiten, statt ihn einfach abzusetzen.

Warum tue ich das? fragte sie sich, als sie hinter Bertie die Treppe zur Eingangstür hinaufstapfte. Nun, wenn sie ehrlich war, wusste sie genau, warum: Sie wollte den „Tatort" noch einmal inspizieren. *Es ist ja nicht so, als würde ich mich in die Ermittlungen einmischen. Außerdem hat die Spurensicherung das Gelände abgesucht, aber vielleicht hat sie etwas übersehen …*

An der Tür wurden sie von einem selbstgefälligen jungen Mann begrüßt, den Poppy bei der Party gesehen hatte: Stuart Southall, der Chefsekretär. Beim Anblick des Roboters, der neben Bertie auf der Schwelle stand, zuckte er erschrocken zusammen. Als Einstein an seinen Knöcheln schnüffelte, runzelte er zwar die Stirn, hatte aber nichts dagegen, dass er ebenfalls hereinkam. Er führte sie in einen großen Saal im hinteren Teil des Herrenhauses, der zu einer Art Galerie umfunktioniert worden war. An den Wänden hingen Gemälde und in zahlreichen Vitrinen waren die unterschiedlichsten Gegenstände ausgestellt. Perfekt ausgerichtete Scheinwerfer tauchten sie in ein mildes Licht. In der Mitte des Raumes stand eine riesige Chaiselongue mit einem vergoldeten Rahmen und einem derart kostbar aussehenden Polsterstoff, dass Poppy Angst hatte, sich daraufzusetzen.

Stuart deutete darauf. „Wenn Sie bitte hier warten wollen ... Mrs Nowak wird gleich kommen. Das Team der Spurensicherung hat heute Morgen endlich seine Arbeit beendet und Mrs Nowak überwacht gerade die Aufräumarbeiten.“

Bertie hörte Stuart gar nicht zu, sondern steuerte geradewegs auf die Gemälde zu, um sie sich genauer anzusehen, gefolgt von Einstein und CLARA als blecherne Damenbegleitung. Poppy beobachtete das Trio aus den Augenwinkeln. Mit Bertie war es ein bisschen wie mit einem Kleinkind: Man wusste nie, was er als Nächstes ausheckte. Im Moment schien der alte Mann jedoch mit der Betrachtung der Kunstwerke beschäftigt zu sein, sodass Poppy sich entspannte. Sie nahm vorsichtig auf der Chaiselongue Platz, während Stuart steif und stumm neben ihr stand. Das machte sie nervös – entweder er verschwand oder er versuchte wenigstens, eine beiläufige Unterhaltung anzufangen.

Das unbehagliche Schweigen zwischen ihnen zog sich endlos in die Länge, bis Poppy schließlich sagte: „Ist Mr Nowak heute hier?"

„Nein, er ist auf der Polizeiwache in Oxford. Die Beamten wollten ihm noch ein paar Fragen stellen. Ich weiß wirklich nicht, warum sie Mr Nowak erneut belästigen - ich dachte, ein Verdächtiger sei bereits in Gewahrsam." Stuart schürzte missbilligend die Lippen. „Und für die Medien ist der Fall natürlich ein gefundenes Fressen! Gestern campierten den ganzen Tag Fernsehteams und Reporter vor dem Anwesen. Sie sind erst abgereist, als Mr Nowak nach Oxford aufgebrochen ist, die meisten sind ihm wie ein Rudel Bluthunde gefolgt. Nicht auszudenken, was passiert, wenn sie erfahren, dass er erneut befragt wird. Er tut nur seine Pflicht als unbescholtener Bürger, wenn er die Polizei bei ihren Ermittlungen unterstützt - das habe ich in der Pressemitteilung betont. Aber die Medien machen ja aus allem eine Sensation. Dieses Theater ist wirklich lächerlich. Das Ganze ist äußerst peinlich für einen Mann in der Position von Mr Nowak, wissen Sie." Er sah so pikiert aus, als sei es ein persönlicher Affront.

„Immerhin wurde ein Mann ermordet", wandte Poppy ein. „Das ist schließlich keine Kleinigkeit."

Stuart schnaubte verächtlich. „Diese ganze unangenehme Episode hätte vermieden werden können, wenn Dawn ihren Job richtig gemacht hätte."

Poppy sah ihn erstaunt an. „Wie meinen Sie das?"

„Es war ihre Aufgabe, vor der Party sicherzustellen, dass alles in Ordnung ist. Sie hätte für die Beseitigung des Wespennestes sorgen müssen, aber anscheinend war selbst diese einfache Aufgabe zu viel für sie. Na ja, was soll man von einer ehemaligen Drogensüchtigen schon erwarten?", setzte Stuart voller Verachtung hinzu.

„Dawn war drogensüchtig?", sagte Poppy überrascht.

„Wussten Sie das nicht? Sie ist einer von Mr Nowaks ‚Fällen'. Er hat sie über seine Stiftung Beneficium kennengelernt. Sie hat an einem Rehabilitationsprogramm teilgenommen, bei dem man ehemaligen Drogensüchtigen hilft, einen Job zu finden und sich wieder in die Gesellschaft zu integrieren. Ich weiß nicht, wie es zustande kam, aber eines Tages sagte mir Mr Nowak plötzlich, dass Dawn künftig als seine Assistentin arbeiten würde. Der Posten war frei, weil seine ursprüngliche Assistentin gerade im Mutterschutz war. Und da er nicht über die üblichen Vermittlungsagenturen nach einem Ersatz suchen wollte, beschloss Mr Nowak einfach, Dawn einzustellen."

„Das war sehr nett von ihm."

„Nett? Natürlich war es nett von ihm und mir tun diese Junkies auch leid. Es ist löblich, dass Mr Nowak helfen will, aber die Frau hat nicht einmal eine richtige Ausbildung vorzuweisen. Sie war überhaupt nicht für den Job qualifiziert!" Er verdrehte die Augen. „Um ein Wespennest entfernen zu lassen, braucht man keine jahrelange Ausbildung. Sie hätte bloß einen Kammerjäger anrufen und einen Termin absprechen müssen, damit er kommt und das Nest entfernt und die Wespen tötet. Ich bin sicher, sie hat es vergessen. Sie ist immer so schusselig und vergesslich - das liegt wahrscheinlich an den Drogen. Es heißt, dass längerer Drogenkonsum zu bleibenden Hirnschäden führt, wissen Sie, und das Erinnerungsvermögen beeinträchtigen kann", dozierte er mit herablassender Miene. „Ich habe Mr Nowak gesagt, er solle ihr einen Job als Büroangestellte oder Empfangsdame oder meinetwegen als Hausmädchen geben - aber nicht als seine persönliche Assistentin! Und es war ein großer Fehler, sie diese Party organisieren zu lassen. Mr Nowak wollte einfach nicht auf mich hören. Er ist zu großzügig und nachsichtig, das ist sein Problem. Ich habe ihm geraten, für die Party eine Firma zu engagieren, die sich mit so etwas auskennt, aber er meinte, er wolle Dawn eine Chance geben. Sie hat allerdings weder die Fähigkeiten noch die Erfahrung für ein solches Projekt. Hätte ich die Sache in die Hand genommen, wäre es nie zu einer solchen Nachlässigkeit gekommen."

Poppy ging die Selbstgefälligkeit des jungen Mannes allmählich auf die Nerven. „Vielleicht war Dawn anderweitig beschäftigt. Wenn Sie von dem Wespennest wussten, hätten Sie den Kammerjäger selbst anrufen können."

„Ich?“ Stuart warf ihr einen ungläubigen Blick zu. Er richtete sich zu seiner vollen Größe auf. „Ich bin der Chefsekretär von Mr Nowak! Ich kümmere mich um seine geschäftlichen Angelegenheiten und seine Auftritte auf dem politischen Parkett. Ich stehe in Kontakt mit seinem Wahlkampfteam, koordiniere seine Termine, organisiere Meetings, bereite Berichte für ihn vor, recherchiere … Man kann nicht von mir erwarten, dass ich mich um den alltäglichen Kleinkram kümmere - dafür ist seine Assistentin zuständig! Ich habe viel zu viel zu tun.“

Poppy wollte etwas Sarkastisches erwidern, hielt sich dann aber zurück, als ihr klar wurde, dass sie die Selbstherrlichkeit dieses Mannes zu ihrem Vorteil nutzen konnte. Sie warf ihm einen bewundernden Blick zu und sah ihn mit großen Augen an: „Ich habe gehört, dass die Polizei Sie um Hilfe gebeten hat, um herauszufinden, was an jenem Abend wirklich geschehen ist.“

„Ja, ich habe eine detaillierte Aussage gemacht - wahrscheinlich die umfassendste von allen“, sagte Stuart hochmütig.

„Und Sie waren derjenige, der das Alibi von Mr Nowak bestätigt hat, nicht wahr?“

„Ja, das stimmt“, antwortete Stuart mit stolzgeschwellter Brust. Die Polizei hatte einige Zweifel, aber ich habe sie gerne ausgeräumt - ich habe persönlich gesehen, wie Mr Nowak die Orangerie in Begleitung seines Freundes, Mr Healey, verlassen hat. Sie waren auf dem Weg in den Keller unter dem Haupthaus.“

„Haben Sie gesehen, wie sie in den Keller gegangen sind?“

„Nein, aber ich habe beobachtet, wie sie in den Korridor gegangen sind, der die Orangerie mit diesem Teil des Hauses verbindet.“ Stuart deutete auf die gegenüberliegende Ecke, wo ein offener Durchgang von der Galerie abging. Er bildete offensichtlich den Anfang des langen Verbindungskorridors zwischen Haupthaus und Orangerie.

„Sehen Sie die Türen am Anfang des Flurs?“, fragte Stuart. „Hinter einer ist die Gästetoilette, dann kommt das Arbeitszimmer von Mr Nowak und die dritte Tür führt hinunter in den Keller.“

Aber was, wenn die beiden Männer nicht zusammengeblieben sind, nachdem sie den Korridor betreten haben, dachte Poppy. *Was, wenn sie sich getrennt haben, sobald sie außer Stuarts Sichtfeld waren?*

Sie erinnerte sich, was sie gestern mitbekommen hatte, als sie Nowak und Healey in Healeys Garten belauscht hatte. „Sag ihnen, du warst mit mir im Weinkeller …“, waren Nowaks Worte gewesen.

Das ergab nur dann einen Sinn, wenn Geoff Healey nicht die ganze Zeit bei ihm gewesen war. Stuart selbst hatte sich in der Orangerie aufgehalten, also hätte er lediglich gesehen, wie sie hinter dem Paravent den Korridor betraten. Aber Nowak hätte auch alleine in den Keller gehen können, während Geoff Healey abwartete, dass ihn niemand beobachtete. Ungesehen durch eine Seitentür nach draußen zu schlüpfen und die Stufen in den ummauerten Garten hinunterzugehen, wäre ein Leichtes gewesen. Dort stand Rick Zova neben dem Baum und rauchte nichtsahnend seine Zigarre.

„Wie lange waren Mr Nowak und Mr Healey im Keller?", fragte sie Stuart.

Stuart zuckte mit den Schultern. „Ich weiß es nicht genau, vielleicht zehn Minuten? Ich habe Mr Nowak erst wieder gesehen, als der Wespenschwarm vor der Orangerie auftauchte. Da muss er gerade aus dem Keller gekommen sein, denn er hielt die Weinflasche in der Hand, die er unten geholt hatte."

„War Mr Healey bei ihm?"

Stuart überlegte einen Moment. „Ich kann mich nicht erinnern, ihn gesehen zu haben. Die ganze Situation war total chaotisch. Wir hatten ja keine Ahnung, was eigentlich los war."

„Und was ist mit -"

SCHEPPER!

Poppy wirbelte herum. Ihr sackte das Herz in die Hose, als sie feststellte, dass Bertie verschwunden war. Sie hätte ihn im Auge behalten müssen, aber sie war so sehr in das Gespräch mit Stuart vertieft gewesen, dass sie den alten Mann völlig vergessen hatte.

Was hatte er diesmal angestellt?

Kapitel 20

Wieder ertönte ohrenbetäubendes Geschepper. Stuart eilte durch die Galerie in den Korridor, dicht gefolgt von Poppy. Das Geräusch schien aus Nowaks Arbeitszimmer zu kommen. In der Tür blieben sie wie angewurzelt stehen.

Ihnen bot sich ein erschreckender Anblick. Vor dem Kamin rang Bertie mit CLARA, die nur noch aus wild rotierenden Rädern und Bürsten zu bestehen schien. Irgendwie hatte sie die Umrandung überklettert und fegte nun mit großem Eifer den Boden des Kamins. An einem Arm war eine riesige Saugdüse angebracht. Sie saugte die Asche auf, die der andere Arm zusammenkehrte. Der Sog war allerdings so stark, dass auch alles andere im Raum, das nicht niet- und nagelfest war, in den Luftstrom geriet. Haftnotizen, Dokumente, Büroklammern, Gummibänder, Papierfetzen, Briefetiketten und Briefmarken sausten wie ein Miniaturtornado durch den Raum auf den Roboter zu. Poppy spürte sogar, wie ihr plötzlich die Haare zu Berge standen und in Richtung CLARA gezerrt wurden.

Sie eilte zu Bertie hinüber und rief über das Getöse des Staubsaugers hinweg: „Bertie! Was ist passiert?"

„Oh, kein Grund zur Sorge, meine Liebe", erwiderte der alte Erfinder, während er auf CLARAS Torso Knöpfe drückte und Schalter umlegte. „Nur eine Frage der Feinjustierung."

„Schalten Sie sie aus, Bertie – schnell, schalten Sie sie aus!"

Zu ihrer Erleichterung hörte der Roboter mit einem Schlag auf zu arbeiten und der Staubsauger verstummte. Die unerwartete Stille im Raum war geradezu gespenstisch. Poppy drehte sich um und sah Stuart mit offenem Mund an der Tür stehen. Seine Haare ragten in die Höhe und seine Krawatte war über eine Schulter gefegt worden. Papierfetzen rieselten wie Schneegestöber auf sie nieder.

„Was um alles in der Welt -?" Plötzlich erschien eine Frau hinter Stuart.

Poppy erkannte sie als die schick gekleidete Frau, die sie am Abend der Party im Gespräch mit Joe Fabbri gesehen hatte. Jetzt sah sie allerdings ganz anders aus. Statt eines luxuriösen Cocktailkleides aus Samt und extravagantem Schmuck trug sie einen eleganten cremefarbenen Hosenanzug und Designerschuhe. Die Arme in die Seiten gestemmt stand sie nun im Arbeitszimmer und begutachtete das Chaos. Während Nowak eher zurückhaltend und leutselig war und so unscheinbar wirkte, dass man ihn kaum für einen der einflussreichsten und erfolgreichsten Männer Großbritanniens gehalten hätte, war seine Frau das genaue Gegenteil. Sie strahlte eine geballte Energie aus und trat auf wie eine durchsetzungsstarke und gnadenlose Amazone auf dem Kriegspfad, die jedem unglückseligen Angestellten, der ihr über den Weg lief, eine Standpauke halten würde.

„Was ist hier los?", fragte sie.

Bertie stürzte zu ihr, ergriff ihre Hand und schüttelte sie heftig. „Ah! Mrs Nowak, nehme ich an? Ich bin Dr. Bertram Noble."

„Oh. Äh, sehr erfreut." Lena Nowak pflückte sich eine Haftnotiz von der Stirn.

„Ich bin entzückt, dass Sie sich für meine Erfindungen interessieren", fuhr Bertie fort und eilte zurück zu seinem Werk. „Ich habe einige Entwürfe mitgebracht, die ich Ihnen gerne zeigen kann, aber CLARA hier ist mein Meisterstück! Sie werden staunen, wenn Sie die ganze Bandbreite ihrer Funktionen und Fähigkeiten sehen."

Lena Nowak beäugte die reglose Gestalt neben dem Kamin mit Argusaugen. „Aha. CLARA ist also ein Reinigungsroboter?"

„Oh, CLARA ist viel mehr!", sagte Bertie. „Sie kann

so programmiert werden, dass sie alles erkennt: Staub, Erde, Haare, Schimmel - Erbrochenes ist vielleicht etwas schwierig, aber das ist nur eine Frage der Kalibrierung. Je nach Einstellung zielt sie nur auf die vorgegebenen Partikel. Sie kann also sehr spezifisch vorgehen, genau abgestimmt auf die Art der Aufgabe."

„Sind die Sensoren wirklich so leistungsstark?" Lena war sichtlich beeindruckt.

„Oh ja! Kommen Sie, kommen Sie." Bertie winkte eifrig.

Nach kurzem Zögern ging Lena zum Kamin und gab Stuart ein Zeichen, ihr zu folgen. Dem Chefsekretär stand die Angst ins Gesicht geschrieben, doch er schluckte mannhaft und gehorchte.

Bertie deutete auf die Feuerstelle, die nun blitzsauber war – kein Stäubchen war zu sehen. „Ich habe gerade ihre Sensoren mit Ascheprobe aus Ihrem Kamin getestet. Wie Sie sehen, hat CLARA alle Spuren von pulverförmigen Kohlenstoffresten entfernt", sagte er stolz.

Dabei hat sie zusätzlich das halbe Zimmer leergefegt, dachte Poppy. Das Arbeitszimmer sah aus wie nach einem Wirbelsturm.

„Und ich füge der CLARA-Datenbank jeden Tag weitere Partikelarten hinzu", erklärte Bertie. „Ich habe gerade damit begonnen, verschiedene menschliche Gewebe in ihre Datenbank einzugeben, damit sie zusätzlich einige pflegerische Aufgaben übernehmen kann."

„Pflegerische Aufgaben?", wiederholte Lena verwirrt.

„Ah ja! Wissen Sie, ich habe festgestellt, dass es bei vielen Aspekten der Körperpflege im Grunde nur um eine Form der Reinigung geht. So erschien es mir logisch, die Funktionen von CLARA zu erweitern und auch die menschlichen Körperöffnungen einzubeziehen."

Stuart sah erschrocken aus. „Körperöffnungen?"

„Ich zeige es Ihnen." Bertie musterte Stuart von oben bis unten. „Aha. Junger Mann, Sie sind das perfekte Exemplar!" Er schnappte sich den Sekretär und zerrte ihn neben den Roboter.

„Was? Warten Sie! Was zum -?", stotterte Stuart und versuchte vergeblich, sich zu befreien.

Doch bevor er sich losreißen konnte, schoss einer von CLARAs Armen hervor. Das Ende hatte sich von einem Schrubber in eine Art Metallklaue verwandelt, die sich auf Stuarts Kopf senkte und seine Stirn umfasste.

„Aaarrrggghh!", schrie Stuart. „Was macht sie? Lassen Sie mich los!"

„Keine Bange, CLARA sorgt nur dafür, dass Sie es bequem haben", sagte Bertie. „Es ist wichtig, dass Ihr Kopf ganz ruhig gehalten wird, sonst könnten die Klingen zu tief schneiden."

„Klingen?", kreischte Stuart. „Was für Klingen?"

Plötzlich setzte ein Summen ein und CLARA hob ihren anderen Arm. An seinem Ende war die

Saugdüse verschwunden und an ihrer Stelle war eine Art rotierende Schermaschine erschienen. Stuart schrie entsetzt auf und versuchte, sich loszureißen, aber die Klaue um seinen Kopf hielt ihn fest. Mit weit aufgerissenen Augen sah er zu, wie der Roboter den surrenden Arm hob und auf sein Gesicht richtete.

„Nasenhaare entdeckt. Extremer Wuchs. Trimmen erforderlich", ertönte die mechanische Stimme.

„Neeeein!" Stuart zuckte und wand sich, als CLARA sich an die Arbeit machte.

Poppy wusste nicht, ob sie lachen oder weinen sollte. Nach ein paar Minuten war alles vorbei und der Roboter ließ Stuart los, der rückwärts stolperte, während er sich die Hand an die Nase presste.

„Das hat sie ganz toll gemacht, nicht wahr?", sagte Bertie stolz. „So viel präziser, als wenn Sie es selbst erledigen würde. Dank des Vortex-Motors kommt sie auch mit Nasenhaaren zurecht, die dicker und buschiger sind als normal - wie Ihre."

Stuarts Gesicht war knallrot, und er sah aus, als fiele ihm das Sprechen schwer.

„Oh, das muss Ihnen nicht peinlich sein", sagte Bertie herzlich und klopfte ihm begütigend auf die Schulter. „Es ist sogar von Vorteil, kräftige Nasenhaare zu haben. Forscher der Hacettepe University School of Medicine haben herausgefunden, dass Menschen mit spärlichem Nasenhaar fast dreimal so häufig an Asthma leiden wie solche mit struppigen Nasenlöchern."

Stuart gab einen unartikulierten Laut von sich und stürmte aus dem Zimmer. Bertie drehte sich zu Lena Nowak um, die sprachlos dastand. „CLARA ist auch sehr gut bei der Beseitigung von Ohrenschmalz. Darf ich Ihnen das einmal zeigen?"

***

Poppy hatte fest damit gerechnet, dass Bertie nach diesem Fiasko umgehend aus dem Haus gejagt werden würde, doch zu ihrer Überraschung hatte sich Lena Nowak weder von der brachialen Nasenhaarrasur noch von der Androhung abschrecken lassen, dass sich CLARA ihres Ohrenschmalzes bemächtigen würde. Sie verbrachte eine ganze Stunde mit Bertie im Arbeitszimmer, wo sie seine Entwürfe eingehend besprachen und die Logistik für die Herstellung und Prüfung seiner Maschinen erörterten. Poppy kam die undankbare Aufgabe zu, auf einen übereifrigen Roboter und einen struppigen schwarzen Terrier aufzupassen. Glücklicherweise schien CLARAs Batterie endlich leer zu sein, sie war in ein elektrisches Koma gefallen, sodass Poppy sich nur um Einstein kümmern musste.

Sie beschloss, mit dem quirligen Hund nach draußen zu gehen. Sie führte ihn durch den Korridor in die Orangerie - die jetzt gespenstisch leer und still war - und hinaus auf die Terrasse. Es war ein typischer Herbsttag, der Himmel war grau, es stürmte und für später war Regen angesagt. Poppy ging langsam zum seitlichen Rand der Terrasse, wobei sie ihre Schritte vom Abend der Party zurückverfolgte, und blieb auf der obersten Stufe der Treppe stehen, die zum ummauerten Garten hinunterführte.

Ein kleiner Bereich um den Sockel der Eibe, in dem sich das Wespennest befunden hatte, war noch immer mit Absperrband markiert, aber ansonsten war der Rest des Gartens frei begehbar.

Einstein zerrte winselnd an seiner Leine, weil er unbedingt losgelassen werden wollte.

„Nein, tut mir leid, du darfst hier nicht frei herumlaufen", sagte Poppy. Sie packte die Leine vorsichtshalber noch fester, ließ sich aber von ihm die Treppe hinunterziehen.

Sie gingen den Weg entlang und näherten sich der Eibe. Es waren keine Wespen zu sehen und dort, wo sich das Nest befunden hatte, klaffte nun ein Loch. Trotzdem machte Poppy einen großen Bogen den Baum. *Gebranntes Kind*, dachte sie mit einem Blick auf den Wespenstich an ihrer Hand.

Schließlich kamen sie in eine windgeschützte Ecke, in der die Pflanzen so hoch und dicht wuchsen, dass sie an eine Waldgrotte erinnerten. An Eberesche und Weißdorn prangten glänzende Beeren vor dunkelgrünen Blättern und dazwischen breiteten sich Heckenrosen aus. Ein paar Christrosen lugten durch das Unterholz, sie blühten noch nicht, sahen aber hübsch aus. Kleine Büschel aus Herbst-

Alpenveilchen setzten pinke Farbtupfer in die grüne Düsternis.

Poppy blieb stehen, um die verwunschene Höhle zu bewundern. Hier war es schön und friedlich, fast wie in einem geheimen Garten, außer Sichtweite des Hauses und der Orangerie. Eine Reihe flacher Trittsteine führte vom Hauptweg zu einer einladend aussehenden Gartenbank an einem Baum. Einstein zerrte ungeduldig an seiner Leine, aber Poppy hielt ihn zurück. Irgendwie erschien es ihr nicht richtig, die kleine Grotte zu betreten und die beschauliche Atmosphäre zu stören.

„Komm, Einstein, hier entlang." Sie zog sanft an der Leine.

Zuerst wehrte er sich, doch dann hob er plötzlich den Kopf und starrte mit zitternder Nase auf etwas, das weiter oben auf dem Weg lag. Im nächsten Moment stürmte er laut bellend davon.

„Einstein!" Ein Moment der Unachtsamkeit hatte gereicht und schon war der pfiffige Hund ihr entwischt.

Der kleine schwarze Terrier jagte mit großem Vergnügen einem Eichhörnchen hinterher und verschwand in der Ferne. Die Leine schleifte er hinter sich her.

„Einstein!", rief Poppy noch einmal, bevor sie sich aufrappelte und ihm nachrannte. „Einstein, komm zurück!"

Kapitel 21

Poppys Telefon klingelte, als sie dem Hund hinterherlief, und so musste sie ihre Schritte verlangsamen, während sie den Anruf entgegennahm.

„Ja?", keuchte sie.

„Hallo, Poppy, hier ist Suzanne. Ich habe beschlossen, mir den Fall Zova persönlich vorzunehmen und wollte ein paar Dinge mit dir besprechen. Hättest du einen Moment Zeit für mich?"

Poppy warf einen gequälten Blick auf Einsteins eifrig wedelnden Schwanz, der gerade am Horizont hinter einer Hecke verschwand. Dann blieb sie seufzend stehen. „Ja, klar, kein Problem."

„Gestern hast du erwähnt, dass du einen EpiPen

in Bunnys Handtasche gesehen hast, als du sie im Dorf getroffen hast. Und du sagtest, dass ihre Handtasche auf Nowaks Party zu Boden gefallen ist, und du ihr geholfen hast, ihre Sachen aufzusammeln. Hast du den EpiPen bei der Gelegenheit in ihrer Handtasche gesehen?"

Poppy dachte einen Moment lang nach. „Hm, ich kann mich nicht erinnern, ihn gesehen zu haben, aber das heißt nicht, dass er nicht da war. Bunny hatte so viel Plunder in ihrer Tasche, außerdem hat sie beim Auflesen mitgeholfen. Es kann also gut sein, dass sie den EpiPen am Abend der Party selbst aufgehoben hat und ich ihn deshalb nicht gesehen habe. Warum fragst du?"

„Es ist nur ein Gedanke. Es könnte von Bedeutung sein, wenn sie keinen EpiPen hatte, als du ihr auf der Party begegnet bist, also vor dem Mord an Rick Zova, zwei Tage später aber sehr wohl."

„Du meinst, sie könnte Rick Zova den EpiPen gestohlen haben?", fragte Poppy aufgeregt. „Bunny könnte also die Mörderin sein! Sie hat die Wespen auf Zova gehetzt und ihm das einzige Mittel weggenommen, mit dem er sich hätte retten können!"

„Wir sollten keine voreiligen Schlüsse ziehen, aber es ist auf jeden Fall eine Überlegung wert", mahnte Suzanne. „Natürlich ist der Grund, den sie dir genannt hat, auch nicht von der Hand zu weisen: dass sie sich ihm auf diese Weise einfach näher fühlen wollte. Das scheint zwar auf den ersten Blick weit hergeholt, aber eingefleischte Fans verhalten sich oft unlogisch und bizarr."

„Was hat sie gesagt, als ihr sie befragt habt? Ist sie bei der Geschichte geblieben, die sie mir erzählt hat?"

„Wir haben sie bisher nicht befragt. Wir konnten sie nicht ausfindig machen."

„Was? Wie meinst du das? War sie nicht an der Adresse, die ich dir genannt habe?"

„Nein, anscheinend hat sie ganz plötzlich ausgecheckt. Sie war schon weg, als Lee heute Morgen mit ihr sprechen wollte."

„Du meinst, sie ist auf der Flucht?", rief Poppy entgeistert.

„Nicht unbedingt. Wir versuchen im Moment, sie aufzuspüren. Wir haben ihre Buchungsdaten für die Pension über der Kneipe und kennen ihren Namen - ihren richtigen Namen, meine ich. Sie heißt Ruth Hollis, hat keine nahen Familienangehörigen und hat einen recht unsteten Lebenswandel. Sie hat mal als Kellnerin, Aushilfe im Supermarkt und Babysitter gearbeitet, ist aber nie lange bei einer Stelle geblieben."

„Meinst du, sie ist Zova auf dem Weg zur Party einfach nachgelaufen?"

„Ja, es sieht so aus. Ihr Name stand nicht auf der Gästeliste und sie ist bekannt dafür, dass sie ihm schon früher auf Schritt und Tritt gefolgt ist. Sie nennt sich selbst einen Superfan, aber ihr Verhalten grenzt an Stalking. Tatsächlich hat Zova selbst sie zweimal angezeigt, konnte allerdings keine einstweilige Verfügung gegen sie erwirken. Es scheint, dass er sie eher als ein Ärgernis denn als ernsthafte Bedrohung angesehen hat."

Poppy fragte sich, ob Rick Zova mit seiner Einschätzung richtig gelegen hatte. „Heißt das, dass Joe aus dem Schneider ist?", erkundigte sie sich hoffnungsvoll. „Bei ihrer Vorgeschichte mit Zova ist Bunny doch dringend tatverdächtig, viel mehr als Joe."

„Nein, Joe Fabbri interessiert uns weiterhin", sagte Suzanne ruhig. „An der Tatsache, dass er kein Alibi hat und dass seine Kelle unter Zovas Leiche gefunden wurde, hat sich nichts geändert."

„Oh. Dann haltet ihr ihn also immer noch fest?"

„Nein, er wurde heute Morgen entlassen. Er muss jedoch in Bunnington bleiben, und wir werden ihn vielleicht erneut zur Befragung vorladen." Suzannes Stimme blieb freundlich, aber in ihrem Ton lag eine Härte, die Poppy ernüchtert zur Kenntnis nahm. Sie hatten sich im Laufe der letzten Monate zwar angefreundet, ihr Job bei der Kripo kam für Suzanne dennoch stets an erster Stelle.

Sie verabschiedeten sich und Poppy wollte sich gerade wieder auf die Suche nach Einstein machen, als eine Stimme ihren Namen rief. Es war Lena Nowak, die ihr auf dem Weg entgegenkam.

„Ah, da sind Sie ja", begrüßte sie Poppy. „Ich habe mich schon gefragt, wo Sie abgeblieben sind."

„Entschuldigung. Ich dachte, ich führe den Hund

von Dr. Noble im Garten spazieren. Ich hoffe, das ist in Ordnung?"

„Solange Sie ihn nicht frei laufen lassen", sagte Lena Nowak mit geschürzten Lippen.

Oh-oh. Poppy schaute sich verstohlen um, in der Hoffnung, dass Einstein tatsächlich in der Nähe war und sie irgendwie seine Leine zu packen bekam, aber von dem kleinen Terrier war nichts zu sehen.

„Äh, er sieht sich gerade ein bisschen um, aber er ist sehr gut erzogen. Er gräbt nicht und macht nichts kaputt", setzte Poppy hastig hinzu und verschränkte die Finger hinter ihrem Rücken.

„Hmm." Lena Nowak presste die Lippen zusammen. „Ich habe Hunde noch nie gemocht. Kläffende, stinkende, dreckige kleine Biester! David liebt sie und hätte gern, dass wir uns einen zulegen, nur wer hat schon Zeit, sich um ihn zu kümmern? David ist ständig bei irgendwelchen Meetings, und ich bin viel zu sehr mit dem Unternehmen beschäftigt - ich bin für die Entwicklung neuer Geschäftsfelder zuständig, wissen Sie, und mein Team ist ständig auf der Suche nach neuen Produktlinien, Erweiterungen und Diversifizierungen für das Unternehmen." Sie schnalzte missbilligend mit der Zunge. „Nicht, dass ich meine Leute wirklich allein lassen könnte - sie brauchen so viel Aufsicht und Anleitung! David sagt immer, ich solle mehr delegieren, aber wie kann ich delegieren, wenn ich sehe, dass sie ihre Arbeit nicht richtig erledigen? Sie glauben ja gar nicht, wie oft ich im Nachhinein Fehler entdeckt habe oder feststellen musste, dass vorgegebene Arbeitsabläufe nicht eingehalten wurden."

Hier machte sie endlich eine Atempause. Poppy empfand tiefes Mitleid mit ihren Mitarbeitern. In Bezug auf Mikromanagement musste Lena Nowak die schlimmste Chefin der Welt sein. Wieder einmal fragte sie sich, wie Nowak mit ihr verheiratet sein konnte - sie schienen überhaupt nichts gemeinsam zu haben. Das ruhige Naturell und das höfliche Auftreten des Geschäftsmannes machten ihn zu einem angenehmen Gesprächspartner, während die herrische Art seiner Frau einfach nur abstoßend wirkte.

„Dieser ummauerte Garten ist wunderschön", sagte Poppy in einem Versuch, das Thema zu wechseln. „Die Gestaltung gefällt mir sehr gut, ebenso wie die Auswahl der Pflanzen. Die Pflege muss sehr zeitaufwendig sein."

Lena blickte sich angewidert um. „Oh, das ist alles Davids Werk. Ich habe nicht viel Interesse an Gartenarbeit, um ehrlich zu sein."

Poppy riss erstaunt die Augen auf und konnte sich nicht verkneifen zu sagen: „Aber Sie besitzen eine Kette von Gartencentern! Und Sie sagten, Sie sind für die Produktentwicklung und neue Geschäfte zuständig."

Lena Nowak bedachte sie mit einem schmallippigen Lächeln. „Oh, ich weiß sicherlich genug über Pflanzen und Gartenarbeit - alles, was nötig ist, um das Geschäft zu führen. Ich bin nur nicht daran interessiert, mir die Hände selbst schmutzig zu machen. Im Gegensatz zu David", fügte sie hinzu und verdrehte die Augen. „Er ist nie glücklicher, als wenn er draußen im Garten wühlt. Wir haben einen äußerst fähigen Gärtner angestellt und außerdem kommt regelmäßig ein Team vom Gartencenter, um die schwereren Arbeiten zu erledigen, aber David besteht immer darauf, so viel wie möglich eigenhändig anzugehen." Sie stieß einen ungeduldigen Seufzer aus. „Und er besteht darauf, keine Pestizide im Garten zu verwenden, damit nimmt er es sehr genau. Er ist besessen davon, das ‚natürliche Gleichgewicht' zu bewahren, wie er es nennt. Er sagt, dass alle Insekten ihren Platz im Ökosystem haben, sogar die, die wir als Schädlinge betrachten, wie diese schrecklichen Wespen." Sie erschauderte.

„Ja, das Nest war wohl schon vor der Party ein Problem, soweit ich gehört habe."

„Wer hat Ihnen das erzählt?"

„Dawn, Mr Nowaks Assistentin, äh, seine ehemalige Assistentin."

„Diese Frau!", rief Mrs Nowak mit säuerlicher Miene. „Hat ständig mit Zetteln herumgefuchtelt und nie etwas zustande gebracht. Wir haben ihr sogar Workshops und Schulungen bezahlt, aber sie war ein hoffnungsloser Fall. Natürlich sagte David immer, wir müssten Geduld haben und ihr eine Chance geben. Das ist seine größte Schwäche, wissen Sie –

er ist viel zu großzügig! Sogar bei Leuten, die es nicht verdient haben, wie diese dumme Pute. Ich hätte sie hochkant hinausgeworfen, aber David hat ihr eine Abfindung angeboten, nachgiebig, wie er nun mal ist.

Jedenfalls bin ich froh, dass sie weg ist. Und hoffentlich können wir jetzt auch ihren albernen Schreibtisch loswerden, der das halbe Arbeitszimmer einnimmt! Ich habe David gesagt, dass es lächerlich ist, wenn die Assistentin einen größeren Schreibtisch als der Chef hat - Image ist alles, aber David scheint das nicht zu verstehen. Er meinte, dass er lieber an dem kleineren Schreibtisch am Fenster sitzt. Na ja, immerhin ist es nur sein Arbeitszimmer zu Hause", fuhr sie gereizt fort. „Ich habe dafür gesorgt, dass in seinem Büro in der Verwaltungszentrale ein richtig großer Schreibtisch steht, wie es sich für einen Firmenchef gehört."

Es entstand eine kurze Pause, dann warf Lena Nowak Poppy einen fragenden Seitenblick zu. „Ich nehme an, Dawn hat wie immer von David geschwärmt?"

„Wie bitte? Ich weiß nicht, was Sie meinen", sagte Poppy erstaunt.

Lena schnaubte verächtlich. „Wussten Sie das nicht? Dawn ist total verknallt in David. Als sie noch als seine Assistentin gearbeitet hat, ist sie ständig um ihn herumscharwenzelt. Wenn ich nach Hause kam, war sie in seinem Arbeitszimmer, unter irgendeinem fadenscheinigen Vorwand. Es war zum Davonlaufen! Und natürlich war David immer viel zu nett, um etwas dagegen zu unternehmen, obwohl es ihm furchtbar peinlich war. Am Ende musste ich ein Machtwort sprechen. Ich bin froh, dass er endlich Vernunft angenommen und sie entlassen hat." Ihr Blick wurde hart. „Wie haben Sie Dawn eigentlich kennengelernt? Sie war doch nicht auf der Party, oder? Sie wurde am Tag zuvor entlassen."

„Oh ..." Poppy zögerte, denn sie erinnerte sich daran, wie Nowak sich verstohlen umgeschaut hatte, als Dawn unvermutet auf der Party auftauchte und ihn um ein Gespräch bat. Er hatte offenbar befürchtet, dass seine Frau ihn mit Dawn sehen könnte. Auf keinen Fall wollte Poppy ihm das Leben schwer machen. „Nein, nein, ich habe Dawn gestern zufällig in der Dorfapotheke getroffen. Sie ... sie muss auf Umwegen erfahren haben, was passiert ist. Sie können sich sicher vorstellen, wie hier getratscht wird."

Lena Nowak schürzte die Lippen. „Nun ja, ich hoffe, sie verbreitet keine Gerüchte. Wie ich schon sagte, Image ist heutzutage alles, und eine schädliche PR könnte sich sehr negativ auf das Unternehmen auswirken." Sie machte Anstalten, zur Orangerie zurückzukehren. „Dr. Noble ist jetzt soweit, also ... ich nehme an, Sie können den Hund rufen?"

„Oh! Ja, natürlich."

Poppy räusperte sich und rief Einstein, wohl wissend, dass Lena Nowak sie nicht aus den Augen ließ. Zu ihrer Erleichterung tauchte der kleine Hund in einiger Entfernung hinter ein paar Büschen auf. Sie rief ihn erneut und winkte ihn zu sich, doch Einstein starrte sie an, ohne sich von der Stelle zu rühren.

„Einstein! Guter Junge, komm her!", rief Poppy. „Da kommt er!", sagte sie fröhlich zu Lena, als der Terrier sich in Bewegung setzte.

Einstein machte ein paar Schritte, aber anstatt zu ihr zu kommen, ging er zu einem nahe gelegenen Olivenbaum und hob das Bein.

Grrrr. Poppy hätte am liebsten laut geflucht.

„EINSTEIN!", rief sie. „Komm her! Guter Junge … KOMM!"

Einstein sah sie an, dann drehte er sich um, trottete schwanzwedelnd davon und verschwand im Gebüsch.

Aaarrrgghh! Wenn ich den erwische!

„Ich gehe ihn am besten holen", sagte sie so lässig wie möglich zu Lena. „Wir sind gleich wieder da!"

Nach einigem Suchen fand Poppy den verschmitzten kleinen Terrier in der abgelegenen Grotte, die sie vorhin entdeckt hatten. Er schnüffelte eifrig an einer kleinen, quadratischen Holzplattform, die neben der Bank in den Boden eingelassen war. Die verwitterte, erdverkrustete Oberfläche deutete darauf hin, dass sie schon lange hier stand. Wahrscheinlich hatte sie ehedem als Sockel für eine Statue oder vielleicht sogar als Aufstellort für einen kleinen Tisch und zwei Stühle gedient.

Poppy pirschte sich langsam an und hoffte,

Einsteins Leine packen zu können, bevor er sie bemerkte. Sie schlich auf Zehenspitzen über die Trittsteine, die vom Weg zur Bank führten, bückte sich und griff nach der Leine, die sich in einem Büschel winziger rosa und weißer Gänseblümchen verheddert hatte. Die Blümchen hatten sich offenbar selbst ausgesät.

Spanische Gänseblümchen!, dachte Poppy plötzlich erfreut. Was die Gartenarbeit anging, war sie immer noch eine blutige Anfängerin, sodass sie jedes Mal froh war, wenn sie eine Pflanze erkannte. Sie ging in die Hocke, ließ vorsichtig die Hände über die zarten Köpfchen gleiten und zupfte die Leine hervor, während sie sich wunderte, dass die kleinen Blumen so spät im Oktober noch üppig blühten, während die meisten anderen Pflanzen bereits verblüht waren.

Neben der Leine ertastete sie etwas zwischen den haarigen, graugrünen Blättern. Sie zog den Gegenstand hervor und betrachtete ihn verdutzt. Er sah aus wie ein kleiner Verschluss, mit einem geschnitzten Kopf und einem spitzen Schaft aus rostfreiem Stahl, der genau die richtige Größe für einen Flaschenhals hatte.

Er war weder schmutzig noch verwittert, also musste er erst seit Kurzem hier liegen. Die Leine fest in der Hand, richtete sie sich auf. Als sie den Verschluss noch einmal genauer ansehen wollte, hörte sie Lena Nowak ihren Namen rufen. Rasch schob sie den Flaschenverschluss in ihre Tasche.

„Komm schon, Einstein!“

Den widerwilligen Terrier hinter sich herziehend, eilte Poppy den Weg hinauf zur Orangerie.

Kapitel 22

Früh am nächsten Morgen schloss Poppy die Haustür zu Nicks Haus auf und eilte in die Küche. Sie verzog enttäuscht das Gesicht, als sie sah, dass das Trockenfutter in Orens Napf immer noch unberührt war.

„Oren!", stöhnte sie frustriert.

„*Miau?*" Der große rotgetigerte Kater schlenderte in die Küche und musterte sie mit einem erwartungsvollen Glanz in den gelben Augen.

Poppy seufzte. Dies war schon der zweite Tag, an dem sie die Schüssel unangetastet vorfand. Gestern Abend nach ihrem Besuch in Chatswood hatte sie Bertie, Einstein und CLARA vor deren Haus abgesetzt und war dann in Nicks Küche gestürmt, um Oren zu füttern. Leider hatte er nichts von der Portion gefressen, die sie ihm am Morgen in den Napf geschüttet hatte. Sie hatte es geschafft, sich sein jämmerliches Maunzen nicht zu Herzen zu nehmen, und ihm statt der Leckerbissen aus dem Kühlschrank nur eine frische Ladung der verordneten Diätnahrung gegeben. Irgendwann, so hatte sie sich eingeredet, würde der Hunger die Oberhand gewinnen, sodass Oren wohl oder übel das ungeliebte Trockenfutter fressen würde. Wie es schien, hatte sie sich verschätzt.

Poppy biss sich auf die Lippe und überlegte, was sie tun sollte. Der Kater hatte seit Nicks Abreise nichts gefressen, falls er nicht zwischendurch ein paar Mäuse vertilgt hatte. Sie konnte ihn doch nicht weiter hungern lassen!

„*Mmm-iau?*", sagte Oren, als könnte er ihre Gedanken lesen. Er setzte sich vor den Kühlschrank und schaute erwartungsvoll auf die Tür. *Hast du jetzt Erbarmen mit mir?*, schien sein Blick zu fragen.

„Na gut!" Er hatte es geschafft, sie zu erweichen: Sie öffnete den Kühlschrank und begutachtete den Inhalt. Eine ungeöffnete Packung in Scheiben geschnittener Hähnchenbrust mit Honigkruste fiel ihr ins Auge. Sie zögerte, dann nahm sie sie heraus, leerte alles in eine Schüssel und stellte sie auf den Boden.

Oren stürzte sich begeistert darauf. Sein Schnurren erfüllte die ganze Küche, er hörte sich an wie ein Jumbojet kurz vor dem Start. Unwillkürlich musste Poppy lächeln. Es gab nichts Schöneres als das zufriedene Schnurren einer Katze. Nach weniger als einer Minute war die Schüssel leer und Oren leckte sich die Lippen, während er sie auffordernd ansah.

„*Miau?*", sagte er hoffnungsvoll.

Poppy schüttelte den Kopf. „Nein, Oren, ich kann dir nicht mehr geben. Selbst diese paar Scheiben Fleisch waren eigentlich verboten. Aber jetzt bist du brav und isst dein Diätfutter, okay?" Sie schaute ihn flehend an.

Der Kater gab ein Geräusch von sich, das wie ein Triller klang, und wand sich um ihre Beine, als sie das Trockenfutter vom Abend wegwarf und den Napf mit frischen Diätkeksen auffüllte. Oren musterte die Portion, wedelte voller Verachtung mit dem Schwanz und stakste aus der Küche, ohne sie eines weiteren Blickes zu würdigen.

Na toll. Poppy seufzte. *Nun, vielleicht treibt ihn der Hunger später doch zu seinem Napf.* Sie räumte schnell die Küche auf und wollte gerade gehen, als ihr Blick auf das Pappmodell auf der Kücheninsel fiel. Siedend heiß fiel ihr ein, dass sie noch ein paar Schäden beheben musste, bevor Nick nach Hause kam.

Dafür brauchte sie Sekundenkleber, doch den hatte sie in Nicks Schubladen nicht finden können. Wahrscheinlich würde sie im Dorfladen fündig werden. Sie schloss ab und wollte die Gasse hinauf zur Hauptstraße des Dorfes gehen, als sie Nell traf, die in die entgegengesetzte Richtung unterwegs war. Sie hatte eine prall gefüllte Einkaufstasche in der Hand.

„Hallo, Nell! Ich dachte, du wärst schon zur Arbeit gefahren."

„Ich fange heute später an, in einer Stunde muss ich los", antwortete Nell. Sie deutete auf die Einkaufstasche. „Der Lebensmittelhändler im Dorf hat mir gestern gesagt, dass er heute Morgen eine Lieferung von den Bauernhöfen in der Umgebung bekommen hat. Da wollte ich eine der Ersten sein. Schau dir die an!" Sie fischte ein paar rotwangige Äpfel aus der Tasche. „Sind sie nicht wunderschön? Die erste Herbsternte. Und ich habe auch frische Eier - heute Morgen gelegt - und wunderbaren Ziegenkäse. Ich habe gleich zwei gekauft; eine für uns und eine für Abby, wenn ich sie am Sonntag in der Kirche sehe. Das arme Ding, sie könnte etwas Aufmunterung gebrauchen."

„Abby? Wer ist Abby?"

„Sie ist Joes Nichte. Ich habe sie gestern im Dorf gesehen. Sie hatte ihn gerade von der Polizei abgeholt und nach Hause gebracht. Sie ist ganz außer sich, dass Joe verdächtigt wird. Die beiden stehen sich sehr nahe. Abbys Mutter ist Joes jüngere Schwester, und ihr Vater hat sich aus dem Staub gemacht, als sie noch ein kleines Mädchen war, also ist Joe wie ein Vater für sie. Abby ist ein nettes Mädchen. Schade, dass sie noch nicht den Richtigen fürs Leben gefunden hat. Unter uns gesagt, glaube ich, dass es an ihrem Bein liegt. So etwas schreckt Männer nun mal ab."

„Ihr Bein?" Poppy verstand überhaupt nichts

mehr.

Nell nickte. „Als junges Mädchen hatte sie einen schrecklichen Unfall, der Verursacher wurde nie ermittelt. Sie hat einen Beckenbruch davongetragen, ein Bein war gebrochen, später kam noch eine Infektion dazu. Sie hat hässliche Narben und eine Hüfte ist schief. Sie humpelt, die Arme, und oft hat sie starke Schmerzen. Und sie ist gerade mal Anfang dreißig. Sie will unbedingt jemanden kennenlernen und eine Familie gründen, aber wie ich schon sagte, schreckt ihr Hinken viele Männer ab, glaube ich. Männer können so oberflächlich sein." Nell schnalzte missbilligend mit der Zunge, dann hellte sich ihre Miene auf. Natürlich habe ich ihr gut zugeredet, dass die Liebe manchmal kommt, wenn man am wenigsten damit rechnet, also darf sie die Hoffnung nicht aufgeben! Hast du ‚Feuer der Liebe' ausgelesen? Ich habe Abby versprochen, ihr das Buch zu leihen - es ist eine wunderbare Geschichte, und ich bin sicher, dass es sie aufheitert! Es geht um ein hübsches Mädchen, eine Pferdenärrin. Nach einem schlimmen Reitunfall humpelt sie ... und dann lernt sie einen gutaussehenden Milliardär kennen, der sich in sie verliebt, es ihr aber nicht sagen kann, weil er bereits mit einer anderen verlobt ist. Und sie denkt natürlich, dass ihre Behinderung ihn abschreckt, also zieht sie sich zurück ..."

Und das soll Abby aufmuntern?, dachte Poppy zweifelnd. Sie sagte nichts, sondern unterhielt sich noch ein paar Minuten mit Nell, bevor sie ihren Weg fortsetzte. Im Dorfladen musste sie allerdings feststellen, dass es ausnahmsweise keinen Sekundenkleber gab, obwohl man dort normalerweise alles kaufen konnte, was das Herz begehrte.

„Nein, tut mir leid, der Sekundenkleber ist aus. Wir haben nur weißen Bastelkleber und Klebestifte für Kinder", sagte die Verkäuferin. „Sie könnten es im Eisenwarenladen versuchen."

„Hier gibt es einen Eisenwarenladen?" Poppy hatte in Bunnington bisher keinen wahrgenommen.

„Ja, am anderen Ende der High Street. Man kann ihn leicht übersehen, denn er ist ziemlich klein und schäbig. Wenn Geoff Healey sich wirklich die Mühe machen würde, die Schaufenster besser zu dekorieren, hätte er sicher mehr Kunden. Der Laden selbst ist gut bestückt. Ich schätze, er ist genauso gut wie einige der großen Eisenwarenläden in Wallingford oder Didcot."

Geoff Healey! Poppy bekam große Ohren. Ja, sie erinnerte sich, dass Healey einen Eisenwarenladen erwähnt hatte, als sie ihn und Nowak belauscht hatte. Ihr Interesse war geweckt, sie folgte der Wegbeschreibung und fand sich einige Minuten später in einem kleinen, düsteren Laden wieder, der vollgestopft war mit Handwerkzeugen, Reinigungsmitteln, Klempnerzubehör und Baumaterialien sowie Farben, Elektroartikeln und verschiedenen anderen Haushaltswaren.

Geoff Healey stand hinter dem Verkaufstisch.

„Ja? Was darf's denn sein?", fragte er. Dann verfinsterte sich seine Miene, als er Poppy erkannte. „Was wollen Sie? Spionieren Sie mir wieder nach?"

Einen Moment war Poppy sprachlos angesichts seiner Feindseligkeit. „Nein, Mr Healey. Ich bin hier, weil ich Klebstoff brauche und davon ausgegangen bin, dass ich in Ihrem Laden zuvorkommend bedient werde. Da habe ich mich offenbar geirrt."

Er schaute etwas beschämt drein und sagte zähneknirschend: „Was für einen Kleber suchen Sie denn?"

„Sekundenkleber, glaube ich. Ich muss ein paar Holzstücke zusammenkleben."

„Ein Möbelstück?"

„Nein, es ist für ein Modell, eine Art Puppenhaus", erklärte Poppy.

„Ich habe Sekundenkleber, aber mit richtigem Holzleim sind Sie wahrscheinlich besser beraten. Wenn Sie einen Moment Zeit haben, schaue ich mal nach, was ich vorrätig habe." Er verschwand im hinteren Teil des Ladens.

Poppy lehnte sich an die Verkaufstheke und vertrieb sich die Wartezeit damit, sich die Regale dahinter anzusehen. Sie waren mit einem bunten Sammelsurium gefüllt: Das Angebot reichte von Dosenöffnern über Schubladenknöpfe, Nägel und Schrauben bis zu Bohrspitzen, Kerzen und Klebeband. Dann fiel ihr etwas im untersten Regal auf. Sie beugte sich weiter über den Tresen, um es genauer in Augenschein zu nehmen. Es war eine

Schachtel mit Flaschenverschlüssen, jeder mit einem geschnitzten Kopf und einem Schaft aus Edelstahl.

Poppys Herz klopfte schneller. Sie sahen genauso aus wie der Verschluss, den sie in dem ummauerten Garten der Nowaks gefunden hatte! War das ein Zufall? Zum Glück hatte sie ihre Lieblingsjeans an, die sie auch gestern getragen hatte, sodass sie das Fundstück aus der überwucherten Grotte dabeihatte. In einer Tasche fand sie zunächst die kleine, flache Dose, die Bertie ihr gegeben hatte. Sie achtete darauf, sie verschlossen zu lassen, denn auf Stinkmorchelduft konnte sie gerne verzichten. In der anderen Tasche hatte sie mehr Glück und zog den Verschluss heraus, den sie aufgesammelt hatte. Mit einem raschen Blick vergewisserte sie sich, dass Geoff Healey noch im hinteren Teil des Ladens war, dann huschte sie hinter den Tresen und verglich ihren Verschluss mit denen in der Schachtel.

Sie waren identisch.

Plötzlich näherten sich Schritte. „Ich habe eine Flasche Gorilla Glue. Der ist zwar nicht speziell für Holz gedacht, aber er sollte - hey, was tun Sie da?“

Geoff Healey tauchte plötzlich am Ladentisch auf, eine Flasche Klebstoff in der Hand, und starrte sie misstrauisch an.

„Sie schnüffeln schon wieder herum!“, rief er wütend. „Sie haben den Kleber als Vorwand benutzt, um mich abzulenken, damit Sie sich hinter den Tresen schleichen und meine privaten -“

„Nein, nein! Ich habe nicht geschnüffelt! Ich habe nur zufällig diese Flaschenstopfen gesehen und war einfach fasziniert." Poppy deutete auf die Schachtel. „Sie sind wirklich schön. Werden sie hier in der Gegend hergestellt?"

Ihr Lob schien Geoff Healey ein wenig zu beschwichtigen. „Ja, das kann man so sagen. Die habe ich gemacht."

„Die haben Sie gemacht?", sagte Poppy mit übertriebener Bewunderung. „Wow, Sie haben wirklich Talent. Die Schnitzereien sind fantastisch!"

Healey taute noch mehr auf. „Na ja, mit Holz konnte ich schon immer gut umgehen." Sein schroffer Ton konnte seinen Stolz nicht verbergen.

„Verkaufen sie sich gut?" fragte Poppy. „Ich kann mir vorstellen, dass man so etwas nicht überall findet. Vermutlich sind Sie der Einzige, der solche Stopfen von Hand fertigt, oder?"

„Ja, es sind Unikate. Und ich hoffe, dass sie Anklang finden. Ich habe sie neu im Sortiment, sie stehen erst seit gestern im Laden. Bisher habe ich sie nur an ein paar Freunde verschenkt."

„Haben Sie David Nowak bei der Party welche mitgebracht?"

Er runzelte die Stirn. „Davids Party? Ja, ich habe ein paar mitgenommen, um sie David zu geben. Aber warum fragen Sie?"

„Oh, ich habe überlegt, ob Sie an dem Abend vielleicht einen haben fallen lassen", sagte Poppy und beobachtete ihn aufmerksam. „Einer wurde im

Garten neben der Orangerie gefunden, ganz in der Nähe der Stelle, an der Rick Zovas Leiche lag.“

Geoff Healeys Gesicht verfinsterte sich plötzlich. „Moment mal, sind Sie wegen des Mordes hier? Sie kleines Biest – Sie wollen mich eben doch ausspionieren!“

Poppy sah ihn erschrocken an. Sein Zorn machte ihr Angst. „Nein, ich -“

Healey packte sie am Handgelenk und riss ihren Arm hoch, um sich den Flaschenverschluss in ihrer Hand anzusehen. „Was haben Sie vor? Mir etwas anhängen, indem Sie Beweise unterschieben?“

„Nein, natürlich nicht!“ Poppy entwand ihm ihr Handgelenk. Ihre Furcht schlug in Wut um. „Den habe ich im Garten gefunden. Es ist offensichtlich einer von Ihren, Ich habe mich gewundert, warum er da draußen lag, aber ich habe keine voreiligen Schlüsse gezogen; Ihr Verhalten gibt mir allerdings zu denken!“, schoss sie zurück.

„Mein Verhalten?“, schimpfte Healey. „Was haben Sie daran auszusetzen? Ich versuche nur, mich zu schützen. Seit Davids Party werde ich von den verdammten Medien verfolgt, und ich habe die Nase voll davon! Alle jagen einer Sensationsstory hinterher – und die Journalisten schrecken nicht davor zurück, sich einen Haufen Lügen auszudenken, um eine Schlagzeile in die Zeitung zu bekommen!“

„Ich bin keine Journalistin“, fauchte Poppy. „Ich muss mir keine Geschichte ausdenken, ich begnüge mich mit dem, was ich mit eigenen Augen gesehen habe. Ich verstehe nicht, warum Sie sich so aufführen - es sei denn, Sie sind schuldig." Sie hielt den Flaschenstopfen hoch, den sie gefunden hatte. „Den haben Sie verloren, nicht wahr? Er ist Ihnen wahrscheinlich aus der Tasche gefallen, als Sie weggelaufen sind - nachdem Sie die Wespen auf Rick Zova gehetzt haben."

„Was?" rief Healey entgeistert.

„Es war der perfekte Mord: die Wespen zu benutzen, um seine Anaphylaxie auszulösen und ihn umzubringen, ohne die Tat eigenhändig begehen zu müssen."

„Das ... das ist doch absurd!", stotterte Healey. „Glauben Sie wirklich, ich wäre auf so eine verrückte Idee gekommen?"

„Warum nicht? So verrückt ist sie gar nicht. Als einer von Zovas ältesten Freunden wussten Sie sehr wahrscheinlich von seiner Allergie, und Sie hatten ein Motiv: Sie wollten sich für das rächen, was er Ihnen vor all den Jahren angetan hat. Sie haben selbst gesagt, er habe nichts Besseres verdient und Sie seien froh, dass er tot ist."

„Nun, ich ... das war nur ... ich war wütend und - "

„Wie sind Sie vorgegangen? Haben Sie sich von hinten an Zova herangeschlichen und ihn gegen das Nest gestoßen? Oder haben Sie aus sicherer Entfernung einen Stein auf das Nest geworfen, um die Wespen aufzuscheuchen? Und wie sind Sie an Joes Gartenkelle gekommen?"

„Ich weiß nicht, wovon Sie reden", erwiderte Healey heftig. „Ich war am Abend der Party nicht im Garten. Ich war unten im Weinkeller mit David."

„Ach, kommen Sie! Das ist eine Lüge, wie Sie nur zu gut wissen. Ich habe Sie und Nowak in Ihrem Garten reden hören - ja, ich gebe zu, ich habe gelauscht - und ich habe mitbekommen, wie Nowak sagte, Ihre Geschichten müssten übereinstimmen – also ist das Alibi vorgetäuscht."

„Das Alibi ist nicht vorgetäuscht! Es stimmt, dass ich unten im Weinkeller war. Fragen Sie David!", rief Healey.

„Warum? Ich weiß, dass er lügt, um Sie zu schützen."

„Was? Er? Mich schützen? Blödsinn! Ich bin derjenige, der für ihn lügt!", knurrte Healey.

Poppys Überzeugung, den Mörder vor sich zu haben, geriet ins Wanken. „Was meinen Sie damit?", fragte sie.

Geoff Healey warf ihr einen ungeduldigen Blick zu. „David hat der Polizei erzählt, dass wir beide im Weinkeller waren, ... in Wirklichkeit war nur ich da unten. Wir sind zusammen hinuntergegangen, aber David ist kurz darauf verschwunden."

„Wohin?"

Healey zuckte mit den Schultern. „Ich weiß es nicht. In den ummauerten Garten, nehme ich an. Er ging jedenfalls die Treppe hinauf, die ins Freie führt."

„Ins Freie?"

„Ja, es gibt zwei Treppen im Keller. Über eine

gelangt man zu einer Falltür im Garten. Sie wird kaum noch benutzt, weil jetzt alle die Treppe im Haus nehmen." Poppy starrte ihn an. „Heißt das, dass Nowak über einen Geheimgang in den Garten gegangen ist?"

Healey verdrehte seufzend die Augen. „Das ist kein Geheimgang, wahrscheinlich kennt das gesamte Hauspersonal ihn. Er wird nur nicht mehr oft benutzt, weil der Wein jetzt über die Treppe im Haus hinuntergetragen wird."

„Warum hat Nowak ihn benutzt?"

Er zuckte erneut mit den Schultern. „Keine Ahnung. Er sagte, er müsse kurz raus in den Garten, weil er mit jemandem verabredet sei. Ich nehme an, es war der kürzere Weg. Sonst hätte er erst ins Haus und dann wieder ins Freie gemusst."

Das bedeutete auch, dass ihn sonst niemand sah, dachte Poppy. Sie schüttelte verärgert den Kopf. „Er war ungefähr zu dem Zeitpunkt im Garten, als Rick Zova angegriffen wurde. Meinen Sie nicht, dass das für die Ermittlungen von Bedeutung ist? Warum haben Sie das nicht der Polizei gesagt?"

Healey runzelte die Stirn. „Weil die mich sowieso schon verdächtigt! Wenn ich der Polizei gesagt hätte, dass ich allein im Weinkeller war - ohne David, der das bestätigen könnte -, hätte ich ohne Alibi dagestanden. Als David also vorschlug, dass wir lügen und unsere Aussagen aufeinander abstimmen, habe ich mich darauf eingelassen." Er hob trotzig das Kinn. „Außerdem weiß ich, dass David nicht der

Mörder sein kann, also ist es nicht so, als hätte ich wichtige Informationen zurückgehalten."

„Wie können Sie sich sicher sein?", fragte Poppy frustriert. „Sie wissen doch gar nicht, mit wem er sich getroffen und was er draußen im Garten gemacht hat."

„Weil ich David seit fast vierzig Jahren kenne. Der Mann ist viel zu gutherzig. Er hat Rick andauernd in Schutz genommen, das war schon früher der Fall." Geoff Healey klang verbittert. „Er meinte immer, ich solle Rick verzeihen, er hat ständig versucht, die Wogen zu glätten, wenn dieser selbstsüchtige Bastard wieder einmal Mist gebaut hat." Er hielt inne und fügte dann mit einem humorlosen Lachen hinzu: „Außerdem würde David keiner Fliege etwas zuleide tun, ohne sich vorher mit seiner Frau abzusprechen." Er schüttelte verständnislos den Kopf. „Man sollte meinen, dass jemand, der an der Spitze eines milliardenschweren Unternehmens steht, seiner Frau gegenüber etwas selbstbewusster auftreten würde."

„Sie müssen der Polizei alles sagen", beharrte Poppy.

Geoff starrte sie böse an. „Versuchen Sie nicht, mich herumzukommandieren, junge Frau. Wenn Sie mich bei der Polizei verpfeifen, werde ich alles abstreiten - und ich bin sicher, David wird mich dabei unterstützen." Er schob ihr die Flasche mit dem Klebstoff hin. „Wenn es Ihnen nichts ausmacht, würde ich jetzt gerne wieder an die Arbeit gehen."

Kapitel 23

Am Tor von Hollyhock Cottage wurde Poppy schon sehnsüchtig erwartet, und zwar von einem hübschen, rotgetigerten Kater.

„*M-au? M-au?*", fragte Oren hoffnungsvoll.

Poppy schmunzelte. „Nein, du bekommst jetzt kein Abendessen, Oren. Es ist gerade erst Mittagszeit!"

Mit einem missmutigen Blick in ihre Richtung stakste Oren vor ihr den Weg hinauf zur Haustür. Poppy schloss auf und der Kater ging geradewegs zu seinem Lieblingsplatz, dem einzigen Sessel im Wohnzimmer. Dort ließ er sich nieder und putzte sich mit beleidigtem Ausdruck das Gesicht. Poppy zog ihren Mantel aus, bevor sie den neuen Poststapel durchsah, der auf dem Couchtisch auf sie wartete.

Es waren ein paar Broschüren und Prospekte und drei weitere unheilvolle Fensterumschläge. Den ersten öffnete sie geistesabwesend auf dem Weg zur Küche. Dann blieb sie wie angewurzelt stehen, das Herz schlug ihr bis zum Hals, als sie den Brief auseinanderfaltete.

Es war eine Wasserrechnung und Poppy riss die Augen auf, als sie den geforderten Betrag sah. Wie hatte sie nur solche Unmengen von Wasser verbrauchen können? Okay, in den Sommermonaten war es sehr heiß gewesen und sie hatte den Garten reichlich gegossen, aber war es wirklich dermaßen viel gewesen? Voller böser Vorahnungen öffnete sie den zweiten Umschlag, und das Herz wurde ihr noch schwerer: eine weitere Rechnung, diesmal für die Gemeindesteuer. Daran hatte sie gar nicht gedacht, da sie noch nie ein Haus besessen hatte. Aber jetzt starrte sie auf das Stück Papier, auf dem oben der Schriftzug „South Oxfordshire District Council" prangte und unten die schrecklich große Zahl mit dem Pfundzeichen.

Ihr drehte sich fast der Magen um. Woher sollte sie das Geld nehmen? Poppy dachte an die Summe, die sie als Notgroschen beiseitegelegt hatte - und der nun weg war, weil sie ihn für eine extravagante Blumenzwiebelbestellung ausgegeben hatte. Bei dem Gedanken wurde ihr richtig schlecht. Was sollte sie nur tun? Mit Freesienknollen und Tulpenzwiebeln ließ sich die Wasserrechnung nicht bezahlen!

Ein Klopfen an der Haustür unterbrach ihre

Gedanken. Hastig legte sie die Rechnungen auf den Tisch und ging öffnen. Zu ihrer Überraschung stand David Nowak auf der Schwelle.

„Miss Lancaster? Ich hoffe, ich komme nicht ungelegen?"

„Äh, nein, ganz und gar nicht", murmelte Poppy. „Bitte, kommen Sie herein."

Sie trat zur Seite, um ihn einzulassen, und führte ihn ins Wohnzimmer. „Bitte, setzten Sie sich doch."

„Danke." Nowak ließ sich in den Sessel sinken, fuhr aber sofort wieder hoch, als unter seinem Hinterteil lautes Maunzen ertönte.

„*M-I-I-I-AU!*"

„Was zum -" Nowak starrte entgeistert auf den riesigen rothaarigen Kater, der ihn aus den Tiefen des Sessels heraus wütend anfunkelte.

„Oh, tut mir leid, das ist Oren. Er hat den Sessel für sich reklamiert", erklärte Poppy mit einem entschuldigenden Lächeln. „Ich kann ihn wegscheuchen, wenn Sie wirklich dort sitzen möchten, aber wenn es Ihnen nichts ausmacht, sich stattdessen aufs Sofa zu setzen ...?"

„Oh, sicher - kein Problem." Mit einem argwöhnischen Blick auf Oren nahm Nowak auf dem Sofa Platz, zupfte die Bügelfalte seiner Hose zurecht und knöpfte seine Anzugjacke auf, dann betrachtete er Poppy mit einem Lächeln und sagte: „Ich kam gerade vorbei und dachte, ich schaue kurz rein. Das ist ein hübsches kleines Haus."

Poppy lachte. „Kein Vergleich zu Chatswood

House, trotzdem danke. Es ist nicht sehr geräumig und bietet nicht viel Komfort."

„Oh, ich finde es charmant. Sehr gemütlich." Nowak sah sich im Zimmer um. „Ich erinnere mich, dass ich schon einmal hier war, als Ihre Großmutter noch lebte, aber jetzt wirkt der Raum viel heller. Haben Sie renoviert?"

„Nein, eigentlich nicht. Ich habe nur die Möbel umgestellt und ein paar andere Dinge verändert."

„Nun, mir gefällt es, Miss Lancaster. Und auch wenn ich es ungern zugebe: In gewisser Weise muss ich Ihrem entfernten Cousin Hubert danken, denn ohne ihn hätten wir uns nie kennengelernt. Ich hoffe, Sie haben die Party genossen, trotz des traurigen Endes?"

„Oh ja, allein die Orangerie zu sehen, war ein Genuss - sie ist wirklich wunderschön", schwärmte Poppy. „Ich wünschte, ich könnte mit meiner Gardenie so erfolgreich sein wie Sie mit Ihren", fügte sie seufzend hinzu. „Ich weiß nicht, was ich falsch mache, aber meiner scheint es von Tag zu Tag schlechter zu gehen. Fast alle Blütenknospen sind abgefallen und immer mehr Blätter werden gelb. Vielleicht ist es in meinem Gewächshaus einfach nicht warm genug? Im Gegensatz zu Ihrer Orangerie ist es nicht beheizt. Ich nehme an, dadurch sind die Möglichkeiten, Pflanzen zu ziehen, stark beschränkt?"

„Oh, Sie würden sich wundern, was alles möglich ist. Mein erstes Haus, das ich vor vielen Jahren gekauft habe, war viel bescheidener als Chatswood House. Und ich hatte damals ein kleines, unbeheiztes Gewächshaus, aber ich konnte trotzdem eine Menge zarter Pflanzen anbauen und überwintern. Hauptsache, das Gewächshaus hält die Pflanzen frostfrei - und das tut es in der Regel, auch wenn es nicht geheizt ist. Außerdem dürfen sie nicht zu feucht gehalten werden", fügte er hinzu. „Es ist die Feuchtigkeit, die ihnen den Garaus macht, denn eine nasse Pflanze erfriert eher als eine trockene. Kälte und Feuchtigkeit - das ist eine tödliche Kombination. Solange sie ausreichend Licht bekommen, kommen viele Pflanzen gut in einem unbeheizten Gewächshaus zurecht, wobei man bedenken muss, dass das Tageslicht im Winter viel geringer ausfällt.

„Was Ihre Gardenie betrifft, glaube ich nicht, dass Sie einen schlimmen Fehler gemacht haben", fuhr Nowak freundlich fort. „Vermutlich waren die kalten Nächte, die wir in letzter Zeit hatten, das Problem. Ein plötzlicher Temperaturabfall kann leicht dazu führen, dass Gardenien ihre Blütenknospen abwerfen und die Blätter gelb werden. Wenn Sie befürchten, dass das Gewächshaus nicht warm genug ist, könnten Sie die Pflanze über den Winter ins Haus holen. Ein schönes, helles Plätzchen auf einem Fensterbrett in der Küche bietet ein gutes vorübergehendes Zuhause, bis es im Frühjahr wärmer wird", erklärte er lächelnd.

Poppy starrte den liebenswürdigen Mann an,

während ihr durch den Kopf ging, was Geoff Healey ihr erzählt hatte. Wenn er die Wahrheit sagte, hieß das, dass David Nowak gelogen hatte, was seinen Aufenthaltsort am Abend der Party betraf – und das bedeutete, dass man auch ihm nicht trauen konnte. Aber ... Poppy hielt den Blick weiter auf den schwerreichen Geschäftsmann gerichtet. Könnte Nowak wirklich der Mörder sein? Er wusste sicherlich von Zovas tödlicher Allergie, aber welches Motiv könnte er haben? Ihn des Mordes zu verdächtigen, erschien ihr absurd. Er wirkte mindestens so harmlos wie Joe, doch die Tatsache, dass er etwa zur selben Zeit im Garten war, als Zova umgebracht wurde, war nicht von der Hand zu weisen. Was hatte er da draußen gemacht und warum hatte er der Polizei nichts davon erzählt? Wenn er unschuldig war, gab es keinen Grund, etwas zu verheimlichen.

„Miss Lancaster?"

Poppy fuhr zusammen. Sie hatte Nowak die ganze Zeit unverwandt angestarrt, ohne ihn wirklich zu sehen. Und zugehört hatte sie auch nicht!

Sie errötete. „Tut mir leid, ich wollte nicht unhöflich sei."

„Sie schienen tief in Gedanken versunken zu sein. Bereitet Ihnen etwas Sorgen?"

Poppy zögerte. Natürlich könnte sie mit einer direkten Frage herausplatzen: Warum haben Sie gelogen? Was haben Sie am Abend der Party draußen gemacht? Den aggressiven, unsympathischen Geoff

Healey zur Rede zu stellen, war kein Problem. Den höflichen, freundlichen David Nowak zu beschuldigen, in den Mord an Rick Zova verwickelt zu sein, war nicht ganz so einfach.

Sie räusperte sich. „Ich habe lediglich überlegt, wie die Ermittlungen in dem Mordfall vorankommen. Mitanzusehen, wie es auf Ihrem Anwesen vor Polizei nur so wimmelt, war sicher kein Vergnügen."

Nowak seufzte leise. „Oh, ich versuche, der Polizei zu helfen, wo ich kann - Hauptsache, Ricks Mörder wird zur Rechenschaft gezogen." Er fuhr sich mit der Hand über das Gesicht. „Ich kann immer noch nicht glauben, dass er tot ist. Er war so ... so außergewöhnlich, so ganz anders als andere Leute. Verstehen Sie, was ich meine?"

Poppy nickte mitfühlend. „Ja, er schien eine echte Persönlichkeit zu sein. Vermutlich hatten Sie über die Jahre hinweg einen engen Kontakt?"

„Nein, um ehrlich zu sein, nicht wirklich. Ich hatte Rick in den letzten zehn Jahren kaum gesehen. Er wohnte in den USA und sein Lebensstil ... also, unsere Wege haben sich nicht oft gekreuzt." Nowak lächelte traurig. „Aber er war trotzdem einer meiner ältesten Freunde. Wenn man sich in der Kindheit oder Jugend kennenlernt, entstehen ganz andere Freundschaften als im späteren Leben, nicht wahr?"

„Ich fürchte, da kann ich nicht mitreden", sagte Poppy. „Als ich Kind war, sind meine Mutter und ich so oft umgezogen, sodass ich nie lange genug an einem Ort war, um richtige Freunde zu finden."

„Oh. Das muss schwer für Sie gewesen sein.“ Nowak sah sie warmherzig an.

Poppy zuckte verlegen mit den Schultern. „Es war nicht immer einfach, aber man gewöhnt sich wohl daran.“ Dann lächelte sie ihn strahlend an. „In einem Mordfall kann es jedoch nur hilfreich sein, wenn langjährige Freunde des Opfers der Polizei wichtige Hintergrundinformationen liefern können. Sie wissen wohl am ehesten, ob derjenige Feinde hatte.“ Sie schaute Nowak fragend an. „Hatte Rick Feinde? Fällt Ihnen jemand ein, der es auf ihn abgesehen hat?“

„Das hat mich die Polizei auch gefragt.“ Nowak rieb sich nachdenklich das Kinn. „Ich sage es nur ungern, aber mit seiner unverblümten Art hatte Rick wahrscheinlich ziemlich viele Feinde. Außerdem war er -“ Er seufzte. „Sehen Sie, ich habe ihn sehr gemocht, aber ich habe seine Fehler nicht verdrängt. Rick hatte einen klaren Blick für seinen Vorteil, er war rücksichtslos, wenn es darum ging, seine eigenen Interessen durchzusetzen, und er scheute sich nicht, mit beiden Händen zuzupacken - selbst wenn das bedeutete, andere dabei zu verletzen.“

„Wie seinen alten Freund Geoff?“, fragte Poppy. „Ich weiß, was passiert ist und warum Geoff so verbittert ist. Es hatte nichts damit zu tun, dass er aus der Rockband ausgeschlossen wurde, sondern damit, dass Rick Zova Songs gestohlen hatte, die Geoff geschrieben hatte.“

Nowak sah unbehaglich aus. „Es wurde nie

bewiesen. Geoffs Wort stand gegen das von Rick, und am Ende entschied das Gericht, dass die Beweislage nicht ausreichte, um Geoffs Vorwürfe zu stützen."

„Das würde Geoff ein Motiv geben, oder?" Poppy schwieg einen Moment und fügte dann beiläufig hinzu: „Und ein Alibi hat er auch nicht."

„Wie meinen Sie das? Natürlich hat er ein Alibi", protestierte Nowak. „Er war mit mir im Weinkeller."

„Nein, war er nicht. Oder zumindest war er nicht mit Ihnen zusammen." Poppy sah Nowak direkt in die Augen. „Ich habe heute Nachmittag mit Geoff gesprochen und er hat zugegeben, dass Sie beide die Polizei belogen haben. Sie waren nicht zusammen im Keller. Oh, Sie sind zwar zusammen hinuntergegangen, aber Geoff hat mir gesagt, dass Sie sich kurze Zeit später von ihm getrennt haben." Poppy ließ Nowak nicht aus den Augen. „Er hat mir gesagt, dass Sie eine zweite Treppe benutzt haben, die in den ummauerten Garten hinausführt. Sie waren genau zu dem Zeitpunkt draußen, als Rick Zova angegriffen wurde und die Wespen sich auf ihn stürzten."

Nowak schien zu erstarren. „Ich ... ich hatte einen guten Grund, nach draußen zu gehen. Aber das hatte nichts mit Rick zu tun."

„Warum haben Sie die Polizei angelogen?"

Nowak rutschte nervös hin und her. „Ich wollte nicht, dass herauskommt, dass ich -" Er brach ab.

„Dass Sie was?"

„Dass ich mich mit jemandem getroffen habe.

Aber Sie müssen mir glauben: Es war nicht Rick."

„Wenn er es nicht war, warum haben Sie es nicht der Polizei gesagt? Warum darf sie es nicht wissen?"

„Es geht nicht um die Polizei!", antwortete Nowak schroff. „Es geht um meine Frau."

„Ihre Frau?", wiederholte Poppy stirnrunzelnd.

Nowak seufzte. „Wenn ich der Polizei gesagt hätte, wo ich war und mit wem ich mich getroffen habe, hätte meine Frau es ebenfalls erfahren."

Poppy starrte ihn an. Sie dachte an ihre Begegnung mit Lena Nowak, an die feindselige Haltung der Frau gegenüber der ehemaligen Assistentin ihres Mannes ... und dann fiel es ihr wie Schuppen von den Augen. Sie wusste nicht, warum sie nicht schon früher darauf gekommen war.

„Es war Dawn, nicht wahr?", fragte sie leise. „Sie haben sich mit ihr getroffen."

Kapitel 24

Einen Moment lang sah Nowak aus, als wolle er es abstreiten, dann sackten seine Schultern herunter und er sagte niedergeschlagen: „Ja. Ich bin ins Freie gegangen, um Dawn zu treffen."

Poppy erinnerte sich, wie sie auf der Party mit Nowak geplaudert hatte, als seine ehemalige Assistentin plötzlich aufgetaucht war. Dawn hatte ihn sprechen wollen und Nowak hatte versucht, sie abzuwimmeln. Poppy wusste noch genau, wie sich der Geschäftsmann verstohlen umgesehen hatte, als er Dawn abwies. Ihr hitziges Gespräch war noch im Gange, als Rick Zovas unerwartete Ankunft alles durcheinandergewirbelt hatte. Sie vermutete, dass Dawn, nachdem Ruhe und Ordnung wiederhergestellt worden waren, ihre Bitte wiederholt und Nowak schließlich nachgegeben hatte.

Als sie diese Vermutung Nowak gegenüber äußerte, sagte Nowak: „Dawn wollte einfach nicht lockerlassen! Sie drohte damit, meiner Frau alles zu erzählen, wenn ich nicht mit ihr reden würde."

„Sie hatten eine Affäre?", fragte Poppy einfühlsam.

Nowak nickte seufzend. „Etwa ein halbes Jahr. Lena hat es nicht herausgefunden, obwohl ihr allmählich auffiel, wie oft Dawn in meinem Arbeitszimmer war, wenn sie nach Hause kam. Ich weiß nicht, ob sie misstrauisch war - sie hat mich nie beschuldigt -, aber sie hatte immer etwas an Dawn auszusetzen und war oft ziemlich unhöflich zu ihr." Nowak holte tief Luft und atmete langsam wieder aus. „Schließlich bestand sie darauf, dass ich Dawn entlasse. Zu diesem Zeitpunkt war mir längst klar, dass die Affäre ein Fehler war. Ich habe versucht, es Dawn so schonend wie möglich beizubringen, aber sie hat es gar nicht gut aufgenommen. Am Tag vor der Party haben wir uns furchtbar gestritten und sie ist einfach davongestürmt. Ich dachte nicht, dass ich sie je wiedersehen würde - es war ein ziemlicher Schock, als sie auf der Party aufgetaucht ist."

„Mich wundert, dass Sie sich bereiterklärt haben, sich mit ihr zu treffen. Hatten Sie keine Angst, dass Ihre Frau Sie ertappt?"

„Nun, die Grotte in der hinteren Ecke des Gartens liegt sehr abgeschieden und ist vom Haus aus nicht zu sehen, deshalb habe ich vorgeschlagen, dass wir uns dort treffen. Ich habe Dawn gesagt, sie solle durch die Seitentür hinausgehen, und ich würde so bald wie möglich nachkommen. Vom Weinkeller führt eine zweite Treppe zu einer Falltür in der Grotte."

„Oh! Das Podest neben der Bank!" Poppy erinnerte sich, dass sich Einstein besonders für den Boden rings um den hölzernen Aufbau interessiert hatte.

„Ja, genau. Ich glaube, früher, als im Garten noch Gemüse angepflanzt wurde, war die Falltür praktisch, um die Ernte in den Keller zu bringen. Außerdem war es sicher einfacher, die Einmachgläser mit dem eingelegten Obst und Gemüse, die selbstgebrannten Schnäpse und den Wein auf diesem Weg in den Keller zu transportieren, wo alles gelagert wurde. Jedenfalls habe ich zu Geoff gesagt, ich wolle ihm eine neue Flasche Château Poujeaux zeigen. Geoff ist ein Weinliebhaber, wissen Sie. Das war die perfekte Ausrede, um der Party den Rücken zu kehren und mit ihm hinunterzugehen. Dann ließ ich ihn auf der Suche nach der Flasche allein, ging die Treppe hinauf und durch die Falltür hinaus. Dawn wartete in der Grotte auf mich."

Poppy dachte an den Abend der Party zurück. Kurz bevor sie und Nick auf die Terrasse gegangen waren, um nach Rick Zova zu suchen, war sie mit Dawn zusammengestoßen und hatte sie fast umgeworfen. Dawn war atemlos gewesen, als wäre sie gerannt, und ihre Hände hatten sich kalt angefühlt. Wenn sie mit Nowak draußen gewesen war, war das die Erklärung.

„Haben Sie und Dawn Zova gesehen?", fragte sie.

„Ich habe ihn in einiger Entfernung durch das Gebüsch gesehen - er stand unter der großen Eibe und rauchte eine Zigarre. Ich glaube nicht, dass Dawn ihn gesehen hat. Sie stand mir gegenüber mit dem Blick in die entgegengesetzte Richtung."

„War jemand bei Zova?"

Nowak zögerte. „Wissen Sie ...", räumte er ein. „Ich zerbreche mir schon die ganze Zeit den Kopf darüber. Ja, ich weiß, ich sollte es eigentlich der Polizei sagen, aber dann müsste ich zugeben, dass ich im Garten war. Und dann findet meine Frau es heraus."

„Wen haben Sie gesehen?" Nowaks Sorge um seine Ehe interessierte Poppy nicht.

„Diesen Handwerker, den die Polizei befragt hat. Joe Soundso ... Faber? Fabio?"

„Joe Fabbri?" Poppy war entgeistert. „Nein! Den können Sie nicht gesehen haben!"

Nowak sah sie überrascht an. „Warum nicht?"

„Er kann es nicht gewesen sein. Er hatte Ihr Grundstück schon verlassen."

„Ich weiß, was ich gesehen habe. Es war derselbe Handwerker, den ich vorher mit Lena hatte reden sehen - sehr braungebrannt, grauer Pferdeschwanz, mit Farbe bespritzte Latzhose -"

„Nein", hauchte Poppy. „Nein, das kann nicht sein."

Nowak schaute sie verwirrt an. „Warum nicht? Ich dachte, die Polizei hat ihn als Hauptverdächtigen im Visier. Seine Gartenkelle wurde doch unter Ricks Leiche gefunden, nicht wahr?"

„Ja, aber ... das ist unmöglich", beharrte Poppy. „Joe hat keinen Grund, Rick Zova zu töten. Er hat kein Motiv - er kannte ihn nicht einmal!"

„Als ich die beiden zusammen sah, hatte ich sehr wohl den Eindruck, als würden sie sich kennen."

„Wie meinen Sie das?"

„Ich war zu weit weg und konnte nicht hören, was sie besprachen, aber dieser Joe hat wütend mit der Faust vor Ricks Nase herumgefuchtelt. Er sah fast aus, als wollte er Rick umbringen."

„Nein, das kann nicht sein", wiederholte Poppy mit schwacher Stimme. Dann bemerkte sie, dass Nowak sie befremdet ansah, und versuchte, sich zusammenzureißen. „Vielleicht hat Joe etwas vergessen, seine Kelle oder seine Handschuhe. Es könnte doch sein, dass er die Kelle hat fallen lassen, als er vor der Party im Garten gearbeitet hat, und später ist er zurückgegangen, um sie zu suchen." Selbst für Poppys Ohren klang das wenig überzeugend. Ein vergessenes Werkzeug erklärte nicht, warum er sich Rick Zova gegenüber so aggressiv verhalten hatte.

Nowak musterte Poppy nachdenklich. „Hören Sie", sagte er schließlich, „wenn Sie sich so sicher sind, dass dieser Joe nichts mit dem Mord an Rick zu tun haben kann, braucht die Polizei doch nichts von meinem Treffen mit Dawn zu wissen, nicht wahr?" Er räusperte sich und fügte dann, ohne ihr in die Augen zu sehen, hinzu: „Wenn wir das für uns behalten, ändert sich aus Sicht der Polizei nichts an meinem Alibi."

Poppy wusste nicht, was sie dazu sagen sollte. Sie fühlte sich hin- und hergerissen – einerseits müsste sie Suzanne sofort anrufen und ihr sagen, dass Nowaks Alibi erlogen war und er erneut befragt werden müsse. Andererseits würde das die Polizei ermuntern, sich noch intensiver mit Joe und seinen Aufenthaltsorten am Abend der Party zu beschäftigen. Er war nicht nur zu einer Zeit, zu der er das Anwesen angeblich schon verlassen hatte, auf dem Grundstück gewesen, sondern war auch dabei beobachtet worden, wie er sich dem Mordopfer gegenüber aggressiv verhielt! Alles zusammengenommen wäre für die Polizei Grund genug, ihn zu verhaften.

Was soll ich bloß tun? Poppys Gedanken wirbelten wie wild durcheinander.

„Warum lassen wir das alles nicht auf sich beruhen?", schlug Nowak mit begütigender Stimme vor. „Wir müssen jetzt keine Entscheidung treffen, sondern können erst einmal darüber schlafen und sehen morgen weiter."

„Ja", willigte Poppy erleichtert ein. Zeit zum Nachdenken, das war es, was sie jetzt brauchte. „Ja, wir sollten nichts überstürzen." Um das Thema zu wechseln, wies sie auf die Kataloge auf dem Couchtisch. „Ich habe mir ein paar Blumenzwiebeln bestellt."

„Ja, das ist jetzt die richtige Zeit." Nowaks Miene erhellte sich. „Ich liebe es, Blumenzwiebeln in die Erde zu setzen. Wenn dann im Frühjahr all die Tulpen und Narzissen blühen, ist das einfach ein wunderbares Gefühl! Natürlich könnte ich die Arbeit von meinen Gärtnern erledigen lassen, aber ich mache es gerne selbst, wenn ich kann." Er lächelte wehmütig. „Ich habe nicht immer die Zeit dazu, in der Firma gibt es reichlich zu tun, sobald sich aber die Gelegenheit bietet, gehe ich in den Garten und wühle nach Herzenslust in der Erde. Für mich gibt es nichts Schöneres."

„Ja, Ihre Frau hat mir das erzählt, als ich gestern in Chatswood House war."

„Oh, ich wusste gar nicht, dass Sie bei uns zu Besuch waren?" Nowak schaute sie neugierig an.

„Eigentlich war es kein Besuch, ich habe nur meinen Nachbarn Bertie - Dr. Bertram Noble – mit dem Auto hingebracht. Dr. Noble ist Erfinder und Ihre Frau interessiert sich für einige seiner Projekte. Daher wollte Dr. Noble ihr seine neueste Erfindung zeigen. Es geht um Putzroboter für Róża Gartencenter", erklärte Poppy dem verständnislos dreinblickenden Nowak.

„Ah, ja, Lena ist für die Entwicklung neuer Produktlinien zuständig. Putzroboter, sagten Sie? Meinen Sie so etwas wie einen Staubsauger?"

„Oh, CLARA ist weit mehr als ein Saugroboter." Poppy lachte. „Sie ist eine Maschine mit

Superkräften!"

Nowak schaute immer noch skeptisch. „Wirklich? Na ja, ich denke, Lena wird mir alles darüber erzählen, wenn ich nach Hause komme. Ich war gestern den ganzen Tag geschäftlich in London und habe dort übernachtet. Ich war eigentlich auf dem Weg nach Hause, aber ich dachte, ich schaue vorher hier vorbei. Um ehrlich zu sein, wollte ich gerne Ihren traditionellen Bauerngarten wiedersehen. Er war beeindruckend, als ich Ihre Großmutter vor ein paar Jahren besucht habe."

Poppy errötete. „Oh, jetzt sieht er leider nicht mehr so gut aus."

Nowak winkte ab. „Oh, das ist normal. Wir gehen jetzt auf den Winter zu. Bauerngärten sind wundervoll, nur haben sie einen Nachteil: Sie leben von der Vielfalt der Blüten und Farben, was bedeutet, dass sie im Frühling und Sommer hinreißend aussehen, aber im Winter ein bisschen kahl und trostlos wirken. Das lässt sich mit ein paar robusten immergrünen Stauden und Sträuchern leicht ändern. Sie sorgen für Struktur und lockern das graubraune Einerlei auf. Hören Sie, ich mache Ihnen einen Vorschlag: Mein Chefgärtner wird bald ein paar Herbststecklinge schneiden. Wenn Sie möchten, kann ich ihn bitten, ein paar für Sie beiseite zu legen."

„Oh, danke! Das ist wirklich nett." Poppy war überrascht und erfreut. „Wenn es ihn nicht stört, könnte ich ihm vielleicht dabei zusehen? Ich würde gerne lernen, wie man richtig Stecklinge zieht. Wenn es ums Gärtnern geht, bin ich eine blutige Anfängerin und muss noch viel lernen.“

„Aber sagten Sie nicht, Sie hätten die Gärtnerei Ihrer Großmutter übernommen?“, fragte Nowak verwundert.

Poppy senkte verlegen den Kopf. „Ja, ich weiß, das ist sicher ein bisschen waghalsig, wenn man bedenkt, wie wenig Erfahrung ich habe.“

„Nun, da könnte ich Ihnen helfen“, sagte Nowak schnell. „Wenn Hollyhock Cottage and Gardens unter dem Dach von Róża Garden Centres angesiedelt wäre, stünde Ihnen unser Team von erfahrenen Gartenbauern, Botanikern, Gartengestaltern und Gärtnern zur Seite. Außerdem bekämen Sie Unterstützung bei der Geschäftsführung, vom Marketing über die Buchhaltung bis hin zur Sicherheit am Arbeitsplatz. Als Angestellte eines der größten Unternehmen im Vereinigten Königreich hätten Sie natürlich ein regelmäßiges Einkommen und einen sicheren Arbeitsplatz.“ Er sah sie erwartungsvoll an. „Ich hoffe wirklich, dass Sie mein Angebot ernsthaft in Erwägung ziehen, Miss Lancaster. Sie möchten doch sicher, dass die Gärtnerei Ihrer Großmutter floriert, und eine Übernahme wäre eine fantastische Möglichkeit, das zu gewährleisten und Ihnen gleichzeitig ein stabiles, regelmäßiges Einkommen und die Möglichkeit zur beruflichen Weiterentwicklung zu bieten.“

Poppy schluckte. Es wäre so einfach, „Ja“ zu

sagen. Es wäre die Lösung für alle ihre Sorgen. Sie dachte an die unbezahlten Rechnungen auf dem Couchtisch, an die Ungewissheit der bevorstehenden langen Wintermonate ohne Einkommen. Und ob es ihr gelingen würde, im Frühjahr genügend Pflanzen zu züchten und aufzuziehen, die gut genug für den Verkauf waren, war keineswegs sicher. Würde sie je genug Kunden haben, um von der Gärtnerei leben zu können?

Sie öffnete den Mund, doch bevor sie etwas sagen konnte, flog die Haustür auf und Bertie stürmte herein, dicht gefolgt von Einstein, der bei Orens Anblick sofort in den Nahkampfmodus überging. Mit hoch aufgerichteten Nackenhaaren und weit aufgerissenen Augen stürzte er sich laut bellend auf seinen Erzfeind auf dem Sessel. Oren verwandelte sich auf der Stelle in ein riesiges orangefarbenes Fellknäuel. Er legte die Ohren an, verengte die Augen zu Schlitzen und musterte Einstein fauchend und spuckend, bevor er vom Sessel aufs Sofa sprang und auf Nowaks Schoß landete, der erschrocken zusammenzuckte.

„Oren!"

„Einstein, nein! Böser Hund!"

„Aaaahhh!"

„Oh, Gott, es tut mir so leid, Mr Nowak."

„Einstein! Komm sofort runter!"

„MIIIAAAAUU!"

Im Wohnzimmer wirbelten schimpfende Menschen, ein bellender Hund und ein fauchender

Kater wild durcheinander. Schließlich gelang es Bertie, Einstein am Halsband zu packen und seinen Hund zur Seite zu ziehen, während Poppy vorsichtig Orens Krallen aus Nowaks Anzug löste und den Kater auf den Arm nahm. Er protestierte lautstark und wehrte sich nach Kräften, wobei er sich nicht scheute, seine Krallen weiterhin einzusetzen.

„Au! Hör auf, Oren … autsch!" Poppy hatte Mühe, ihn festzuhalten.

Sie schaffte es, ihn zur Haustür zu schleppen, wo sie das wütende Tier auf die Veranda setzte. Oren schüttelte sich und stolzierte dann in den Garten, nicht ohne ihr einen vorwurfsvollen Blick zuzuwerfen. Poppy schloss die Haustür hinter sich und lehnte sich einen Moment lang schwer atmend dagegen. Ihre Hände waren nun nicht nur zerstochen, sondern auch noch blutig gekratzt. Sie zuckte resigniert die Schultern und kehrte ins Wohnzimmer zurück, wo Bertie mittlerweile Einstein beruhigt hatte und sich nun wortreich bei David Nowak entschuldigte.

„Es tut mir ja so leid", beteuerte er. „Mit dem Kater hatte ich nicht gerechnet. Ich wollte unbedingt von meiner Entdeckung erzählen! Ich habe mich mit der Entflammbarkeit verschiedener Materialien beschäftigt, vor allem mit unterschiedlichen Papiersorten, von denen es erstaunlich viele gibt. Das gute alte Zeitungspapier brennt natürlich wunderbar, es besteht hauptsächlich aus Holzschliff mit sehr wenigen Füllstoffen. Viele der modernen

Papiere sind allerdings sehr schlecht geeignet. Bei Boulevardblättchen benutzt man zum Beispiel eine Beschichtung auf dem Holzschliff, um ihn glatter zu machen, und diese Beschichtung besteht hauptsächlich aus Ton, der überhaupt nicht brennt. Am schlimmsten ist natürlich das Papier von Hochglanzzeitschriften. Es enthält viele Füllstoffe und ist außerdem beschichtet, sodass es glänzt und undurchsichtig ist. Es verkohlt nur, ohne richtig zu brennen!"

„Aha." Nowak hatte vor Langeweile glasige Augen. „Wie faszinierend."

„Oh ja, das ist es! Und es ist wunderbar, dass CLARA bei ihren Einsätzen Proben aus dem wirklichen Leben sammeln kann, um sie zu analysieren", sagte Bertie aufgeregt. „Schließlich kann sie so programmiert werden, dass sie auf bestimmte Arten von Partikeln oder Materialien abzielt und die relative Masse und Dichte aufzeichnet. Sie kann also Proben von verbranntem Papier nehmen, die ich dann analysieren kann und -"

„Ja, das ist großartig, Bertie", unterbrach Poppy seinen Vortrag, aus Mitleid mit ihrem Gast. „Ich glaube nicht, dass Mr Nowak alle Einzelheiten wissen muss."

„Ich wollte mich sowieso gerade verabschieden." Nowak sprang auf und schob sich zur Tür, ohne Bertie aus den Augen zu lassen.

„Ach, ich dachte, Sie wollten vielleicht CLARA in

Aktion sehen", meinte der alte Erfinder enttäuscht. „Ich kann sie holen und Ihnen eine Exklusivvorführ-"

„Nein, danke, nicht nötig", rief Nowak panisch. „Ich werde meine Frau bitten, mir alles über Ihren Roboter zu erzählen. Wenn Sie mich jetzt entschuldigen würden ..."

Mit einem knappen Nicken zum Abschied ging er schnellen Schrittes zur Haustür.

Poppy folgte ihm hastig. „Es tut mir leid wegen Bertie, ich meine Dr. Noble. Ich weiß, er ist ein wenig exzentrisch, aber er ist wirklich sehr -"

„Oh, das ist kein Problem. Es ist sowieso höchste Zeit, dass ich nach Hause komme", sagte Nowak mit einem freundlichen Lächeln. Auf der Schwelle blieb er stehen und sein Blick wurde ernst. „Ich hoffe, Sie denken über mein Angebot nach, Miss Lancaster. Es wäre mir eine große Freude, Sie in der Familie der Róża-Gartencenter willkommen zu heißen."

Kapitel 25

In dieser Nacht konnte Poppy nicht einschlafen. Der Tag war voller unangenehmer Überraschungen und Enthüllungen gewesen, von der Konfrontation mit Geoff Healey bis zum Schock über sein vorgetäuschtes Alibi und Nowaks Lüge, mit der er seine Affäre mit Dawn zu vertuschen versuchte. Am meisten beunruhigte sie jedoch Nowaks Behauptung, Joe Fabbri mit Rick Zova gesehen zu haben. Poppy war weiterhin davon überzeugt, dass es sich um einen Irrtum oder ein Missverständnis handeln musste. Dass Joe in den Mord verwickelt sein sollte, war für sie einfach unvorstellbar.

Es war nicht nur der Tod des Rockstars, der sie beschäftigte. Auch Nowaks Angebot, Hollyhock Cottage und den Bauerngarten aufzukaufen, drängte sich immer wieder in ihre Gedanken. Es wäre die einfachste Lösung all ihrer Probleme. Sie müsste sich nicht mehr allein durchschlagen, das Gefühl der Unruhe und Überforderung, das mittlerweile ihr ständiger Begleiter war, hätte ein Ende. Sie müsste nicht mehr nach Möglichkeiten suchen, in den kommenden Monaten ein Einkommen zu erwirtschaften, müsste sich keine Sorgen mehr um unerwartete Rechnungen oder die Kreditkartenschulden machen, die wie ein Damoklesschwert über ihr schwebten.

Trotzdem wurde Poppy das ungute Gefühl nicht los, dass sie einen Verrat begehen würde. Sie würde alles aufgeben, wovon sie geträumt hatte, würde das Erbe ihrer Familie aus der Hand geben und zulassen, dass es von einem riesigen, seelenlosen Unternehmen geschluckt wurde. Sie hätte kein Mitspracherecht, falls irgendwelche führenden Köpfe in der Geschäftsleitung beschließen sollten, die Gärtnerei völlig umzukrempeln - vielleicht würden sie Haus und Garten dem Erdboden gleichmachen und an deren Stelle ein modernes Gartencenter errichten.

Poppy quälte sich mit diesen Gedanken und drehte sich schlaflos von einer Seite auf die andere. Dass der Wind ums Haus pfiff und der Regen aufs Dach prasselte, half auch nicht gerade. Nach einer Woche mit recht mildem Wetter braute sich nun ein typischer Herbststurm zusammen. Poppy zog die Bettdecke bis zu den Ohren hoch und vergrub das

Gesicht tiefer in den Kissen, in der Hoffnung, sowohl das Unwetter als auch die wirren Gedanken auf diese Weise ausblenden zu können.

„*Mm-au?*", ertönte eine verschlafene Stimme vom Fußende des Bettes, wo Oren sich in einem Nest aus Decken ausgestreckt hatte. Er war kurz vor dem Schlafengehen an der Haustür aufgetaucht, und sie hatte ihn hereingelassen, weil sie ein schlechtes Gewissen hatte. Schließlich hatte sie ihn nicht nur vor die Tür gesetzt, sondern ihm auch seine allabendliche Dose Thunfisch verweigert. Als er ihr in ihr Schlafzimmer gefolgt war und es sich auf ihrem Bett bequem gemacht hatte, hatte sie es nicht übers Herz gebracht, ihn wegzuscheuchen. Sie fand es durchaus gemütlich, einen Bettgenossen mit warmem, weichem Fell zu haben und Orens rhythmischem Schnurren im Hintergrund zu lauschen.

Poppy lehnte sich zurück und starrte noch ein paar Minuten lang an die Decke; schließlich gab sie auf. Seufzend setzte sie sich im Bett auf. *Vielleicht sollte ich eine Weile lesen?* Sie schaltete ihre Nachttischlampe ein und blickte ohne große Begeisterung auf „Feuer der Liebe", den Roman, den Nell ihr ans Herz gelegt hatte. Sie wollte ihn gerade zur Hand nehmen, hielt dann aber inne und griff stattdessen nach einem schmalen Notizbuch, das neben dem Roman auf ihrem Nachttisch lag.

Es war das Tagebuch, das ihre Mutter in jungen Jahren geführt und das sie erst vor Kurzem gefunden hatte. Es war in einer Kiste in der Mauer versteckt, die den Garten des Cottage umgab. Poppy hatte sich über den Fund sehr gefreut - sie war sich sicher gewesen, dass sie in den Aufzeichnungen endlich einen Hinweis auf das Geheimnis ihrer Herkunft finden würde. Doch leider hatte die junge Holly Lancaster ihr Tagebuch nicht so geführt wie die meisten Menschen. Statt aufzuschreiben, womit sie ihre Zeit verbrachte, hatte sie zufällige Gedanken und Gefühle, amateurhafte Gedichtversuche und hübsche Skizzen der Blumen im Garten festgehalten. Es gab auch keine logische Reihenfolge der Einträge - die im hinteren Teil des Notizbuchs waren nicht unbedingt später geschrieben worden als die im vorderen Teil. Außerdem waren weder eindeutige Orts- oder Zeitangaben zu finden noch der Name eines Mannes, der der Vater ihres Kindes gewesen sein könnte.

Poppy hatte schon mehrmals versucht, die Eintragungen ihrer Mutter zu entziffern, aber meist hatte sie das Tagebuch frustriert zur Seite gelegt. Jetzt nahm sie es wieder in die Hand und blätterte zu einer beliebigen Seite in der Mitte. In den Abschnitten, die sie bisher gelesen hatte, war ihr aufgefallen, dass ihre Mutter öfter einen „Er" erwähnte – meist mit einem großen E -, und sie war sich sicher, dass dieser Mann wichtig war. Er musste einen besonderen Platz in Hollys Leben eingenommen haben. War „Er" womöglich Poppys Vater?

Poppy hielt das Notizbuch in das schwache Licht der Nachttischlampe und versuchte, die verschnörkelte Schrift am oberen Rand der Seite zu lesen:

Natalie sagt ständig, Er wolle nur eine schnelle Nummer, aber ich glaube ihr nicht. Ich habe ihr gesagt, sie solle eine Beruhigungspille schlucken, und da war sie wirklich sauer. Sie weiß nicht, dass ich mich heute Abend wieder mit Ihm treffe. Ich will herausfinden, wann er Geburtstag hat - ich glaube, er ist ein Stier! Im Sommerhoroskop in der Bliss *steht, dass Krebs, Skorpion und Fische die besten Sternzeichen für eine Liebesbeziehung mit einem Stier sind.*

Poppy blätterte ein paar Seiten weiter und stieß auf einen weiteren Hinweis:

Ich habe diese neue Wimperntusche ausprobiert. Sieht wirklich fantastisch aus. Sharon sagte, ich erinnere sie an Cameron Diaz, aber ich glaube, das hat sie nur so gesagt. Ich hoffe, er hat es bemerkt. Ich habe gesehen, wie er mich heute zwei Mal angeschaut hat.

Poppy schmunzelte. Es fühlte sich seltsam an, diese Gedanken, Sorgen und Nöte zu lesen und einen Blick auf das Mädchen zu erhaschen, das Mutter einmal gewesen war. Sie blätterte wieder, bis sie zu einer Seite kam, die mit achtlos hingekritzelten

Blumenzeichnungen bedeckt war. Am unteren Rand war ein kurzer Eintrag:

Wie toll! Er hat mir heute sein neues Tattoo gezeigt. Es ist total abgefahren! Ich dachte erst, es sei eine große schwarze Feder, aber Er hat mir gesagt, dass es ein Farnblatt darstellt. Es wird Ponga genannt, sagte Er. Das ist Maori für ‚Silberfarn‘. Es war mir wirklich peinlich – ich streckte ohne nachzudenken die Hand aus, um das Tattoo zu berühren, aber im letzten Moment habe ich mich beherrscht. Es hätte ja ausgesehen, als wollte ich Seinen Bizeps anfassen! Natalie sagt zwar immer, dass Jungs so etwas toll finden, nur glaube ich, Er ist anders. Er ist unglaublich. Wenn Er mich fragen würde … würde ich Ja sagen.

Poppy betrachtete die mädchenhafte Handschrift, während ihre Gedanken wild durcheinanderwirbelten. Vor ihrem geistigen Auge sah sie plötzlich Rick Zova, als sie ihn zusammengesunken unter der Eibe fanden. Sie erinnerte sich lebhaft daran, wie das Licht der Orangerie auf die Tätowierungen auf seinen nackten Armen fiel - insbesondere das Bild einer großen schwarzen Feder, die sich um seinen Bizeps wand.

Sie überflog noch einmal, was ihre Mutter geschrieben hatte: „Ich dachte erst, es sei eine große schwarze Feder … ein Farnblatt … ich streckte die Hand aus … als wollte ich Seinen Bizeps anfassen

..."

Was, wenn das Tattoo auf Rick Zovas Oberarm keine Feder war, sondern das Blatt eines Silberfarns, das man leicht mit einer Feder verwechseln konnte?

Poppy spürte, wie ihr das Herz bis zum Hals schlug, als sich ihr eine völlig neue Frage stellte: Hatte Rick Zova tatsächlich eine Beziehung zu ihrer Mutter gehabt, obwohl er behauptet hatte, dass die Groupies bestenfalls eine, manchmal zwei Nächte mit den Musikern verbrachten? War er der besondere Mann, von dem Holly Lancaster in ihrem Tagebuch sprach? War der ermordete Rockstar möglicherweise Poppys Vater?

Kapitel 26

Nach diesem verstörenden Paukenschlag gab Poppy jeden Versuch auf, weiterzulesen, schaltete stattdessen ihre Nachttischlampe aus und bemühte sich, einzuschlafen. Sie wälzte sich jedoch eine geschlagene Stunde lang unruhig hin und her. Eigentlich hätte sie sich freuen sollen, dass sie ihren Vater vielleicht gefunden hatte, dass ihre lange Suche möglicherweise ein Ende hatte, doch der Gedanke an Rick Zova als Vater war nicht gerade erfreulich.

Ja, als sie dem ehemaligen Rockstar zum ersten Mal begegnet war, hatte sie sich einen Moment atemlos gefragt, ob er derjenige war, nach dem sie schon so lange suchte. Diese Hoffnung war jedoch schnell zerstoben, weil sie einander überhaupt nicht ähnelten. Außerdem fand sie seine arrogante und abweisende Haltung den Groupies gegenüber, die ihn angebetet hatten, abstoßend. Je mehr sie im Laufe der Mordermittlungen über Zova herausfand, desto unsympathischer war ihr der Mann, den sie hinter der charmanten Fassade des einstigen Rockstars entdeckt hatte. Jetzt erfüllte sie der Gedanke, dass er ihr Vater sein könnte, mit Unbehagen.

Irgendwann schlief Poppy trotz des Gedankenkarussells in ihrem Kopf schließlich ein, bis sie plötzlich von einem lauten Knall geweckt wurde und sich schlaftrunken blinzelnd aufsetzte. Oren stand steifbeinig und mit gesträubtem Fell in seinem Nest am Fußende des Bettes, die großen gelben Augen weit aufgerissen.

Poppys Blick ging zu den Fenstern. Durch die Vorhänge drang schwaches Licht, die Nacht war also gerade erst vorbei. Stürmischer Wind fegte laut kreischend ums Haus, und der Regen prasselte unerbittlich gegen die Fensterscheiben. Sie stand auf und streifte sich den alten Morgenmantel über, denn im Schlafzimmer war es empfindlich kalt. Als sie den Vorhang zurückzog und hinaussah, stockte ihr der Atem. Die Welt draußen hatte sich in einen grauen Albtraum verwandelt, es regnete in Strömen und die Äste der Sträucher und Bäume schwankten wild im Wind. Ein weiterer lauter Knall ertönte über ihrem Kopf, und Poppy sah besorgt nach oben. Es hatte sich angehört, als sei das Geräusch vom Dach gekommen. Hoffentlich lagen die Dachpfannen noch an Ort und Stelle. Sie hatte Joe schon längst bitten wollen, nach dem Dach zu sehen, aber sie war noch nicht dazu gekommen, und jetzt ärgerte sie sich über ihre Nachlässigkeit.

Auf einen weiteren Knall folgte ein lautes Knarren und dann kam ein heftiger Schlag, der das ganze Cottage erschütterte. Poppy zuckte zusammen, als ein gerahmtes Foto ihrer Mutter von ihrem Nachttisch fiel und auf den Boden krachte.

„Poppy? Poppy! Ist alles in Ordnung?", ertönte Nells besorgte Stimme.

„Ja, alles okay!", rief Poppy. Sie eilte aus ihrem Schlafzimmer und den kleinen Flur hinunter. „Wie sieht es bei dir aus?"

„Ja, ja, aber was war das für ein Krach?" Nell stand mit Lockenwicklern in ihrem grauen Haar in ihrer Zimmertür und band sich hastig den Gürtel ihres Morgenmantels zu. Sie schien hellwach zu sein. „Es hörte sich an, als käme es aus dem hinteren Teil des Cottage."

Vorsichtig ging Poppy in die Küche im hinteren Teil des Hauses. Ein paar Gegenstände waren von der Arbeitsplatte gefallen und die Erschütterung hatte bei einigen Küchenschränken die Türen aufspringen lassen, aber es war nichts Wesentliches zu Bruch gegangen. Dann fiel ihr das Gewächshaus ein.

„Oh nein!", hauchte Poppy. Ihr Herz pochte so heftig, dass sie kaum Luft bekam.

Sie eilte zur Hintertür, die von der Küche in das Gewächshaus an der Rückseite des Hauses führte. Als sie die Tür öffnete, wurde sie von einer Windböe empfangen, die sie rückwärts taumeln ließ. Sie riss entsetzt die Augen auf. Wo noch am Abend das Gewächshaus mit seinen hohen Glasdecken gestanden hatte, war jetzt ein undurchdringliches Gewirr aus abgebrochenen Ästen, Splittern und zerborstenem Holz zu sehen. Die Buche an einer Seite des Gewächshauses war auf das Glasdach gestürzt und hatte alles darunter zertrümmert.

„NEIN!", schrie Poppy. Sie konnte nicht glauben, was sie da sah.

Ihre kostbaren Setzlinge und die Jungpflanzen, die sie erst vor Kurzem gekauft und in Schalen auf der langen Werkbank aufgestellt hatte, waren zerquetscht, das Glasdach war ebenso zerbrochen wie viele der Seitenfenster, überall lagen die Scherben von Terrakottatöpfen und sogar der Holzrahmen des Gewächshauses war zersplittert. Das Gebäude war völlig zerstört und mit ihm all ihre Setzlinge, ihre Ausrüstung, ihr Inventar und ihre Hoffnungen für die Gärtnerei.

Dann erinnerte sie sich an die Gardenie. Sie hatte sie gestern Abend auf Anraten von David Nowak in die Küche bringen wollen, aber sie war so müde und durcheinander gewesen, dass sie nicht mehr daran gedacht hatte. Jetzt starrte sie entgeistert auf die Ecke, in der der Topf gestanden hatte. Dort waren von den Glasscheiben nur noch Scherben übrig und außer abgerissenen Ästen und Blättern war nichts zu sehen. Wenn die Gardenie darunter stand, war sie sicher zerquetscht worden. Poppy hielt sich die Hand vor den Mund und kämpfte gegen die Tränen an, während sie das Ausmaß der Katastrophe zu begreifen versuchte.

„Poppy!"

Nell tauchte plötzlich in der Tür hinter ihr auf und starrte in stummem Entsetzen auf das Bild der Verwüstung, das sich ihr bot. Dann packte sie Poppy bei den Schultern, zerrte sie zurück in die Küche und schlug die Tür hinter ihnen zu.

„Poppy, Liebes - du bist ja völlig durchnässt!", rief sie und holte schnell ein Handtuch, das sie Poppy um die Schultern legte.

Dankbar umklammerte Poppy das Handtuch. Erst jetzt bemerkte sie, dass ihr Gesicht vor Nässe nur so triefte, ihr Haar vom Wind zerzaust und sie selbst bis auf die Knochen durchnässt war. Schlafanzug und Morgenmantel klebten an ihrem Körper. Fröstelnd zog sie das Handtuch fester um sich und ließ sich widerstandslos von Nell auf einen Küchenstuhl drücken. Wie betäubt sah sie zu, wie ihre Freundin sich beeilte, ein Feuer am Herd zu machen und einen Kessel Wasser zum Kochen zu bringen. Ein paar Minuten später nahm sie gehorsam den Tee, den Nell ihr reichte, legte dankbar die Hände um den warmen Becher und versuchte, nicht mit den Zähnen zu klappern.

„Hoffentlich bist du nicht unterkühlt." Nell sah sie

besorgt an. „Soll ich dir ein heißes Bad einlassen? Am besten gehst du gleich wieder ins Bett, aber erst musst du die nassen Sachen ausziehen und dir die Haare trocknen.“

„Mir geht's gut, Nell, wirklich“, beteuerte Poppy. „Es ist ... mir ist n-nicht kalt ... es ist d-das Adrenalin, nur eine Reaktion.“ Sie trank von dem heißen, süßen Tee, ließ die Flüssigkeit ihre Kehle hinunterrinnen und spürte, wie sich langsam Wärme in ihr ausbreitete. Dann warf sie ihrer Freundin einen verzweifelten Blick zu. „Nell, das Gewächshaus - hast du das gesehen? Die Buche ist darauf gefallen. Es ist völlig zerstört!“

„Ja, ich habe es gesehen“, seufzte Nell.

„Ich habe alles verloren! Alle meine Setzlinge, alle Stecklinge, die ich gekauft habe, meinen Vorrat an Töpfen - und meine Gardenie!“ Poppys Stimme brach. „Alles kaputt! Was soll ich nur tun? Wie soll ich über den Winter etwas anbauen, das ich im Frühjahr verkaufen kann?“

„Das lässt sich alles ersetzen“, beruhigte Nell sie. „Du kannst neue Samen säen und neue Stecklinge kaufen ...“

„Aber dafür braucht man Geld! Und wo soll ich sie hinstellen? Ohne das Gewächshaus kann ich im Winter nichts aufziehen und bis das repariert ist ... Oh, Nell, woher soll ich das Geld nehmen?“

„Sagtest du nicht, du wolltest etwas zur Seite legen, für schlechte Zeiten? Nun, sehr viel schlechter kann es kaum werden“, versuchte Nell hilflos, die

Stimmung aufzulockern.

Poppy blickte beschämt zu Boden, sie konnte Nell nicht in die Augen sehen. „Ich ... ich hatte etwas Geld, aber ich habe es ausgegeben", murmelte sie. „Vor ein paar Tagen habe ich eine große Bestellung Blumenzwiebeln aufgegeben und -" Sie brach ab und errötete vor lauter Schuldgefühlen und Verzweiflung.

Nell schwieg einen Moment, dann klopfte sie Poppy aufmunternd auf die Schulter und sagte: „Schade – aber mach dir keine Sorgen. Wir finden eine Lösung."

Die Tatsache, dass Nell sie nicht ausschimpfte, ließ Poppy noch trauriger werden. Wie hatte sie nur derart unbedacht sein können!

„Außerdem glaube ich nicht, dass deine Ersparnisse für die Reparatur des Gewächshauses ausgereicht hätten", fügte Nell hinzu. „Also, Schwamm drüber, Poppy. Was geschehen ist, ist geschehen. Wir alle begehen Fehler. Solange du dich für die Zukunft daran erinnerst ... Komm schon, das Wichtigste ist jetzt, dass du dir trockene Sachen anziehst und dich ordentlich aufwärmst. Wenn du dir eine Lungenentzündung einfängst, ist niemandem geholfen", sagte sie energisch.

Poppy befolgte Nells Rat, zog sich schweigend um und trocknete sich die Haare. Dann setzte sie sich zu ihrer alten Freundin in die Küche, wickelte sich in eine Decke und hörte zu, wie der Regen aufs Dach prasselte und der Wind heulte.

Irgendwann verzog sich das Unwetter. Poppy

schaute hoffnungsvoll aus einem der vorderen Fenster. Der Garten sah aus wie eine Schlammwüste mit aufgeweichten Pflanzen, abgebrochenen Ästen und niedergedrückten Blättern, aber wenigstens waren keine weiteren Bäume umgefallen. Sie zog sich einen Regenmantel über, öffnete die Tür und trat hinaus. Vorsichtig ging sie um das Haus herum in den großen Garten.

Als sie um die Ecke bog und den entwurzelten Baum, die Glasscherben, den zersplitterten Holzrahmen und die Überreste ihrer Pflanzen und Gerätschaften sah, blieb sie entsetzt stehen. Aus diesem Blickwinkel sah der Schaden noch schlimmer aus, als sie es sich vorgestellt hatte. Hier ging es nicht um ein paar Reparaturen, das Gewächshaus musste komplett neu aufgebaut werden! Das würde Hunderte, Tausende kosten, viel mehr, als sie sich jemals würde leisten können.

Verzweiflung überkam sie. *Was soll ich nur tun? Was soll ich nur tun?*

Poppy biss sich auf die Lippe, als ihr heiße Tränen in die Augen stiegen. Am liebsten hätte sie sich hingesetzt und geweint, aber das durfte nicht sein. Stattdessen holte sie zittrig Luft und drängte die Tränen zurück. *Nein. Nein, ich werde nicht weinen. Ich gebe nicht auf. Ich lasse mich nicht unterkriegen.*

„Poppy?"

Nell kam den Weg entlang. Sie blieb mit schreckgeweiteten Augen stehen, als sie das ganze Ausmaß der Schäden sah.

„Oh Gott!", sagte sie mit schwacher Stimme. „Du musst den Notdienst anrufen, Poppy. Ruf die Feuerwehr an. Wir brauchen Hilfe, um den Baum wegzuschleppen und die Trümmer fortzuräumen."

„Okay, das mache ich. Vielleicht ist es gar nicht so schlimm, wie wir denken, wenn erst mal ein bisschen Ordnung in die ganze Sache kommt", meinte Poppy mit gezwungener Munterkeit.

Sie wollte gerade ins Haus gehen, doch dann entdeckte sie etwas unter den Trümmern, das sie sich genauer ansehen wollte. Sie ignorierte Nells Aufforderung, vorsichtig zu sein, und bahnte sich einen Weg über umherliegende Äste und Glasscherben zu einer Stelle, an der die vordere Ecke des Gewächshauses gewesen war. Ihr Herz setzte einen Schlag aus, als sie sich bückte und einen abgebrochenen Ast hochhob. Es war, wie sie vermutet hatte: Bei dem blauen Farbtupfer, der ihr ins Auge gefallen war, handelte es sich um den Topf mit der Gardenie. Er war zur Seite gekippt, aber erstaunlicherweise war er noch ganz, und auch der Gardenie war nichts zugestoßen! Ein Teil der Erde im Topf war herausgefallen und hatte einige Wurzeln freigelegt, außerdem waren ein paar Blätter abgerissen worden, ansonsten schien sie keinen Schaden genommen zu haben.

Poppy schob eine Hand in den Trümmerhaufen und versuchte, den Porzellantopf zu greifen und herauszuziehen, doch er rührte sich nicht.

„Poppy!", mahnte Nells Stimme. „Was machst du

da? Sei vorsichtig – du solltest da nicht herumturnen. Du könntest dich verletzen!"

Poppy drehte sich mit strahlendem Gesicht zu ihrer alten Freundin um. „Nell! Meine Gardenie - sie ist da! Ich weiß nicht, wie, aber sie hat nichts abbekommen. Ich muss sie nur herausziehen. Sie ist eingeklemmt ..."

„Du tust nichts dergleichen, junge Frau", sagte Nell fest. „Wenn du den Topf herausholen willst, musst du Joe anrufen und ihn bitten, dir zu helfen."

„Oh, ja! Ja! Joe - ich muss Joe anrufen!", rief Poppy. Sie kletterte über Äste und Scherben zurück zu Nell. „Ich rufe ihn an, sobald ich die Feuerwehr benachrichtigt habe."

Zehn Minuten später war Poppy im Dorf unterwegs. Sie hatte mehrmals versucht, Joe anzurufen, hatte ihn aber nicht erreicht. Sie wusste jedoch, dass er sein Handy oft nicht dabeihatte oder es auf lautlos stellte, wenn er draußen arbeitete. Sie war erleichtert, als sie seinen Pick-up vor seinem kleinen Häuschen am Rande des Dorfes sah, und noch mehr freute sie sich, den alten Mann in seinem Garten anzutreffen.

„Joe!", rief sie. „Oh, Joe - ich bin so froh, dass Sie da sind!"

Er blickte überrascht auf, als sie auf ihn zustürmte. Rasch erzählte sie ihm, was passiert war.

„Können Sie jetzt zu uns kommen? Bitte!", fragte Poppy atemlos, als sie fertig war. „Der Feuerwehr habe ich Bescheid gesagt. Offenbar sind die

Notdienste heute Morgen mit Anrufen überschwemmt worden, der Sturm hat viel Schaden angerichtet. Sie kommen, so schnell sie können, nur kann das lange dauern. Nell wartet auf sie, aber ich dachte, wir könnten zuerst versuchen, die Gardenie herauszuholen. Ich habe versucht, Sie anzurufen, aber es ging niemand ran – Sie können mir doch helfen, oder? Sie haben sicher eine Säge. Und was ist mit einer Baumschere? Und vielleicht auch ein Seil zum Festbinden! Vielleicht können wir -"

„Ruhig Blut."

„Ich - was?" Poppy sah Joe verwundert an.

„Ruhig Blut", wiederholte er. „Hektik bringt nichts."

Es dauerte einen Moment, bis sie verstand, was er meinte. „Oh ..." Sie schenkte ihm ein verschämtes Lächeln, holte dann tief Luft und sagte: „Ja, ja, Sie haben recht."

Joe deutete auf den Schuppen hinter ihr. „Seil."

Poppy beeilte sich, die Anweisung zu befolgen, und kam wenige Augenblicke später mit mehreren Rollen Seil zurück.

Joe war bereits dabei, einen Werkzeugkasten, ein großes Brecheisen und eine elektrische Säge, einen Schutzhelm und ein Bündel Segeltuch auf die Ladefläche seines Pick-ups zu hieven, wo schon eine Leiter lag. Als er die Hand ausstreckte und Poppy ihm die Seile reichte, ergriff sie eine Woge der Dankbarkeit. Seine sachliche Art wirkte unendlich beruhigend und zum ersten Mal seit dem Sturm fühlte sie eine leise Hoffnung in sich aufkeimen.

Alles wird gut. Joe ist hier. Ich bin nicht allein, dachte sie.

Sie lächelte ihn an, als er ihr die Beifahrertür des Pick-ups aufhielt, doch bevor sie einsteigen konnte, rauschte hinter ihnen ein Wagen heran. Sie drehte sich überrascht um, als die Autotüren zuschlugen und ein grimmig dreinblickender Polizist mit wichtiger Miene auf sie zukam, gefolgt von Sergeant Lee.

„Joe Fabbri?"

Der Detective Sergeant blieb vor dem alten Mann stehen und legte ihm eine Hand auf den Arm, als er sagte: „Ich verhafte Sie wegen des Mordes an Rick Zova. Sie haben das Recht zu schweigen, es könnte sich jedoch negativ auf Ihre Verteidigung auswirken, wenn Sie bei der Vernehmung etwas verschweigen, auf das Sie sich später vor Gericht berufen. Alles, was Sie sagen, kann als Beweismittel gegen Sie verwendet werden."

Lee zerrte Joe am Arm. „Kommen Sie."

Kapitel 27

„Warten Sie! Sergeant Lee - warten Sie!", rief Poppy und rannte zu dem Polizeiauto, wo Joe bereits auf den Rücksitz geschoben wurde.

Der Detective Sergeant schloss die Autotür und drehte sich mit einem übertriebenen Seufzer zu Poppy um. „Ja?"

„Sie können Joe nicht verhaften! Ich meine -" Poppy verstummte, als sie sah, wie Lees Miene sich verhärtete. „Natürlich können Sie das, aber Sie machen einen schrecklichen Fehler. Joe hat Rick Zova nicht umgebracht. Ich weiß, dass einige Indizien gegen ihn sprechen, aber er hatte kein Motiv!"

„Ah, das denken *Sie*", antwortete Lee selbstgefällig. „In Wirklichkeit hatte er sehr wohl einen Grund, Zova zu töten."

„Wie meinen Sie das?"

Lee warf durch das Autofenster einen Blick auf Joe, der teilnahmslos dasaß, dann sagte er zu Poppy gewandt: „Er wollte Rache."

Poppy sah ihn ungläubig an. „Rache? Rache für was?"

„Ja, Rache - eines der ältesten Motive, das es gibt. Joe Fabbri hat Zova getötet, um seine Nichte zu rächen."

„Seine Nichte?" Poppy runzelte die Stirn. Plötzlich erinnerte sie sich, dass Nell ihr von Joes Nichte Abby erzählt hatte, die bei einem schrecklichen Unfall mit Fahrerflucht verletzt worden war.

Als hätte er ihre Gedanken gelesen, beugte sich Lee vor und sagte mit einem überlegenen Lächeln: „Ja, Fabbris Nichte, Abby Colman, die vor fünfzehn Jahren als Teenager von einem Motorrad angefahren wurde. Es war Fahrerflucht, und wir haben den Biker nie erwischt."

„Warum nicht?"

„Es gab nicht genug Hinweise, okay?", erwiderte Lee finster. „Es gab keine Zeugen, nur Abby selbst, und die lag tagelang im Koma. Als sie wieder zu sich kam und die Polizei sie befragen konnte, war es zu spät, die Spur war kalt. Sie konnte sowieso kaum etwas beitragen – zum Beispiel hat sie sich nicht an das Nummernschild des Motorrads erinnert, allenfalls ein paar vage Beschreibungen, wie das Motorrad aussah. Das hat uns nicht weitergeholfen.

Der Fahrer wurde also nie gefasst. In der Zwischenzeit lag Miss Colman mehrere Monate lang im Krankenhaus und trug bleibende Schäden an Bein und Hüfte davon. Sie war an der Royal Academy of Dance eingeschrieben, sie träumte von einer Karriere als Balletttänzerin, aber die konnte sie nach dem Unfall vergessen."

„Was hat das alles mit Joe und Rick Zova zu tun?", fragte Poppy nervös.

Lee zog die Augenbrauen hoch. „Ist das nicht offensichtlich? Gut, ich erkläre es Ihnen. Wir haben uns umgehört, und es scheint, dass Fabbri seiner Nichte sehr nahesteht. Für ihn ist sie fast wie eine Tochter – und er sieht sich als ihr Beschützer. Er war wütend und verbittert, dass der Biker nie gefasst wurde. Ich erinnere mich sogar, dass ich vor ein paar Jahren selbst mit ihm darüber gesprochen habe. Er tauchte immer wieder auf dem Revier auf und sagte, er habe neue Informationen über das Motorrad, mit dem seine Nichte angefahren wurde. Er hat uns ständig gedrängt, neuen Spuren nachzugehen.

„Und? Was ist dabei herausgekommen? Haben Sie herausgefunden, wem das Motorrad gehört?"

„Ist das Ihr Ernst? Der Unfall ist fünfzehn Jahre her! Was uns Abby über das Motorrad sagen konnte, war nicht brauchbar. Außerdem hatte ich mit anderen Fällen genug zu tun - Mord, Raub, Körperverletzung. Ich hatte keine Zeit, eine alte Geschichte auszugraben!", meinte Lee ungeduldig. Dann lächelte er selbstzufrieden. „Aber als Fabbri nach dem Mord an Zova zur Befragung aufs Revier zitiert wurde, erinnerte ich mich plötzlich an seine hartnäckigen Besuche und sah mir seine Angaben noch einmal genauer an. Ich bin den zusätzlichen Informationen nachgegangen, die er uns damals geliefert hat – so sagte er, Abby habe sich daran erinnert, eine ausgefallene Abdeckung auf dem Auspuff des Motorrads gesehen zu haben: ein Metallschild mit eingraviertem Z. Daraufhin habe ich mir Zovas Harley Davidson angesehen - Bingo!" Lee schaute sie triumphierend an. „Zovas Motorrad hat genau solch ein spezielles Hitzeschild."

„Ich verstehe immer noch nicht, warum das Joes Schuld beweisen soll."

„Ach, kommen Sie! Das ist doch offensichtlich, besonders für eine Möchtegern-Detektivin wie Sie."

Poppy errötete vor Ärger. „Sie behaupten also, der Biker, der Abby angefahren und dann Fahrerflucht begangen hat, könnte Rick Zova gewesen sein. Und wenn - das beweist nicht, dass Joe ihn getötet hat!"

„Nein, aber es gibt ihm ein starkes Motiv," entgegnete Lee. „Und so ist es passiert: Fabbri geht nach Chatswood House, um dort etwas zu reparieren, okay? Und als er gerade gehen will, sieht er einen Biker ankommen. Rick Zova kam später als die anderen Gäste und war sowieso nicht eingeladen, nicht wahr? Also lässt Zova seine Harley-Davidson draußen stehen und geht rein. Fabbri sieht sie, bemerkt den speziellen Hitzeschild und erinnert sich an das, was seine Nichte ihm erzählt hat. Ihm wird klar, dass er den Mann gefunden hat, der dafür verantwortlich ist, dass das Leben, die Hoffnungen und Träume seiner Nichte zerstört wurden. Also stürmt er zurück auf das Anwesen und findet Zova eine Zigarre rauchend im Garten. Fabbri stellt ihn zur Rede, greift ihn vielleicht an, dann wirft er einen Stein oder etwas anderes in das Wespennest und verschwindet." Lee lehnte sich zurück und verschränkte die Arme, ein selbstgefälliges Lächeln im Gesicht. „Fall gelöst."

Poppy wollte dagegenhalten, etwas sagen, irgendetwas, aber ihre Zunge fühlte sich wie gelähmt an. Sie gab es nur ungern zu: In ihrem Innern wusste sie, dass Lee mit seiner Schilderung des Tathergangs recht haben könnte. Sie warf einen raschen Blick auf Joe, der nach wie vor mit stoischer Miene vor sich hinstarrte. Der Gedanke, dass sie sich in ihm getäuscht haben könnte, dass er der Mörder gewesen sein könnte, fühlte sich an wie ein riesiges, erdrückendes Gewicht, das ihr die Luft abschnürte.

Wortlos machte Poppy Platz und sah dem Polizeiauto nach, als es davonfuhr. Dann ging sie langsam zum Cottage zurück, Sie fühlte sich wie betäubt. Als sie in ihrer Gasse ankam, waren die Feuerwehr und andere Notdienste der Gemeinde bereits mit der Beseitigung der Sturmschäden beschäftigt.

„Poppy! Wo warst du die ganze Zeit? Ich habe mir schon Sorgen gemacht." Nell hielt ihr lächelnd etwas entgegen. „Sieh mal! Deine Gardenie. Ich habe einen der Feuerwehrmänner gebeten, mir zu helfen, sie herauszuholen. Es ist ein Wunder, dass sie so glimpflich davongekommen ist."

Poppy starrte ihre Freundin wortlos an. Der Gedanke an Joes Verhaftung raubte ihr jegliche Freude über die Rettung der Gardenie, und sie brachte kaum ein Lächeln zustande, als Nell ihr die Topfpflanze reichte.

Nell sah sie besorgt an. „Was ist los, Liebes?"

„Joe ist verhaftet worden", antwortete Poppy.

Nell blieb der Mund offen stehen. „Was?"

„Die Polizei hat ihn abgeholt, als ich dort war. Lee und ein Kollege haben ihn wegen des Mordes an Rick Zova verhaftet."

„Aber das muss ein Irrtum sein!", rief Nell entsetzt. „Joe kann nicht der Mörder sein. Die Polizei muss sich geirrt haben! Poppy, du musst deine Freundin anrufen, diese nette Kriminalinspektorin. Ja, du musst mit ihr sprechen und ihr erklären, dass Joe kein Mörder ist."

„Nell, was, wenn ... was, wenn es kein Irrtum ist?", sagte Poppy und sah ihre Freundin mit einem gequälten Ausdruck in den Augen an.

Nell erstarrte. „Was willst du damit sagen? Natürlich ist es ein Irrtum! Joe ist kein Mörder!"

„Aber Nell, die Beweise -"

„Was scheren mich die Beweise! Es ist mir egal, welche Beweise sie ausgraben! Es ist einfach nicht wahr." Sie sah Poppy böse an. „Du glaubst es doch nicht etwa?"

„Ich weiß nicht, was ich glauben soll." Poppy wich ihrem Blick aus. „Wir kennen Joe erst seit Kurzem und wir wissen so gut wie nichts über ihn, über sein Privatleben, seine Herkunft, seine Familie."

„Wir wissen trotzdem, was für ein Mann er ist", stellte Nell entschieden fest. „Einen Baum erkennt man an seinen Früchten, einen Mann an seinen Taten."

„Wer hat das gesagt?", fragte Poppy erstaunt.

„Der heilige Basilius." Nell winkte mit der Hand. „Es ist nicht wichtig, wer das gesagt hat - der Punkt ist, dass wir Joe lange genug kennen, um zu wissen, wie er handelt, was er tut - und wir wissen, dass er ein guter Mensch ist. Ein freundlicher Mann. Ein Mann, der niemals einen anderen Menschen töten würde."

Poppy seufzte. Wenn sie doch nur Nells blindes Vertrauen hätte. Sie wünschte sich von ganzem Herzen, dass Joe unschuldig war, aber sie konnte nicht darüber hinwegsehen, dass sich die Beweise gegen ihn häuften. Sie hatte sich an die Tatsache geklammert, dass er kein Motiv für den Mord hatte, wenn es allerdings stimmte, was Sergeant Lee sagte, dann war diese letzte Hoffnung dahin. Es gab niemanden, der ansonsten als Täter infrage käme, weder Healey noch Nowak noch -

Poppy schnappte nach Luft. Sie hatte Bunny ganz vergessen! Ein verrückter Fan war doch sicher ebenso verdächtig wie Joe? Sie benahm sich wie eine Stalkerin – und hatte sich aus dem Staub gemacht, bevor die Polizei sie befragen konnte. Poppy durfte nicht zulassen, dass Sergeant Lee ihren Freund Joe verhaftete, wenn die Möglichkeit bestand, dass Bunny die Mörderin war.

„Ich werde Suzanne anrufen", sagte sie zu Nell und eilte ins Cottage.

Nach drei Versuchen erreichte sie Suzanne und begann sofort mit einem leidenschaftlichen Appell für Joes Unschuld.

„… es muss sich um einen Irrtum handeln! Ich räume ein, dass Sergeant Lees Theorie schlüssig klingt, aber er könnte sich irren! Er hat sich ausgemalt, was passiert sein könnte, aber das bedeutet nicht, dass es wirklich so passiert ist! Vielleicht hat Joe Zovas Motorrad gar nicht gesehen oder vielleicht -"

„Poppy!", unterbrach Suzanne sie. „Joe hat gestanden -"

„Den Mord?"

„Nein, nicht den Mord. Aber er gibt zu, dass er Zovas Motorrad gesehen und den gravierten Hitzeschild bemerkt hat, und ja, er ist zurückgegangen, um Zova zu suchen, genau wie Lee es vermutet hat. Joe fand Zova im ummauerten Garten und stellte ihn wegen der Fahrerflucht zur Rede."

„Und hat er Zova angegriffen?", flüsterte Poppy.

„Nein, Joe räumt ein, dass die Unterhaltung recht hitzig wurde, aber er sagt, er habe Zova kein Haar gekrümmt. Er gibt an, ihn mit seinen

Anschuldigungen konfrontiert zu haben und dann gegangen zu sein. Ich nehme an, dass er im Laufe der Auseinandersetzung seine Kelle hat fallen lassen, ohne es zu merken." Suzannes Stimme wurde härter. „Nur weil er nicht zugegeben hat, Zova getötet zu haben, heißt das nicht, dass er es nicht getan hat. Es ist durchaus üblich, dass Kriminelle ein geringeres Verbrechen gestehen, in der Hoffnung, dass sie eine mildere Strafe bekommen. Niemand reißt sich darum, wegen Mordes angeklagt zu werden."

„Joe ist kein Verbrecher!"

„Das zu entscheiden ist Sache der Gerichte."

„Was ist mit den anderen Verdächtigen?", fragte Poppy verzweifelt. „Was ist mit Bunny?"

„Nun, Healey und Nowak haben ein Alibi, und Bunny auch."

„Moment mal, das wissen wir doch gar nicht! Ihr müsst sie erst befragen."

„Das haben wir. Wir haben sie gefunden. Sergeant Lee hat sie in einer anderen Kneipe aufgespürt, dem Red Lion – nicht weit von Bunnington - und er hat sie befragt. Sie sagt, sie habe die Party direkt nach dem Gespräch mit dir verlassen. Sie hat sich ein Minicab gerufen und ist zu ihrer Unterkunft gefahren."

„Aber woher wollt ihr wissen, dass das stimmt? Sie könnte lügen."

„Der Fahrer des Minibusses, der sie vom Chatswood House abgeholt hat, konnte ihre

Geschichte und die Zeiten bestätigen. Seine Aussage - und die Zeugenaussagen derjenigen, die Zova auf der Party gesehen haben – entlasten sie. Demnach war sie definitiv nicht mehr auf dem Grundstück, als er ermordet wurde."

„Was ist mit dem EpiPen? Du hast selbst gesagt, dass Bunny ihn Rick Zova vielleicht gestohlen hat."

„Nein, ich glaube, sie hat nicht gelogen - sie hat den Stift nur in ihrer Tasche, um vorzutäuschen, dass sie die Allergie hat. Du hast ihn am Abend der Party nicht in ihrer Handtasche gesehen, aber er war die ganze Zeit da. Auf jeden Fall scheidet sie als Verdächtige aus, weil sie ein wasserdichtes Alibi hat."

Poppy ließ sich in ihren Sessel zurücksinken. Sie hatte dem nichts mehr entgegenzusetzen, ihr fiel nichts Neues zu Joes Verteidigung ein, und sie wusste nicht, welchen Aspekt des Falls sie noch unter die Lupe nehmen sollte.

Suzanne schien Poppys Verzweiflung zu spüren, denn sie sagte sanft: „Ich weiß, dass das schwer für dich ist, Poppy, aber ich fürchte, dass zum jetzigen Zeitpunkt alle Beweise auf Joe Fabbri als Mörder hindeuten." Nach kurzem Zögern fügte sie hinzu: „Gibt es noch irgendetwas, an das du dich vom Abend der Party erinnerst, das für die Ermittlungen relevant sein könnte? Ich bin bereit, alle anderen Hinweise in Betracht zu ziehen, bevor wir Joe anklagen."

Poppy dachte angestrengt nach. Suzanne wusste

immer noch nichts von David Nowaks Lüge und von seiner Affäre mit Dawn, aber selbst wenn Poppy ihr davon erzählte, würde das Joe nicht helfen. Im Gegenteil, es würde seine Lage noch verschlimmern, denn wenn die Polizei Nowak noch einmal verhörte, würde der berichten, was er beobachtet hatte: dass Joe sich Rick gegenüber aggressiv verhalten hatte.

„Poppy?"

„Ich … nein, da ist nichts, wirklich. Ich habe dir alles gesagt, was ich weiß." Poppy schluckte schwer.

Suzanne seufzte. „Wenn das so ist, verabschiede ich mich jetzt besser. Ich habe in einer halben Stunde eine Pressekonferenz."

„Oh, warte - da ist noch etwas", sagte Poppy spontan.

„Ja?"

„Es ist … es hat nicht direkt mit dem Mordfall zu tun." Poppy holte tief Luft. „Wurden in Rick Zovas Autopsiebericht die Tätowierungen auf seinem Körper erwähnt?"

„Nun, ja, es gab eine ausführliche Beschreibung aller Erkennungsmerkmale. Warum?"

„Erinnerst du dich an eine Tätowierung auf seinem rechten Oberarm, die wie eine Feder aussah. Oder ein Blatt?"

„Ich weiß nicht, ob es ein Blatt war, da war definitiv eine Tätowierung, die der Gerichtsmediziner als schwarze Feder beschrieben hat. Poppy, worauf willst du hinaus? Hat das etwas mit dem Fall zu tun?"

„Nein, eigentlich nicht." Poppy schluckte, dann fragte sie: „Hat der Pathologe auch DNA-Tests gemacht?"

„Ja, natürlich. Sie haben sowohl von Zova als auch von Joe Abstriche genommen und werden prüfen, ob ihr DNA-Material am jeweils anderen gefunden wurde. Die Ergebnisse liegen noch nicht vor, aber ich muss dich warnen. Es ist sehr wahrscheinlich, dass Joe -"

„Es hat nichts mit Joe zu tun", unterbrach Poppy sie schnell.

„Ach? Das verstehe ich nicht."

„Ich wüsste gern, ob es möglich wäre, Zovas DNA mit einer Probe von jemand anderem zu vergleichen."

„Von jemand anderem?" Suzanne klang verwirrt. „Mit wessen DNA willst du sie vergleichen?"

„Mit meiner", sagte Poppy mit leiser Stimme.

„Mit deiner? Aber wir wissen doch, dass du in jener Nacht im Garten warst."

„Nein, das meine ich nicht. Wie gesagt, es geht nicht um die Mordermittlungen. Es ist eine persönliche Sache."

Am anderen Ende der Leitung herrschte lange Schweigen, dann fragte Suzanne, und in ihrer Stimme schwang Verständnis mit: „Denkst du, dass du mit Rick Zova verwandt sein könntest?"

„Ich weiß es nicht! Es ist sehr weit hergeholt und … und ich weiß nicht … es ist natürlich unwahrscheinlich, aber … aber dieses Tattoo auf Zovas Bizeps … weißt du, in ihrem Tagebuch erwähnt meine Mutter einen Mann mit einer ähnlichen Tätowierung ... an derselben Stelle ...“ Poppy brach ab, dann fügte sie hastig hinzu: „Ich ... ich denke ... es gibt eine Chance ... eine kleine Chance, dass Rick Zova mein Vater sein könnte.“

Wieder schwieg Suzanne, bevor sie in betont neutralem Ton erklärte: „Von Gesetztes wegen muss jeder, der in Großbritannien einen DNA-Test durchführen will, erst eine Genehmigung einholen, bevor er eine Probe entnehmen darf, sonst macht er sich strafbar.“ Sie hielt inne.

„Da aber im Rahmen der laufenden Ermittlungen bereits DNA-Proben entnommen wurden und deine Beziehung zu Zova für die Ermittlungen relevant sein könnte ...“ Sie verstummte erneut, als würde sie nachdenken. „Ich werde mit der Spurensicherung sprechen und sehen, was sich machen lässt. Ich kann allerdings nichts versprechen. Es wäre vielleicht sogar einfacher, wenn du selbst eine Probe nehmen könntest.“

„Ich?“

„Ja, du könntest versuchen, eine DNA-Probe aus einer anderen Quelle zu erhalten, vielleicht aus einem Haar von Zova? Es müsste ein Haar sein, das den Follikel enthält, also ein Haar, das an der Wurzel ausgerissen wurde.“

„Oh“, sagte Poppy und fragte sich, wie um alles in der Welt sie an ein solches Haar kommen sollte.

„Wenn das alles ist, muss ich -“

„Was ist mit Joe?“, fragte Poppy schnell. „Was

passiert jetzt mit ihm?"

„Ich werde ihn heute Nachmittag noch einmal befragen", erläuterte Suzanne. „Ich verspreche, dass ich ihm gegenüber so fair sein werde, wie es eben geht." Nach einer kurzen Pause fuhr sie mit harter Stimme fort: „Aber ich muss auch meinen Job machen und dafür sorgen, dass der Mörder von Rick Zova hinter Gitter kommt."

Kapitel 28

„… meinst du nicht auch, Liebes?“

Poppy fuhr erschrocken zusammen und blickte von der Tasse mit kaltem Tee auf, in die sie gestarrt hatte. Der umgestürzte Baum war beseitigt, die Rettungskräfte hatten sich verabschiedet, und eigentlich hätte sie in den verbliebenen Resten des Glashauses nachsehen sollen, ob noch etwas zu retten war. Aber die Sturmschäden und Joes Verhaftung hatten ihr den Boden unter den Füßen weggezogen. Sie hatte das Gefühl, nur lethargisch in der Küche sitzen zu können und sich dem Gefühl der Verzweiflung und Hilflosigkeit hinzugeben, das sie nicht abschütteln konnte.

Sie setzte sich aufrecht, versuchte, sich zu konzentrieren, und schenkte Nell ein schuldbewusstes Lächeln. „Tut mir leid, ich habe nicht zugehört - was hast du gesagt?"

Nell deutete auf die aufgeschlagene Zeitschrift auf dem Tisch. „Sieh dir das an! Ist das nicht gruselig?"

Poppy beugte sich ohne großes Interesse vor, um zu sehen, worauf Nell zeigte. Es war ein Artikel über einen Stalker, der verhaftet worden war, weil er versucht hatte, einen jungen weiblichen Popstar zu entführen. Bei der Durchsuchung seiner Wohnung hatte man Dinge gefunden, die er gesammelt hatte, von Resten ihrer Mahlzeiten aus dem Küchenmüll bis hin zu einem Teil ihrer Post, die er vom Postboten abgefangen hatte.

„Er ist sogar in ihr Haus eingebrochen und hat Sachen aus ihrem Schlafzimmer und ihrem Badezimmer gestohlen! Nicht nur Schmuck und Kleidung, sondern auch andere persönliche Dinge, wie benutzte Taschentücher und Haare, die sich in ihrer Haarbürste verfangen hatten." Nell schauderte. „Igitt! Ekelhaft!"

„Warte - was hast du da gesagt?" Poppy nahm Nell die Zeitschrift aus der Hand und überflog den Artikel, dann blickte sie aufgeregt auf. „Suzanne meinte, dass Bunny sich Rick gegenüber ähnlich wie ein Stalker verhalten hat, obwohl er sie nie als ernsthafte Bedrohung betrachtet hat."

„Aber hast du nicht gesagt, die Polizei hätte ihr Alibi überprüft?"

„Ja, das hat Suzanne mir erzählt. Als Mörderin kommt sie nicht infrage, aber ich dachte an etwas anderes: Wenn Bunny so besessen war, könnte sie ebenfalls Dinge von Rick Zova gestohlen haben, als Souvenirs. Zum Beispiel … eines dieser Tücher, die er sich immer um den Kopf gebunden hat. Vielleicht sind da ein paar Haare hängen geblieben!"

„Haare? Wovon redest du?" Nell begriff überhaupt nichts mehr.

Poppy sprang vom Tisch auf, plötzlich wieder voller Tatendrang. „Das erzähle ich dir später, Nell", versprach sie. „Ich muss Bunny erwischen, bevor sie ihre Sachen packt und verschwindet."

Zehn Minuten später stand Poppy auf dem Parkplatz des Red Lion und blickte zu dem alten Landgasthof hinauf. Er war fast vollständig mit Efeu überwuchert, die üppigen Blattranken hatten sich leuchtend rot und golden verfärbt und verliehen dem Pub ein romantisches Flair. Drinnen war es warm und gemütlich, mit dunkler Holzvertäfelung und schweren Eichenmöbeln. Die meisten Tische waren bereits mit Leuten besetzt, die sich ein herzhaftes Mittagessen mit hausgemachten Pasteten, Kabeljau in Bierteig, Pommes frites und cremige Blumenkohlsuppe mit knusprigem Brot schmecken ließen. Bei den verlockenden Düften knurrte Poppy der Magen – kein Wunder, denn sie hatte an diesem aufregenden Tag noch nichts gegessen.

Im vorderen Bereich standen Leute lachend, schwatzend und Bier trinkend in Gruppen zusammen und Poppy hatte Mühe, sich zur Bar durchzukämpfen. Dort angekommen, musste sie einige Minuten warten, bis sie die Aufmerksamkeit des Wirtes auf sich lenken konnte.

„Was kann ich Ihnen bringen, Miss?", fragte er und fuhr mit seinem Lappen über den Tresen.

„Eigentlich suche ich jemanden, der hier wohnt", sagte sie mit lauter Stimme, um über den Lärm der Gespräche und des Gelächters hinweg gehört zu werden. Sie beschrieb Bunny und fragte dann: „Haben Sie im Moment irgendwelche Gäste, auf die diese Beschreibung passt? Vielleicht hat sie sich unter dem Namen Ruth Hollis eingetragen."

„Da fragen Sie am besten meine Frau", antwortete der Wirt. „Sie ist für die Zimmervermietung zuständig. Warten Sie, ich hole sie."

Er verschwand durch eine Tür hinter dem Tresen und kam gleich darauf mit einer müde aussehenden Frau mittleren Alters zurück, die sich die Hände an ihrer Schürze abwischte. Poppy wiederholte ihre Frage und ihre Beschreibung, und die Frau des Gastwirts beäugte sie misstrauisch.

„Warum wollen Sie das wissen?"

„Ich wollte ihr etwas bringen." Poppy überlegte rasch. „Wir haben uns auf einer Party kennengelernt und sie hat einen ... einen Ohrring verloren. Ich habe ihn gefunden und wollte ihn ihr zurückgeben."

Die Frau des Wirts musterte Poppy noch einen Moment lang, dann hatte sie ein Einsehen. „Ja, sie wohnt hier. Ich habe ihr gerade Tee gebracht."

Poppy warf einen Blick durch die offene Tür neben der Bar, wo eine Treppe nach oben führte. „Ihr

Zimmer ist im ersten Stock?"

„Ja, ich rufe oben an und -"

„Danke, das ist nicht nötig. Ich gehe einfach schnell selbst hinauf und klopfe an." Poppy lächelte entwaffnend.

Die Frau des Vermieters zögerte, musterte Poppy noch einmal von oben bis unten und sagte dann: „Gut, in Ordnung. Es ist die erste Tür rechts."

Poppy fand das Zimmer ohne Probleme und klopfte an. Drinnen schien sich nichts zu rühren und sie überlegte schon, ob Bunny vielleicht doch nicht da war. Sie wollte gerade wieder nach unten gehen, als sich die Klinke drehte, die Tür aufschwang und die blonde Frau im Rahmen stand. Bunny sah aus, als sei sie gerade erst aufgestanden: Sie war ungekämmt, ihre Augen hohl, ihre Wangen schlaff, und sie trug ein langes, schmal geschnittenes Kleid, das auch ein Nachthemd hätte sein können. Poppy empfand einen Anflug von Mitleid mit ihr.

„Hallo, Bunny – erinnern Sie sich an mich?", sagte sie. „Ich wollte nur kurz mit Ihnen reden. Darf ich reinkommen?"

Ohne die Antwort der Frau abzuwarten, betrat Poppy das Zimmer. Es war gemütlich eingerichtet, mit einem alten Himmelbett und einer hübschen, üppig mit Kissen ausgestatten Fensterbank. Im Gegensatz zu dem eher rustikalen Ambiente des Pubs im Erdgeschoss hatte hier der luxuriöse Boutique-Hotel-Stil Einzug gehalten, den viele moderne Reisende bevorzugten.

Ein Tablett mit einer Kanne Tee, einer Teetasse und einem Teller mit Scones stand unberührt auf dem Schreibtisch umgeben von Schals, Taschen, Haarschmuck, Kosmetika und verschiedenen anderen Utensilien. Im restlichen Zimmer lagen Hosen, Pullover, Schuhe und diverse Accessoires verstreut, doch Poppy fiel eine große offene Schachtel auf dem Nachttisch ins Auge. Sie war vollgestopft mit verschiedenen Erinnerungsstücken an den ermordeten Rockstar: signierte Poster und Konzertkarten, T-Shirts und Plattencover, und vor allem – hier leuchteten Poppys Augen auf - ein buntes Halstuch, das über den Rand der Schachtel hing. Es sah dem Tuch, das Rick Zova auf der Party getragen hatte, sehr ähnlich, und ohne nachzudenken ging sie hin, um es in die Hand zu nehmen. Bunny riss die Schachtel jedoch an sich.

„Was fällt Ihnen ein?", zischte sie und beäugte Poppy wie ein wildes Tier, das seine Jungen verteidigt.

Poppy hob beschwichtigend die Hände. „Tut mir leid … ich wollte nur … Ist das Halstuch von Rick Zova?"

Bunny sah verlegen aus. „Und wenn schon", sagte sie und legte einen Arm schützend um die Schachtel.

„Ich bin wirklich beeindruckt, dass Sie eins haben. Woher haben Sie es?"

„Ich habe es vor Jahren hinter der Bühne aus seiner Garderobe geklaut", antwortete Bunny mit mürrischer Stimme.

Poppys Hoffnungen lösten sich bei den Worten „vor Jahren" in Luft auf. Wie lange war das her? Würde sie jetzt noch Haare auf dem Kopftuch finden? Sie wollte es sich genauer ansehen, aber zuerst musste sie Bunny besänftigen.

Sie zwang sich zu einem Lächeln und sagte munter: „Wissen Sie, ich habe noch nie einen Superfan getroffen - ich bin mir nicht einmal sicher, was das bedeutet. Kennen Sie denn wirklich sämtliche Songs von Rick Zova?"

Bunny entspannte sich leicht und ihr Griff um die Schachtel lockerte sich. „Jeden einzelnen", verkündete sie stolz. „Ich kann sie singen - ich kenne alle Texte auswendig."

„Wow! Und Sie waren wirklich auf jedem seiner Konzerte?"

„Auf den meisten. Es gab ein oder zwei, die ich verpasst habe, aber ich war sogar da, als ich Grippe hatte!"

„Als Ricks Superfan wissen Sie gewiss mehr über ihn als jeder andere, oder? Sie könnten ein Buch über Rick Zova schreiben!"

„Meinen Sie?"

Poppy nickte ernsthaft. „Oh, jetzt nach seinem tragischen Tod wollen die Verleger sicher unbedingt ein Buch über ihn auf den Markt bringen. Und ich könnte mir vorstellen, dass sie jemanden suchen, der Rick gut kannte … jemanden wie Sie!" Poppy sparte nicht mit Schmeicheleien. „Bestimmt hat niemand Rick besser verstanden als Sie. Als sein

Superfan sind Sie einzigartig, und die Verleger werden sich an Sie wegen Informationen wenden. Sie könnten sogar Rick Zovas offizielle Biografin sein!"

Bunnys Augen funkelten und ihr Gesicht nahm einen entrückten Ausdruck an. „Ja ... ja, das könnte ich", murmelte sie. „Ich weiß mehr über Rick als irgendjemand auf der Welt."

„Und es ist genial, dass Sie außerdem Sachen besitzen, die ihm gehört haben", fügte Poppy hinzu und deutete auf die Schachtel. „Das ist ja fast wie ein Museum, nicht wahr? Sie haben echte Rick-Zova - ähm ... Artefakte und kennen die Geschichten dahinter, die Details, die sonst niemand kennt. Ich wette, Sie könnten sogar eine Ausstellung oder etwas Ähnliches auf die Beine stellen! Andere Fans wären Ihnen so dankbar", prophezeite sie munter. „Was haben Sie denn in der Schachtel? Meinen Sie, das reicht für eine Ausstellung?"

Bunny stellte die Schachtel ab und holte ein Erinnerungsstück nach dem anderen heraus. „Für eine Ausstellung würde es sicher reichen! Ich habe hier Dinge aus den frühen 1990er-Jahren, zum Beispiel von Ricks ersten Konzerten, außerdem Armbänder und Promo-Aufkleber von seinen Tourneen, original Zova-Schlüsselanhänger und die Kopie eines Reiseplans, den ich aus einem der Tourbusse gestohlen habe."

Poppy beugte sich über die Schachtel und tat so, als würde sie Bunny voller Bewunderung zusehen. „Wow! Das ist eine beeindruckende Sammlung! Wie lange haben Sie diese Sachen schon? Und hat Rick das getragen? Darf ich mir das mal näher anschauen?" Sie schob eine Hand näher an das Kopftuch heran.

Einen Moment lang dachte sie, Bunny würde das Tuch an sich reißen, doch dann sagte sie mit einem hochmütigen Lächeln: „Sicher, aber seien Sie vorsichtig."

Poppy nahm das Kopftuch fast ehrfürchtig in die Hand und drehte und wendete es in alle Richtungen, während sie es verzweifelt nach Haaren absuchte, die sich in den Falten verfangen haben könnten. Doch zu ihrer Enttäuschung war nicht ein einziges Haar zu finden. Es sah sogar so neu und makellos aus, dass sie Bunnys Behauptung anzweifelte, der Gegenstand gehöre Zova. Sie wollte es gerade umdrehen, um es ein letztes Mal zu untersuchen, als Bunny eine Handvoll Papiere aus der Schachtel zog und sie Poppy stolz hinhielt.

„Sehen Sie sich die an! Das sind lauter Autogramme, die ich von Rick bekommen habe! Auf einigen stehen sogar ein paar Zeilen, nicht nur sein Name. Hier zum Beispiel." Sie zeigte Poppy einen der Papierfetzen, der aus einem Hochglanzmagazin ausgerissen worden zu sein schien. In einer Ecke war zu lesen: „Lebe gefährlich oder lebe gar nicht!", gefolgt von einem arroganten Gekritzel, das Poppy als Rick Zovas Unterschrift entzifferte.

„Fantastisch!", schwärmte Poppy. Sie legte das Kopftuch zurück in die Schachtel und stand auf.

Jetzt, wo es keine Hoffnung mehr auf eine DNA-Probe gab, wollte sie so schnell wie möglich verschwinden. Langsam fand sie Bunnys Superfan-Begeisterung ein bisschen gruselig.

Die blonde Frau blickte von dem Stapel Papierschnipsel auf und sagte enttäuscht: „Neulich auf der Party hätte ich beinahe einen neuen Zettel für meine Sammlung bekommen. Das wäre der Hammer gewesen! Eine ganze Seite mit einem Brief von Rick. Ich wollte sie mitnehmen, aber -"

Poppy stockte der Atem. „Moment mal - was für ein Zettel?"

Kapitel 29

Bunny sah Poppy überrascht an. „Der Zettel von Rick. Er lag auf dem großen Schreibtisch im Arbeitszimmer. Ich habe ihn gesehen, als ich dort saß und Sie mir einen Drink holen gegangen sind."

„Und Sie sind sicher, dass Rick Zova ihn geschrieben hat?"

„Natürlich! Ich kenne seine Handschrift."

Poppy dachte an den Abend von Nowaks Party zurück. Sie war fast mit Zova zusammengestoßen, als er aus dem Arbeitszimmer kam. Er hatte behauptet, er sei auf der Suche nach Streichhölzern, aber jetzt wurde ihr klar, dass er gelogen hatte. Was hatte Zova wirklich dort gemacht? Hatte dieser Zettel etwas mit seinem Mord zu tun?

„Was stand auf dem Zettel?", fragte Poppy.

„Sein Lied", lautete Bunnys Antwort.

„Welches Lied?"

„Ricks Lied ‚Blizzard Paranoia‘.“ Bunny sah sie ernsthaft an. „Finden Sie nicht auch, dass der Text einfach toll ist?“

„Ich kenne Rick Zovas Musik nicht besonders gut.“

„Sie kennen sie nicht? Oh mein Gott!“ Bunny konnte es nicht fassen. „‚Blizzard Paranoia‘ war das erste Lied, das Rick veröffentlicht hat, und ich halte es immer noch für seinen besten Song überhaupt!“

Poppy starrte sie an. Es war seltsam, hier mit einer Frau um die vierzig zu sitzen, die wie ein Teenager von ihrem ersten Promi-Schwarm berichtete. Es hatte etwas Trauriges und Tragisches an sich, als sei Bunny emotional in der Zeit stehen geblieben, auf ewig gefangen in den oberflächlichen Träumereien einer Jugendlichen.

„Aber Sie müssen es kennen!“, beharrte sie. Als Poppy entschuldigend den Kopf schüttelte, sprang sie ungehalten auf. „Sie müssen es kennen! Ich bin sicher, Sie würden es wiedererkennen, wenn Sie es hören. Warten Sie, ich singe es Ihnen vor.“ Sie räusperte sich, nahm eine Pose ein, als hielte sie eine E-Gitarre, und begann mit dem Kopf zu nicken, während sie mit lauter Stimme sang:

In meinem Kopf Rausch und Beben,
Schussfahrt durch den Pulverschnee,
bis es endet, das Leben!
Waiii-aiii-aiiieee!

Nur sie kann mich dorthin geleiten,
Zu weißen Gipfeln und Bergesweiten!
Ich verlier meinen Verstand, dein Vertrauen in mein Handeln,
Wenn die Linien der Realität sich in Engelsstaub verwandeln.

In meinem Kopf Rausch und Beben,
Schussfahrt durch den Pulverschnee,
bis es endet, das Leben!
Waiii-aiii-aiiieee!

Poppy hätte sich am liebsten die Ohren zugehalten, wenn Bunny sich abmühte, die hohen Töne zu treffen, und als sie noch einmal von vorne begann, klatschte Poppy wie verrückt, in der Hoffnung, der improvisierten Darbietung ein Ende zu bereiten.

„Das ist toll!", schwärmte Poppy. „Wirklich gut. Sie haben eine tolle Stimme."

Bunny strahlte. „Ja, ich übe Ricks Lieder vor dem Spiegel - ich kenne sie alle auswendig. Aber das ist mein Lieblingssong! Ich habe den Text sofort erkannt, als ich ihn gesehen habe."

„Und auf dem Zettel stand nur der Songtext? Sonst war da nichts? Keine Nachricht?"

„Nein."

„War er an jemanden gerichtet?"

Bunny runzelte die Stirn, dann hellte sich ihre Miene auf. „Ja, mir ist gerade eingefallen, dass oben drauf stand: ‚An die liebe Dawn'.“

„Dawn?“ Damit hatte Poppy nicht gerechnet. Warum sollte Rick Zova einen Zettel für Nowaks Assistentin ins Arbeitszimmer legen?

„Ich nehme an, Sie haben den Zettel nicht?“, fragte sie.

Bunny schürzte verärgert die Lippen. „Nein! Ich wollte ihn gerade einstecken, aber in dem Moment kam dieser glatzköpfige Kerl herein und nahm ihn mit.“

„Welcher glatzköpfige Kerl?“

Bunny sah sie an, als sei sie nicht bei Verstand. „Der Mann, der die Party veranstaltet hat.“

„David Nowak?“

Sie zuckte mit den Schultern. „Ich weiß nicht, wie er heißt.“

„Was hat er mit dem Zettel gemacht?“

„Er hat ihn gelesen und mich gefragt, ob ich wüsste, von wem er sei. Ich sagte ihm, der Zettel sei von Rick, und er sah leicht verärgert aus. Dann meinte er, es sei wahrscheinlich nur ein dummer Scherz und warf ihn ins Feuer. Ich war so wütend! Ich wollte ihn für meine Sammlung!“ Sie schmollte. „Nachdem er weg war, dachte ich, dass es keinen Sinn hat, auf der Party zu bleiben, also bin ich gegangen.“

„Haben Sie der Polizei von dem Zettel erzählt?“

Bunny sah sie ausdruckslos an. „Nein. Sie haben mich nicht nach Ricks Liedern gefragt. Ich habe versucht, dem Detective Sergeant von meiner

Sammlung zu erzählen, aber er war nicht interessiert."

Wie dumm von ihm, dachte Poppy. Sergeant Lee hatte einen wichtigen Hinweis übersehen!

Kaum hatte sie sich von Bunny verabschiedet und den Pub mit seinem Lärm hinter sich gelassen, rief sie auf dem Polizeirevier an und bat darum, mit Suzanne zu sprechen. Zu ihrem Leidwesen teilte man ihr jedoch mit, dass Detective Inspector Whittaker gerade mit einem anderen Fall beschäftigt sei.

„Geht es um den Fall Rick Zova?", fragte der Wachtmeister. „Detective Sergeant Lee ist dafür zuständig. Ich kann Sie durchstellen -"

„Äh, nein, das ist schon in Ordnung", unterbrach Poppy ihn hastig. „Ich versuche es später noch einmal."

Sie legte auf und fragte sich, ob sie das Richtige getan hatte. Hätte sie mit Lee sprechen sollen? Schließlich war es eigentlich Sache der Polizei, dieser neuen Spur nachzugehen. Allerdings hatte sie nichts Konkretes vorzuweisen und außerdem beschlich sie das ungute Gefühl, dass Lee sie wohl kaum ernst nehmen würde. Da Joe Fabbri bereits in Gewahrsam war und offiziell des Mordes angeklagt werden sollte, würde Lee den Fall schnell und einfach abschließen wollen.

Wenn ich doch bloß eine Kopie des Briefes hätte!, dachte Poppy frustriert. *Wenn er nur nicht im Kamin verbrannt wäre!*

Kapitel 30

Schweren Herzens kehrte Poppy zu ihrem Cottage zurück. Am Eingangstor wartete ein hungriger Kater auf sie, der lautstark nach Futter verlangte, nachdem sie vergessen hatte, ihm sein Frühstück zu servieren.

„Tut mir leid, Oren! Heute Morgen war viel los", erklärte Poppy ihm und beeilte sich, den maulenden Vierbeiner in Nicks Haus zu scheuchen. „Komm, jetzt gibt es was zu fressen."

In Nicks Küche stand die Schüssel mit Diätfutter, die sie Oren am Abend hingestellt hatte, und sie sah unberührt aus. Offenbar war Oren fest entschlossen, seine speziellen Diätkekse zu verschmähen.

„Oh nein!", rief Poppy frustriert. „Warum frisst du denn nichts?"

Orens Antwort war eindeutig: Er ging zum Kühlschrank und blickte hoffnungsvoll zu ihr auf. „*Miau?*", flehte er.

„Nein, du weißt doch, dass ich dir nichts anderes geben kann!" Poppy musterte ihn stirnrunzelnd. „Du musst dein Diätfutter fressen. Schon die Hähnchenbrust hättest du gar nicht haben dürfen … Nick bringt mich um, wenn er das erfährt."

Sie hockte sich neben den Kater und streckte die Hand aus, um sein seidiges orangefarbenes Fell zu streicheln. „Komm, Oren – bitte! Sei ein guter Junge und friss dein Diätfutter."

„*M-i-a-u!*", erwiderte der Kater entschlossen und zuckte mit dem Schwanz. Er tippte mit der Pfote an die Kühlschranktür.

Poppy betrachtete seufzend das unangetastete Futter in der Schüssel und überlegte, was sie tun sollte. *Soll ich es einfach hier stehen lassen und hoffen, dass Oren sich endlich dazu herablässt, etwas davon zu fressen, wenn er hungrig genug ist?* Abgesehen von der Hähnchenbrust hatte er seit Tagen nichts mehr zu sich genommen. *Er ist ein großer, strammer Kater*, sagte sie sich. *Eine Nulldiät wird ihm nicht schaden.* Aber was war, wenn er bis zum Abend den Napf immer noch nicht angerührt hatte? Und morgen früh? Wie lange sollte sie hart bleiben?

Kurz entschlossen holte sie ihr Telefon heraus und wählte Nicks Nummer. Schließlich war Oren sein Kater und sie wollte nicht die Verantwortung für eine falsche Entscheidung übernehmen. Sie fragte sich, ob Nick vielleicht gerade bei einer Signierstunde oder einer anderen Veranstaltung war, und war erleichtert, als er nach dem zweiten Klingeln abnahm.

„Poppy!" Er klang überrascht. „Stimmt etwas nicht?"

„Nein, nein, es ist alles in Ordnung. Außer dass Ihr Kater sein Diätfutter nicht anrührt", erklärte sie seufzend. „Er weigert sich schon seit drei Tagen, es zu fressen, und ich weiß nicht, was ich tun soll. Ich habe Angst, er verhungert."

„Schön wär's", murmelte Nick. „Das kleine Biest macht das absichtlich."

„Meinen Sie, ich könnte ihm etwas anderes geben?", fragte Poppy zögernd. „Er ist offensichtlich sehr hungrig und bettelt ständig um Futter. Ich habe ihm gestern ein paar Scheiben Hähnchenbrust aus Ihrem Kühlschrank gegeben und -"

„Was? Kein Wunder, dass er sein Diätfutter nicht anrührt - er wartet auf die Leckerbissen! Poppy, ich habe Ihnen doch gesagt, dass Sie hart bleiben müssen!"

„Ich weiß, ich weiß." Poppy ließ den Kopf hängen. „Aber er tut mir leid! Dieses Diätfutter sieht so unappetitlich aus, das sind doch nur trockene Kekse."

„Das hat der Tierarzt verschrieben", beharrte Nick. „Wir müssen die Anweisungen befolgen. Es ist das Beste für Orens Gesundheit. Sie wissen doch, dass übergewichtige Katzen ein höheres Risiko haben, an Krebs oder Diabetes zu erkranken. Der Tierarzt sprach sogar von Herzproblemen, Arthritis und Blasensteinen."

Poppy seufzte. Sie wusste, dass Nick recht hatte.

„Hören Sie, heute Abend bin ich hoffentlich zu Hause." Nicks Ton wurde ein wenig sanfter. „Also lassen Sie das Futter stehen, und ich kümmere mich um den Mistkerl, wenn ich wieder da bin."

„In Ordnung", sagte Poppy. „Aber was machen Sie, wenn er sich weigert? Da fällt mir ein - warum fragen Sie nicht Ihren Vater, ob er helfen kann? Ich wette, Bertie könnte eine spezielle Soße oder etwas anderes zusammenbrauen, das man unter Orens Diätkekse mischen kann, sodass es viel appetitlicher ist, ohne zusätzliche Kalorien."

„Ich werde diesen verrückten alten Kauz um nichts bitten", knurrte Nick.

Poppy seufzte erneut. Langsam kam sie zu der Überzeugung, dass Kater und Herrchen einander in Sachen Sturheit und Dickköpfigkeit in nichts nachstanden.

„Ist sonst alles in Ordnung?", fragte Nick. „Sie klingen ein bisschen niedergeschlagen."

Poppy war unsicher, was sie sagen sollte. Da sie als Kind und Heranwachsende ständig mit ihrer Mutter umhergezogen war, hatte sie es nie geschafft, enge Freundschaften zu schließen. Tatsächlich war Nell ihre engste Vertraute, aber die ältere Frau war eher wie eine geliebte Tante als eine beste Freundin.

Seit sie nach Bunnington gezogen war und Suzanne Whittaker kennengelernt hatte, sah Poppy in der Kriminalinspektorin eine Mischung aus älterer Schwester und Freundin. Aber Suzannes Job bei der Kripo würde immer Vorrang vor ihrer Freundschaft haben.

Und was war mit Nick? Poppy war sich keineswegs sicher, was sie wirklich für Nick Forrest empfand. Er war nicht die Art von Freund, mit dem man locker plauderte und herumalberte, aber auch nicht „nur ein Nachbar". Es gab Zeiten, in denen er sie auf die Palme brachte, und dann wieder hatte sie das Gefühl, als würde er sie besser verstehen als jeder andere Mensch auf der Welt.

„Es ist ... ich weiß gar nicht, wo ich anfangen soll", platzte sie heraus. „Mein Gewächshaus ist zerstört worden und ich weiß nicht, woher ich das Geld nehmen soll, um es wieder aufzubauen ... und Joe wurde heute Morgen verhaftet, ich weiß jedoch, dass er es nicht war; natürlich, es sieht so aus, als hätte er das perfekte Motiv, und ich weiß auch, dass seine Gartenkelle am Tatort gefunden wurde, aber er ist kein Mörder! Der Mörder muss jemand anders sein - Bunny kann es nicht sein, weil sie ein wasserdichtes Alibi hat, und Geoff Healey kann es auch nicht sein, weil er ebenfalls ein Alibi hat - obwohl Nowak bei seinem gelogen hat, aber er war in Wirklichkeit mit Dawn zusammen und dann hat er gesagt, er hätte Joe gesehen -"

„Stopp! Stopp!", rief Nick. „Langsam, Poppy! Ich

weiß nicht, wovon Sie reden. Was ist mit Ihrem Gewächshaus passiert? Und was hat es mit Joes Verhaftung auf sich? Als wir vor ein paar Tagen bei Suzanne auf der Polizeiwache waren, war Bunny verschwunden und es hieß, Joe hätte kein Motiv. Und was hat Nowak mit Dawn gemacht?"

„Nun, in den letzten drei Tagen ist viel passiert", sagte Poppy ironisch. Schnell erzählte sie alles, was passiert war, seit er zu seiner Lesereise aufgebrochen war.

„Okay, zunächst einmal wegen des Gewächshauses – machen Sie sich keine Sorgen. Ich kann mit Geld für den Wiederaufbau aushelfen."

„Oh!" Poppy war so überrascht, dass ihr die Worte fehlten. „Aber -"

„Das ist kein Problem. Ich habe das Geld übrig und helfe gerne. Schließlich hat mich Ihre Großmutter immer durch den Garten streunen lassen, wenn ich eine Schreibblockade hatte, und Sie waren so freundlich, daran festzuhalten. Betrachten Sie es also als eine Möglichkeit, mich zu revanchieren."

Poppy zögerte. Das Angebot war verlockend, sehr verlockend. Als einer der meistgelesenen Krimiautoren des Landes konnte Nick es sich durchaus leisten, ihr zu helfen, und es stimmte, dass er den Garten des Hauses jederzeit nutzen durfte. Gleichzeitig sträubte sich etwas in ihr gegen den Gedanken, sich Geld von Nick zu leihen.

„Danke, das ist wirklich nett, aber ..." Sie holte

tief Luft. „Ich kann das nicht annehmen. Es wäre einfach nicht richtig."

„Was meinen Sie mit ‚es wäre nicht richtig'?", fragte Nick gereizt.

„Ich meine ... es ist ja nicht so, als würden Sie zur Familie gehören oder so. Sie sind nur mein Nachbar - entschuldigen Sie, ich will nicht unhöflich sein - ich meine, Sie sind ein netter Nachbar ... aber Sie sind nicht ...", stotterte Poppy. „Ich ... ich kann nicht in Ihrer Schuld stehen."

Nach kurzem Schweigen sagte Nick: „Poppy, ich hoffe, Sie treten nicht in die Fußstapfen Ihrer Großmutter."

„Wie meinen Sie das?"

„Für ihren sturen Stolz und ihren Unabhängigkeitsdrang hat sie am Ende einen hohen Preis gezahlt. Es ist keine Schande, Hilfe anzunehmen, wenn man sie braucht."

Poppy schluckte. „Danke, ich schaffe das." Sie atmete tief durch und wechselte dann erleichtert das Thema. „Diese Notiz, die Bunny erwähnt hat - ich habe das Gefühl, dass sie irgendwie wichtig ist, aber sie ergibt keinen Sinn. Warum sollte Rick Zova einen Zettel mit einem Liedtext hinterlassen?"

„Was war das für ein Lied? War es eines seiner eigenen?", fragte Nick.

„Ja, es war etwas mit Skifahren und Schnee und Bergen. Der Song heißt ‚Paranoid Blizzard' oder so ähnlich, nein, ‚Blizzard Paranoia'."

„‚Blizzard Paranoia"', wiederholte Nick

nachdenklich. Poppy hörte, wie er auf einer Tastatur tippte. „Ah! Ich habe den Text online gefunden. Es war einer von Zovas ersten Songs." Er las vor: „In meinem Kopf Rausch und Beben/Schussfahrt durch den Pulverschnee/bis es endet, das Leben! ... Nur sie kann mich dorthin geleiten/Zu weißen Gipfeln und Bergesweiten/Ich verlier meinen Verstand, dein Vertrauen in mein Handeln/Wenn die Linien der Realität sich in Engelsstaub verwandeln ..."

„Ja, das ist es!", bestätigte Poppy. „Leider hat Bunny darauf bestanden, mir den Song vorzusingen, und sie hat eine furchtbare Stimme. Sie hat auch versucht, diese ganzen Soundeffekte einzubauen. Es klang, als hätte man einer Katze auf den Schwanz getreten!"

Nick schien nicht zuzuhören. Stattdessen murmelte er vor sich hin: „In meinem Kopf Rausch und Beben ... Schussfahrt durch den Pulverschnee ... die Linien der Realität verwandeln sich in Engelsstaub ..."

„Was?", fragte Poppy. „Sagt Ihnen der Text etwas?"

„Möglicherweise", antwortete Nick langsam. „Ich glaube, in dem Lied geht es um Drogen."

Kapitel 31

„Drogen?", fragte Poppy überrascht.

„Ja. Kokain, um genau zu sein."

„Hm? Wie kommen Sie darauf?"

„Drogen waren in der Rockmusikszene von jeher gang und gäbe - und sind es sicher immer noch -, aber die 1970er-, 1980er- und 1990er-Jahre waren in dieser Hinsicht legendär. Stars wie Keith Richards und Ozzy Osbourne waren dafür bekannt, dass sie regelmäßig große Mengen an Drogen konsumiert haben. Und Kokain war vor allem bei Glam-Metal-Rockmusikern wie Rick Zova beliebt."

„Okay, nur ... ich verstehe nicht -"

„Es sind die Wörter: Pulver, Schnee, Engelsstaub, Linien ... das sind alles Slangbegriffe für Drogen, vor allem Kokain", erklärte Nick. „Außerdem steht das

Wort ‚Rausch' meist für einen drogeninduzierten Rausch."

„Aber woher wissen Sie, dass er das mit seinem Text gemeint hat? Vielleicht wollte Zova wirklich einen Song über das Skifahren schreiben."

„Glauben Sie mir, es ist kein Lied über die Freuden des Wintersports."

„Oh nein!", rief Poppy plötzlich. „Da fällt mir gerade etwas ein! Stuart - Nowaks Chefsekretär - hat mir neulich erzählt, dass Dawn früher drogenabhängig war. Nowak hat sie im Rahmen eines Reha-Programms kennengelernt, das von seiner Stiftung gesponsert wird."

„Das könnte natürlich ein Zufall sein, aber -"

„Nein, das ist kein Zufall!", unterbrach Poppy ihn. „Die Zeilen waren tatsächlich für Dawn gedacht!"

„Was? Woher wollen Sie das wissen?"

„Tut mir leid, das ist mir gerade erst wieder eingefallen. Bunny sagte, oben auf dem Zettel habe ‚An die liebe Dawn' gestanden."

„Weiß sie das sicher?"

„Das hat sie mir jedenfalls erzählt. Und Lena Nowak hat sich bei mir darüber beklagt, dass Dawns Schreibtisch im Arbeitszimmer viel zu groß für ihre untergeordnete Stellung gewesen sei. Ich hatte ihn ursprünglich für Nowaks Schreibtisch gehalten, aber seiner war der kleinere am Fenster. Der Schreibtisch, an dem Bunny gesessen hat, der Schreibtisch, auf dem Rick Zova den Zettel hinterlassen hat, gehörte also Dawn", erklärte Poppy aufgeregt. „Vielleicht gibt es eine Verbindung zwischen Dawn und Zova, von der wir nichts wissen, ein Motiv, das wir noch nicht entdeckt haben! Sie könnte -" Poppy verstummte enttäuscht. „Oh, da fällt mir ein: Sie hat ein Alibi."

„Das ihr Nowak verschafft hat, wie Sie sagten", erwiderte Nick. „Ich bin mir nicht sicher, ob das viel wert ist. Selbst wenn es der Wahrheit entspricht und sie sich wirklich im Garten getroffen haben, kann er nicht unbedingt wissen, was sie getan hat, nachdem sie sich getrennt haben. Sie sind doch nicht zusammen zur Party zurückgegangen, oder? Nowak musste durch den Weinkeller ins Haus gehen, was bedeutet, dass er sie nicht die ganze Zeit über beobachtet hat. Was, wenn Dawn nicht direkt zur Party zurückgekehrt ist?"

„Ja, genau", sagte Poppy eifrig. „Nowak hat mir erzählt, dass er Zova sehen konnte, als er mit Dawn in der überwucherten Grotte stand. Dawn stand mit dem Rücken zu der Lücke im Geäst, sodass sie Zova seiner Meinung nach nicht wahrnehmen konnte. Aber falls Nowak sich geirrt hat und sie doch einen Blick auf Zova erhascht hat, könnte sie ihn zur Rede gestellt haben, anstatt wieder ins Haus zu gehen. Dann hat sie einen Stein in das Wespennest geworfen und ist vom Tatort geflohen. Ja, so könnte es gewesen sein! Das würde auch die Wespenstiche erklären, die ich an Dawns Armen gesehen habe. Als ich sie in der Apotheke danach fragte, hat sie behauptet, sie seien vom Tag vor der Party, aber das hat sie sich vielleicht nur ausgedacht, um zu vertuschen, dass - Dawn könnte die Mörderin sein!"

„Freuen Sie sich nicht zu früh", meinte Nick trocken. „Für den Zettel könnte es eine ganz einfache Erklärung geben."

„Und die wäre?"

„Dass Dawn ein begeisterter Rick-Zova-Fan ist und der Text ein Geschenk für sie war."

„Ach, kommen Sie - das glauben Sie doch selbst nicht! Dass es in dem Lied um Drogen geht und Dawn früher drogenabhängig war, kann kein Zufall sein. Und selbst wenn sie nur ein Fan war, woher hätte Zova von ihr wissen sollen?"

„Sie war auf der Party, es wäre also nicht unwahrscheinlich, dass sie sich über den Weg gelaufen sind. Sie haben Zova nicht die ganze Zeit beobachtet und wissen nicht, mit wem er im Verlauf des Abends gesprochen hat. Vielleicht hat sie ihm erzählt, dass sie Nowaks Assistentin ist, dass sie ein Fan von Zova ist und dass ‚Blizzard Paranoia' von Anfang an ihr Lieblingssong war. Und er hat beschlossen, nett zu sein und ihr ein Geschenk auf den Schreibtisch zu legen."

„Das ist doch Unfug!", platzte Poppy heraus. „Zova war nicht nett! Und wenn Dawn wirklich solch ein begeisterter Fan war, warum hat sie dann den Zettel auf dem Schreibtisch liegen lassen? Sie hätte kaum -"

„Schon gut, schon gut, beruhigen Sie sich. Ich spiele nur den Advocatus Diaboli", lachte Nick. „Sie geraten schnell in Rage."

Poppy errötete. „Entschuldigung", murmelte sie mit einem verlegenen Lachen.

„Aber ich habe das nicht aus Jux gesagt." Nicks Stimme klang ernst. „Echte Detektivarbeit besteht darin, jede Vermutung zu hinterfragen, jede Spur zu überprüfen und ausschließlich Schlussfolgerungen zu akzeptieren, die durch Beweise gestützt werden.

„Ja, ja, Sie haben recht", räumte Poppy ein. Nicks Rüffel war gerechtfertigt. Sie beschwerte sich selbst oft genug über den unbeliebten Sergeant Lee, weil er voreilige Schlüsse gezogen hatte. „Vielleicht kann Nowak uns mehr über den Zettel sagen."

„Mich wundert, dass er der Polizei bisher nichts davon erzählt hat."

„Bunny sagt, er habe ihn für einen von Zovas dummen Scherzen gehalten. Deshalb habe er ihn ins Feuer geworfen."

„Hmm ..."

„Was?"

„Vielleicht hat er ihn aus einem anderen Grund ins Feuer geworfen. Denn wenn er eine Affäre mit Dawn hatte und gesehen hat, dass das Mordopfer ihr einen Zettel auf den Schreibtisch gelegt hat, könnte er die Bedeutung dieses Zettels absichtlich heruntergespielt haben, um seine Geliebte zu schützen."

„Ja, aber er konnte doch zu diesem Zeitpunkt nicht wissen, dass Rick Zova ermordet werden würde, oder?", wandte Poppy ein. „Als Bunny ihn den Zettel hat wegwerfen sehen, war der Mord noch nicht geschehen. Und nach dem Streich mit der Pistole, den Zova bei seiner Ankunft auf der Party gespielt hatte, lag für Nowak die Vermutung nahe, dass es sich bei dem Zettel nur um einen weiteren dummen Scherz handelte."

„Vielleicht …" Nick klang nicht überzeugt. „Allerdings würde es mich nicht wundern, wenn Nowak etwas verheimlicht. Das muss nicht heißen, dass er bewusst lügt, aber wenn man emotional involviert ist, passiert es leicht, dass das Urteilsvermögen getrübt ist. Bei der Kripo habe ich öfter erlebt, dass Leute ihre Beziehungspartner decken. Sie sollten es der Polizei melden, damit Nowak noch einmal befragt wird."

Poppy dachte an ihr Gespräch mit Nowak, bei dem er ihr einen Pakt des Schweigens vorgeschlagen hatte, damit die Ermittler nicht von seinem erfundenen Alibi und seinem heimlichen Treffen mit Dawn im Garten erfuhren. Sie hatte trotz eines unguten Gefühls zugestimmt, weil Joe belastet werden würde, wenn Nowak der Polizei berichtete, dass er den alten Mann bei einer heftigen Auseinandersetzung mit Zova beobachtet hatte. Nun stand sie vor demselben Dilemma. *Aber die Polizei weiß bereits, dass Joe Zova konfrontiert hat,* dachte sie. *Er hat es zugegeben. Wenn Nowak seine Aussage revidiert, kann es für Joe also kaum schlimmer kommen als es sowieso schon ist.* Wenigstens würde sich die Kripo Dawn erneut vornehmen.

„In Ordnung - ich rufe Sergeant Lee an",

versprach Poppy.

Nachdem sie aufgelegt hatte, bereitete sich Poppy gedanklich auf das Gespräch mit dem unangenehmen Detective Sergeant vor. Lee würde skeptisch und abweisend reagieren, also musste sie gewappnet sein. Um überzeugend zu klingen, musste sie ihre Information in allen Details parat haben. Im Geiste ging sie das Gespräch mit Bunny über den Zettel noch einmal durch, doch als sie sich daran erinnerte, wie verwirrt und emotional die blonde Frau gewesen war, beschlichen sie Zweifel. Als Zeugin wäre Bunny eine Katastrophe!

Noch wusste die Polizei nicht, dass Nowak in Bezug auf sein Alibi gelogen hatte, und ging nach wie vor davon aus, dass er mit Geoff Healey im Weinkeller gewesen war. Wenn der Milliardär beschloss, bei seiner ursprünglichen Geschichte zu bleiben, und hartnäckig abstritt, sich mit Dawn im Garten getroffen oder im Arbeitszimmer einen Zettel mit ihrem Namen gesehen zu haben, stünde sein Wort gegen das von Poppy und Bunny. Und Poppy war von vornherein klar, auf wessen Seite die Polizei sich schlagen würde. Warum sollte die Aussage eines hysterischen Stalker-Fans mehr Glauben finden als die eines angesehenen Geschäftsmannes und Philanthropen?

Wenn der Zettel doch nicht vernichtet worden wäre!, dachte sie frustriert. Wenn sie der Polizei den Zettel oder wenigstens ein Fragment vorlegen könnte, wäre sie in einer stärkeren Position.

Dann hielt sie den Atem an. Als Bunny sagte, Nowak habe den Zettel ins Feuer geworfen, hatte sie angenommen, dass er zu Asche zerfallen war. Was, wenn das nicht der Fall war? Was, wenn ein Teil davon unversehrt geblieben war? Sie dachte aufgeregt an das, was Bertie gestern geschildert hatte, als er in ihr Wohnzimmer geplatzt war. Er hatte begeistert von seinen Forschungen zur Entflammbarkeit verschiedener Papiersorten erzählt und dabei erwähnt, dass das Papier von Hochglanzmagazinen sehr schlecht Feuer fing: „Es verkohlt nur, ohne richtig zu brennen."

Wenn Zova seine Notiz auf eine Seite aus einer Zeitschrift geschrieben hatte, was er oft tat, wie Bunnys Zettelsammlung bewies, dann war sie vielleicht nur leicht verkohlt und es waren noch Reste vorhanden, auf denen die Schrift lesbar war. Und diese Reste lagen womöglich noch immer im Kamin in Nowaks Arbeitszimmer!

Vor Poppys geistigem Auge sah sie CLARA im Kamin in Nowaks Arbeitszimmer stehen, nachdem sie alles in der Brennmulde aufgesaugt und sie makellos sauber hinterlassen hatte. Das bedeutete, dass sich die Notiz, wenn überhaupt noch etwas von ihr übrig war, wahrscheinlich in einem Staubsaugerbeutel in CLARAs Körper befand!

Kapitel 32

„M-iau? MI-AAU?"

Poppy zuckte zusammen und stellte fest, dass sie mitten in Nicks Küche stand und ins Leere blickte. Oren strich ihr um die Beine, ohne seinen erwartungsvollen Blick von ihr zu wenden. Er hoffte wohl immer noch, dass er um sein Diätfutter herumkommen und sich stattdessen auf einen Leckerbissen aus dem Kühlschrank freuen konnte.

„Tut mir leid, Oren", sagte Poppy und gab ihm einen hastigen Klaps. „Ich muss jetzt gehen. Sei ein guter Junge und friss deine Kekse, ja? Wenn die Schüssel leer ist, bekommst du ein großes Leckerli, versprochen!"

Poppy verabschiedete sich von dem übellaunigen Kater und eilte die Straße hinunter, vorbei an

Hollyhock Cottage zu Bertie, ihrem Nachbarn auf der anderen Seite.

Sie klopfte ungeduldig an die Haustür, und als niemand öffnete, ging sie zur Hintertür, denn sie wusste, dass Bertie sie selten abschloss. Tatsächlich war sie nur eingeklinkt, sodass Poppy ungehindert eintreten konnte. Das Haus war jedoch leer, von dem alten Erfinder und seinem kleinen Terrier fehlte jede Spur.

Poppy blieb mitten im Wohnzimmer stehen und sah sich ungeduldig um. Wo war Bertie? Er lebte sehr zurückgezogen und ging kaum einmal ins Dorf. Dann bemerkte sie, dass auch CLARA verschwunden zu sein schien. Führte Dr. Noble seinen Roboter irgendwo vor?

Sie ging seufzend in die Küche, die immer wie eine Mischung aus einem Chemielabor und einer Kochstelle aus dem achtzehnten Jahrhundert aussah. In einem Topf auf dem Herd köchelte etwas vor sich hin, und als Poppy sah, dass die gelartige graue Substanz anzubrennen drohte, schaltete sie die Herdplatte schnell aus und nahm den Topf herunter. Plötzlich hörte sie ein Geräusch. Rasch drehte sie sich um.

„Bertie?"

Poppy ging ein paar Schritte, dann blieb sie stehen und lauschte.

Ja, da war es wieder - ein dumpfes Klopfen, eine knarrende Bodendiele.

„Bertie? Sind Sie das?"

Sie trat aus der Küche in den Korridor, der in einen Teil des Hauses führte, in dem sie noch nie gewesen war. Sie stellte fest, dass es hier hinten weitere Zimmer gab - vermutlich Berties Schlafzimmer und ein Gästezimmer. Sie bog um eine Ecke und wäre fast mit jemandem zusammengeprallt, der aus der entgegengesetzten Richtung kam.

„Mr Nowak!", rief Poppy überrascht.

„Oje!" Er war kreidebleich. „Oh, Miss Lancaster, haben Sie mich erschreckt."

„Was machen Sie hier?", fragte sie.

„Ich bin auf der Suche nach Dawn. Sie hat mir eine Nachricht geschickt, sie müsse mich dringend sehen, aber sie war nicht in Chatswood House, als ich aus dem Büro kam. Stuart erzählte mir, Dawn habe erwähnt, dass sie Dr. Noble besuchen wolle, also dachte ich, ich schaue mal nach, ob ich sie hier finde."

Warum sollte Dawn Bertie besuchen?, fragte sich Poppy beunruhigt. Hatte sie irgendwie herausbekommen, dass er möglicherweise einen verkohlten Rest von Zovas Brief hatte? Hatte sie vor, ihn mit Gewalt an sich zu nehmen?

„Haben Sie Dr. Noble gesehen?", fragte sie Nowak.

„Nein. Die Haustür war offen, als ich ankam, aber im vorderen Teil des Hauses war niemand. Ich fand das etwas seltsam und wollte gerade in den Schlafzimmern nachsehen, als ich draußen jemanden hörte."

„Das war wahrscheinlich ich", erklärte Poppy. Sie deutete auf die beiden Türen am Ende des Korridors. „In den Schlafzimmern waren Sie also noch nicht?"

Nowak schüttelte den Kopf. Poppy ging voraus, der Geschäftsmann folgte ihr. Vor einem Zimmer, dessen Tür leicht angelehnt war, blieb sie stehen. Sie erstarrte, als sie ein Geräusch wahrnahm. Es klang wie leises Winseln!

„Einstein?", rief Poppy. Sie stieß die Tür auf - und hielt erschrocken die Luft an.

Bertie lag bewusstlos auf dem Teppich neben dem Bett, an der Schläfe hatte er eine übel aussehende Wunde. Einstein kauerte leise wimmernd neben ihm; der kleine Terrier sah aus, als sei er ebenfalls verletzt.

„Bertie!", rief Poppy.

Sie wollte zu ihm stürzen, doch ihm selben Moment packte jemand sie von hinten. Ein eisenharter Arm legte sich um ihren Körper und hielt sie fest, während ihr jemand mit der anderen Hand den Mund zuhielt.

Poppy wehrte sich nach Kräften, doch es hatte keinen Sinn. Der Angreifer war zu stark. Sie wand sich in der Umklammerung, schaffte es, den Kopf leicht zu drehen, und biss kräftig zu. Die Hand zuckte weg, Poppy hörte leises Fluchen, sie holte erleichtert Luft und wollte gerade um Hilfe rufen, als etwas Hartes auf ihren Kopf niedersauste.

Dann senkte sich Dunkelheit über sie.

Kapitel 33

Poppy kam langsam zu sich. Ihr Kopf schmerzte, ihr tat alles weh, aber es schien nichts gebrochen zu sein. Sie öffnete die Augen und versuchte mühsam, sich aufzurichten. Als sie sich benommen umsah, stellte sie fest, dass sie halb sitzend, halb liegend auf dem Teppich neben dem Bett lag. Neben ihr sah sie Bertie, er war bewusstlos. Einstein hatte sich neben dem Kopf seines Herrchens zusammengerollt. Der sonst so temperamentvolle kleine Terrier sah schwach und mitgenommen aus. Er versuchte immer wieder, Berties Gesicht zu lecken und winselte verzweifelt, aber der alte Mann rührte sich nicht.

Poppys Herz machte einen ängstlichen Satz. Nein! Sie beugte sich über Bertie, in der Hoffnung, ein Lebenszeichen zu entdecken, dann atmete sie erleichtert auf, als sie sah, wie sich der Brustkorb des alten Mannes hob und senkte. Er war am Leben.

Ein Geräusch von der anderen Seite des Raumes ließ sie den Kopf herumreißen, und ihre Augen weiteten sich. David Nowak stand in der Zimmerecke neben etwas, das auf den ersten Blick wie ein Schrotthaufen aussah. Fluchend schlug er darauf ein. Es war CLARA! Die Räder des Reinigungsroboters ragten in die Höhe, der Kopf mit seiner Registrierkasse war zur Seite gebogen, die Arme mit den Bürsten standen in alle Richtungen ab und ratterten, als Nowak das Gerät mit beiden Händen packte und heftig schüttelte.

„Komm schon!", fauchte er und rüttelte noch fester. „Warum gehst du nicht auf?"

„Ich bin suspendiert", antwortete CLARA.

Nowak hämmerte und drückte auf mehrere Knöpfe am Körper des Roboters, dann hob er ihn vom Boden hoch und schüttelte ihn erneut kräftig. „Geh auf, du dämlicher Schrotthaufen!"

„Ich bin suspendiert", wiederholte CLARA.

„HALT DIE KLAPPE!"

Nowak ließ den Roboter krachend zu Boden fallen und griff nach einem Metallrohr. Einen Moment lang sah es so aus, als wollte er CLARA in Stücke schlagen, doch da fiel sein Blick auf Poppy.

„Nicht … kommen Sie nicht näher!", schrie Poppy und schob sich so weit es ging nach hinten. Zu ihrem Entsetzen drang aus ihrer Kehle kaum mehr als ein Krächzen.

Nowak hielt überrascht inne, blickte erst auf das

Metallrohr in seiner Hand hinunter und dann auf sie. „Oh, ich wollte Ihnen nicht wehtun - ich wollte nur nicht, dass Sie schreien", sagte er im Plauderton. Er sah sie vorwurfsvoll an. „Sie haben mir in die Hand gebissen."

„Das waren Sie", brachte Poppy heiser hervor und starrte ihn entsetzt an. „Sie haben Rick Zova umgebracht!"

Sie wich weiter zurück und stieß dabei gegen den reglosen Bertie. Nach einem Blick auf den verletzten alten Mann hatte sie plötzlich keine Angst mehr. Sie war schrecklich wütend.

Sie sah wieder Nowak an. „Was haben Sie mit Bertie gemacht?"

„Ich habe ihm nur einen Schlag auf den Kopf versetzt." Nowak schien ihre Aufregung nicht nachvollziehen zu können.

„Was soll das heißen – ‚nur einen Schlag auf den Kopf'? Sie elender Wurm!", rief Poppy empört. „Einen wehrlosen alten Mann angreifen – fühlen Sie sich gut dabei?"

„Ich musste ihn aus dem Weg räumen, während ich nach dem Zettel suchte", erklärte Nowak sachlich.

„Die Geschichte, dass Dawn Bertie besuchen wollte, war gelogen, nicht wahr?"

„Ja, natürlich. Ich musste doch begründen, warum ich in Dr. Nobles Haus war. Nicht Dawn wollten ihn sehen, sondern ich. Ah, vielleicht können Sie mir helfen, Miss Lancaster!" Nowak sah sie erwartungsvoll an und deutete auf den Roboter. „Ich nehme an, Sie wissen nicht, wie man das Fach mit dem Staubsaugerbeutel öffnet? Frauen sind in diesen Dingen immer viel geschickter als Männer. Meine Frau sagt, ich sei im Haushalt zu nichts zu gebrauchen", fügte er lachend hinzu.

Poppy starrte ihn an. War der Mann völlig verrückt? Er tat so, als würden sie beim Nachmittagstee höflich Konversation betreiben. Aber besser er plauderte vergnügt, als dass er mit dem Metallrohr auf sie losging.

Sie atmete tief durch und zwang sich zu einem beschwichtigenden Ton. „Dr. Noble braucht wirklich medizinische Hilfe, er hat eine Kopfverletzung. Wenn Sie uns gehen lassen, kann ich ihn ins Krankenhaus bringen, während Sie sich in aller Ruhe mit dem Roboter beschäftigen."

Einen Moment lang dachte sie erleichtert, Nowak würde zustimmen, doch dann schüttelte der Geschäftsmann bedauernd den Kopf und sagte: „Oh nein, ich kann Sie nicht gehen lassen. Sie wissen jetzt zu viel. Ich wollte es eigentlich nicht tun, aber je mehr ich darüber nachdenke, desto klarer wird mir, dass ich Sie doch töten muss."

Er klang immer noch wie ein höflicher Gast auf einer Gartenparty und Poppy erschauderte. Diese übertriebene Liebenswürdigkeit und die beiläufige Erwähnung seiner Mordabsichten waren bei näherem Hinsehen unheimlicher als wenn er um sich geschlagen hätte.

„Sie ... Sie können uns nicht umbringen", sagte sie heiser. „Man wird unsere Leichen finden. Bestimmt hat Sie jemand auf dem Weg zu Dr. Nobles Haus gesehen. Sie können Ihre Spuren nicht völlig verwischen."

„Oh, da bin ich ganz anderer Meinung", gab Nowak selbstgefällig zurück. „Wissen Sie, ich habe in der Küche eine Menge gefährlicher und brennbarer Chemikalien entdeckt. Wirklich sehr dumm, das alles offen herumliegen zu lassen, vor allem, wenn man schon etwas älter und mit den Gedanken nicht durchgängig bei der Sache ist. Ich bin sicher, dass sich niemand über eine heftige Explosion wundern würde. Das Haus würde natürlich in Flammen aufgehen, und wenn man Ihre Leichen findet, sind sie bis zur Unkenntlichkeit verbrannt, sodass man kaum forensische Beweise für einen Mord finden wird."

„Nein ...!" Poppy starrte den Mann entsetzt an.

Es hatte keinen Sinn, mit Nowak zu diskutieren, das war ihr klar. Trotz seines artigen Auftretens und seiner freundlichen Art war er ein Psychopath, der weder Reue noch Empathie empfand.

Ihre einzige Hoffnung war die Flucht. Aber sie fühlte sich immer noch schwach und zittrig und wusste nicht, ob sie sich auf den Beinen halten konnte, wenn sie versuchte, aufzustehen, vom Davonrennen ganz zu schweigen. Auf jeden Fall hatte sie nicht die Kraft, den bewusstlosen Bertie mitzuschleppen, und den alten Erfinder wollte sie auf keinen Fall zurücklassen.

Ein Fluchtversuch kam also nicht in Frage, und wenn sie um Hilfe rief, bestand die Gefahr, dass Nowak erneut versuchen würde, sie zu erdrosseln. Also blieb nur die Möglichkeit, ihn außer Gefecht zu setzen.

Poppy beäugte Nowak vorsichtig. Der Geschäftsmann hatte sich wieder CLARA zugewandt und versuchte fluchend, an ihr Inneres zu kommen. Er riss und schlug und hämmerte und rüttelte an ihr, in dem Bemühen, das zentrale Fach zu öffnen. Schrauben fielen klappernd heraus, Teile der Maschine brachen ab und Ausrüstungsteile flogen in alle Richtungen, als er den Roboter heftig schüttelte. Drei Lappen, ein Staubwedel und ein Scheuerschwamm wurden aus CLARAs Torso geschleudert, gefolgt von einem großen Spritzer Fleckenentferner.

„AAARRRGGHH!", schrie Nowak und wischte sich wütend die blaue Flüssigkeit aus den Augen. „Du blödes Ding!"

Er donnerte CLARA gegen die Wand, woraufhin mehrere Stücke eines gummiartigen Materials aus den Gelenken des Putzroboters purzelten. Unter der rechten Achselhöhle des Roboters löste sich eine rosafarbene Gummilasche und ein Alarm ertönte.

„Achtung: Achselhöhlenbruch entdeckt", ertönte CLARAs mechanische Stimme. „Achselhöhlenbruch-Alarm."

Nowak hielt inne und sah den Roboter verwundert

an. „Was zum ...?“

„Isolationsschaden. Fehlfunktion der elektrischen Erdung. Gefahr in der Achselhöhle.“

Eine wilde Idee schoss Poppy durch den Kopf, als ihr die Isoliergummis ins Auge fielen, die um Nowak herum auf dem Boden lagen. Sie schätzte den Abstand zwischen ihnen und berechnete im Geiste, wie weit sie voneinander entfernt waren, dann packte sie den Rand des Teppichs, auf dem sie und Bertie lagen, und drehte ihn um. Die Rückseite war mit einer dicken, rutschfesten Gummiauflage versehen. Poppys Gedanken rasten. Könnte das funktionieren? Sie wusste nicht, ob der Sicherheitsabstand ausreichen würde, aber sie musste darauf vertrauen, dass die Gummierung des Teppichs genügend Schutz bieten würde. Sie hatte keine andere Wahl. Das war ihre einzige Chance ...

„Ich glaube, ich weiß, wie man den Roboter öffnet!“, krächzte sie.

Nowak warf ihr über die Schulter einen fragenden Blick zu. „Hm?“

Poppy leckte sich nervös die Lippen und versuchte, sachlich und hilfsbereit auszusehen. „Es gibt einen speziellen Knopf“, sagte sie. „Das ist so eine Art Reset-Taste, der den Roboter auf die Werkseinstellungen zurücksetzt. Wenn Sie den drücken, müssten alle Fächer in der Maschine freigeschaltet sein.“

„Wirklich?“ Nowaks Augen leuchteten. „Wo ist diese Taste?“

„Erst muss CLARA richtig stehen."

Er hob den Roboter an, drehte ihn um und stellte ihn aufrecht auf den Boden. Lichter blitzten in CLARAs Registrierkassenkopf auf, dann erschienen die Worte „ERDANZIEHUNG WIEDERHERGESTELLT ... STANDBY MODE" auf dem Display.

Poppy zeigte darauf. „Wenn Sie unter der rechten Achselhöhle des Roboters nachsehen, sollte da ein Spalt zwischen den Metallplatten sein. Erkennen Sie ihn?"

„Ja ... ja, da ist er", sagte Nowak aufgeregt und neigte den Kopf.

„Okay, der Knopf ist in diesem Spalt. Sie müssen einen Finger hineinstecken und fest drücken."

Poppy hielt den Atem an, während Nowak eifrig seinen rechten Zeigefinger in den Spalt zwischen zwei Metallplatten steckte.

Plötzlich knisterte es, dann folgte eine Explosion.

Poppy zuckte zurück und drängte sich schützend an Bertie, als ein Funkenregen den Raum erhellte. Nowak schrie auf. Sein Körper bäumte sich auf, eine Sekunde später brach er zuckend auf dem Boden zusammen.

Nachdem die letzten Funken erloschen waren und sich der Rauch verzogen hatte, atmete Poppy auf. Grenzenlose Freude durchströmte sie. Ihre Idee hatte funktioniert! Nowak hatte durch die freiliegenden Drähte in CLARAs Achselhöhle einen Stromschlag erlitten, und die Gummiunterlage des Teppichs hatte sie und Bertie isoliert und sie vor dem

Strom auf dem Boden geschützt.

Sie blickte auf die zusammengekrümmte Gestalt auf der anderen Seite des Raumes. War Nowak tot? Sie wollte gerade nach ihm sehen, als er sich stöhnend rührte. Poppy zuckte erschrocken zurück. Erinnerungsfetzen an Horrorfilme, in denen das untote Monster immer wieder aufstand, um neues Unheil anzurichten, gingen ihr durch den Kopf. Würde sich Nowak etwa wieder aufrappeln?

„Fremdkörper entdeckt", sagte CLARA plötzlich.

Eine Sonde erschien und ein blaues Licht tastete Nowaks Körper ab.

„Beginn eines neuen Reinigungszyklus."

Einer der verbliebenen Arme des Roboters schoss hervor und begann fleißig, Nowaks Glatze mit einer Klobürste zu schrubben. Der Geschäftsmann schrie auf und versuchte aufzustehen, aber er wurde zu Boden gedrückt und von einem weiteren Roboterarm mit einem Mopp in der Hand festgehalten. Poppy sackte erleichtert gegen die Wand in ihrem Rücken.

„Wau! Wuff-wuff!", machte Einstein plötzlich, hob den Kopf und spitzte die Ohren, während er CLARA interessiert beobachtete.

Poppy folgte seinem Blick und hätte beinahe laut gelacht, als sie sah, wie David Nowak, der mörderische Geschäftsmann und allseits geschätzte Philanthrop, seine Glatze auf Hochglanz poliert bekam.

Kapitel 34

„Der Arzt ist gerade drin, zusammen mit dem Sohn von Dr. Noble", erklärte die Krankenschwester. „Ich fürchte, weitere Besucher sind nicht erlaubt."

Poppy warf einen Blick auf die geschlossene Tür von Berties Zimmer, bedankte sich bei der Schwester und wandte sich seufzend ab. Es war eine lange Nacht gewesen. Zuerst die bangen Stunden im Warteraum der Notaufnahme, während die Ärzte Bertie untersuchten, seinen Kopf abtasteten und die Wunde versorgten; dann die langen Stunden auf der Intensivstation, als sie auf den harten Plastiksitzen eindöste, während sie auf die erlösende Nachricht hoffte, dass der alte Erfinder wieder zu sich gekommen war.

Suzanne Whittaker war ein paar Mal

vorbeigekommen, um David Nowak zu besuchen (der auf derselben Station wegen seiner Verbrennungen behandelt wurde), Nick über den Zustand seines Vaters zu informieren und den Transport von Einstein zu einem Tierarzt zu organisieren. Poppy war dankbar, dass es jemanden gab, der sich um alles kümmerte. Jetzt, wo sie in Sicherheit war und die Tortur vorbei war, überkam sie ein Gefühl bodenloser Erschöpfung. Alles war weit weg, wie in einem Traum, und selbst die einfachsten Handlungen waren mit großer Anstrengung verbunden, weil sie äußerste Konzentration erforderten.

Die Ärzte hatten ihren Kopf untersucht und festgestellt, dass sie keine Gehirnerschütterung hatte. Sie war also glimpflich davongekommen. Sie empfahlen ihr, nach Hause zu gehen und sich auszuruhen, aber sie hatte den Gedanken nicht ertragen können, Bertie allein im Krankenhaus zu lassen. Irgendwann musste sie in einen unruhigen Schlaf gefallen sein, denn als sie schließlich aufwachte, war es bereits früher Morgen. Jemand hatte sie auf mehreren Stühlen ausgestreckt, eine Jacke über sie gebreitet und versucht, es ihr mit einem gefalteten Handtuch unter dem Kopf bequemer zu machen. Wer dieser „Jemand" war, ließ sich leicht erraten: Der schwache Duft nach Aftershave war eindeutig. Nick war wieder da!

Poppy war aufgesprungen und schnell zu Berties Zimmer gelaufen, nur um von der Krankenschwester abgewiesen zu werden. Jetzt ging sie den Korridor entlang zum Wartebereich, konnte aber nicht ertragen, sich dort wieder hinzusetzen. Stattdessen beschloss sie, einen Spaziergang zu machen, um sich die Beine zu vertreten. Auf dem Weg zum Aufzug warf sie einen Blick in einen anderen Korridor und sah dort einen Polizisten, der vor einem Raum Wache stand.

Das muss David Nowaks Zimmer sein, dachte sie und fühlte sich plötzlich hellwach. Sie hatte kaum einen Gedanken an den Geschäftsmann verschwendet, seit die Polizei und der Krankenwagen in der Nacht zuvor bei Berties Haus eingetroffen waren, aber jetzt zog sein Zimmer sie mit einer Macht an, gegen die sie nicht ankam.

Als sie sich der Tür näherte, hörte sie eine vertraute Stimme von drinnen. Nowak saß im Bett, einen Kissenberg im Rücken, während Suzanne Whittaker ihn vom Bettende aus streng ansah. Offensichtlich befragte sie ihn zu dem Mord.

„Tut mir leid, Miss, Sie dürfen sich hier nicht aufhalten", wollte der Wachtmeister Poppy abweisen.

Suzanne sah Poppy in der Tür, winkte lächelnd und rief: „Alles in Ordnung, lassen Sie sie ruhig herein."

Poppy gesellte sich zu dem Kriminalinspektor an Nowaks Bett und blickte auf den Mann hinunter, der versucht hatte, sie und Bertie zu ermorden. Er lächelte charmant und leutselig, als sei nichts geschehen.

„Sie haben Glück gehabt, Mr Nowak", sagte Suzanne. „Die Ärzte haben mir mitgeteilt, dass Sie nur leichte Verbrennungen durch den Stromschlag erlitten haben und dass keine inneren Organe beschädigt sind. Dem Gesetz werden Sie allerdings nicht so leicht entkommen. Sie sind wegen des Mordes an Rick Zova verhaftet und werden außerdem wegen Körperverletzung und versuchten Mordes an Dr. Noble und Miss Lancaster angeklagt. Es wird sich jedoch zu Ihren Gunsten auswirken, wenn Sie kooperieren und ein volles Geständnis ablegen."

Ein dünner, bebrillter Mann, der unauffällig in der Ecke des Raumes gestanden hatte, räusperte sich vernehmlich und trat vor. „Als Anwalt von Mr Nowak muss ich gegen diese ungebührliche Belästigung meines Mandanten in seinem Krankenzimmer Einspruch einlegen."

„Ist schon gut, Whitby." Nowak winkte ab. „Ich habe keine Angst vor ihren Fragen." Er sah Suzanne erwartungsvoll an.

„Sie geben also zu, Rick Zova getötet zu haben?", fragte Suzanne.

„Ich hatte keine Wahl - er hat mich erpresst!", sagte Nowak und klang dabei wie ein Kindergartenkind, das auf seinen Spielkameraden zeigt und heult: „Er hat angefangen!"

„Er hat Sie erpresst?", rief Poppy, ohne nachzudenken. „Was um alles in der Welt sollte er gegen Sie in der Hand haben?" Dann erinnerte sie sich an den Zettel mit dem Liedtext und starrte Nowak noch ungläubiger an. „Sie nehmen doch sicher keine Drogen?"

„Nein, nicht mehr, aber ich habe mal welche genommen", antwortete Nowak und sah ein wenig verlegen aus. „Das ist lange her. Ich war jung und dumm - das hat man eben damals gemacht, um sich zu amüsieren. Rick hat mich da reingezogen. Er hat mich auf diese verrückten Partys mitgenommen, da gab es Mädchen und Drogen, so viel man wollte."

Plötzlich erinnerte sich Poppy an den Wortwechsel zwischen Nowak und Zova, als der alternde Rockstar gerade auf der Party aufgetaucht war:

„Rick - das war wirklich nicht nett von dir."

Zova verdrehte die Augen. „Ach, reg dich ab, um Himmels willen! Es war doch nur ein Scherz!"

„Es gibt Dinge, über die reißt man einfach keine Witze."

„Blödsinn! Was ist los mit dir, David? Früher warst du für jeden Spaß zu haben, hast alle möglichen verrückten Sachen gemacht! Ja, mit dieser Nummer des wichtigen Geschäftsmanns magst du andere täuschen, aber die nehm ich dir nicht ab. Wir sind zusammen aufgewachsen, das hast du doch nicht vergessen, oder? Ich weiß, was du alles angestellt hast."

Poppy wurde klar, dass sie die Antwort die ganze Zeit vor sich gehabt hatte – sie hätte richtig hinsehen müssen.

„Sir!", mahnte der Anwalt erschrocken. „Sie

sollten aufpassen, was Sie sagen."

„Oh, ich war nie süchtig", sagte Nowak lässig. „Und ich habe kein Heroin genommen! Nur Kokain und Marihuana und ein bisschen Ecstasy."

Der Anwalt riss die Augen auf und wollte erneut Einwände erheben, aber Nowak ignorierte ihn.

„Ich dachte, Sie wären gegen Drogen." Poppy dachte an Nowaks öffentlichkeitswirksame Pressemitteilungen und Erklärungen, in denen er die Drogenkultur in Großbritannien verurteilte.

„Bin ich auch", bestätigte Nowak und richtete sich im Bett auf. „Ich habe das alles hinter mir gelassen, ich bin clean. Aber ich habe erkannt, wie Drogen das Leben eines Menschen zerstören können, und wollte etwas dagegen tun. Seit ich dank der Erfolge meines Unternehmens finanziell dazu in der Lage bin, unterstütze ich den Kampf gegen Drogen auf jede erdenkliche Weise. Ich habe sogar meine eigene gemeinnützige Stiftung gegründet, die ehemaligen Süchtigen hilft, wieder auf die Beine zu kommen. Meine Stiftung hat Millionen für betreutes Wohnen, Ausbildungsprogramme und Beratungsstellen ausgegeben ..." Er wandte sich an Suzanne. „Sie sehen doch sicher, wie viel Gutes ich getan habe?"

Suzanne verschränkte die Arme. „Das ändert nichts an der Tatsache, dass Sie einen Mord begangen haben."

„Aber es ging nicht anders. Ich musste es tun!"

„Sie mussten es tun?"

Nowak warf ihr einen verächtlichen Blick zu.

„Verstehen Sie denn gar nichts? Ich kandidiere in ein paar Monaten bei den Parlamentswahlen; ich habe gute Chancen zu gewinnen und Abgeordneter für diesen Wahlkreis zu werden. Dann hätte ich die Möglichkeit, wirklich etwas zu verändern - aber ein Drogenskandal würde alles zunichtemachen! Die Medien lieben ein bisschen Dreck; Image ist alles, wie meine Frau immer sagt."

Mit kaum verhohlenem Ärger in der Stimme wandte er sich an Poppy: „Finden Sie es richtig, dass ich jetzt für einen kleinen Fehler in meiner Jugendzeit bestraft werden soll? Nach all der Wiedergutmachung, die ich geleistet habe, nach all dem Guten, das ich seitdem getan habe - und was noch wichtiger ist, nach all dem Guten, das ich noch tun kann, wenn ich gewählt werden sollte - ist es richtig, dass ich diese Chance verliere wegen eines selbstsüchtigen, gierigen Bastards, der in seinem Leben nie etwas Gutes getan hat?"

„Das rechtfertigt keinen Mord", sagte Poppy.

„Es war kein Mord - nicht wirklich", argumentierte Nowak. „Ich habe nur die Wespen aufgestört. Es war ja nicht so, als hätte ich mit einem Messer zugestochen."

„Aber Sie wussten von Zovas Allergie, Sie wussten, dass ein Stich für ihn tödlich sein konnte", protestierte Poppy. „Es kam einem Mord gleich."

„Was hätte ich denn tun sollen?", fragte Nowak. „Er wollte mich bloßstellen! Er hat mir diesen abscheulichen   Brief in meinem Arbeitszimmer hinterlassen ...“

„Der Zettel war für Sie?“, fragte Poppy erstaunt. „Wieso hat Bunny gesagt, er sei an Dawn gerichtet gewesen? Ach so, ich verstehe! Es lag an seiner Handschrift. Bunny muss das falsch gelesen haben. Er war für David! Ein ‚v‘ und ein ‚w‘ kann man leicht verwechseln, vor allem bei einer krakeligen Schrift. Der Zettel war also für Sie bestimmt! Aber warum hat Zova ihn auf Dawns Schreibtisch gelegt?“

Nowak zuckte mit den Schultern. „Vermutlich hat er ihn für meinen Schreibtisch gehalten, weil er der größere von beiden war.“

„Moment, welcher Zettel?“, unterbrach Suzanne. „Wovon redet ihr beide?“

Jetzt erst fiel Poppy ein, dass die Polizei immer noch nichts von Nowaks falschem Alibi, seinem Treffen mit Dawn im Garten oder dem Zettel wusste, den Rick Zova im Arbeitszimmer hinterlassen hatte. Sie lehnte sich zurück und hörte zu, wie Nowak alles erzählte und mit den Worten endete: „Rick hat mir diesen Zettel als Erinnerung an seine Forderungen hinterlassen.“

„Eine Erinnerung?“ Suzanne zog die Augenbrauen hoch. „Hatte er sich schon vor der Party bei Ihnen gemeldet?“

Nowak nickte. „Einige Monate vorher. Damals hat es angefangen. Am Anfang habe ich alles getan, was er wollte. Ich zahlte Rick, was er verlangte. Aber er wollte jeden Monat mehr und mehr. Er sagte, er hätte Fotos, die er während der Partys gemacht hatte -

Fotos, auf denen ich Kokain schnupfe - und er würde sie an die Presse schicken, wenn ich nicht zahle. Dann wüssten alle Bescheid. Sogar meine Frau würde von dem Drogenkonsum in meiner Vergangenheit erfahren!"

Poppy schüttelte insgeheim den Kopf. Die Vorstellung, dass seine Frau die Wahrheit erfuhr, schien Nowak am meisten Angst zu machen.

„Hatten Sie erwartet, dass Zova zu Ihrer Party kommt?", fragte Suzanne.

„Nein! Natürlich nicht – meinen Sie, ich würde ihn einladen? Ich hatte schon einen Monat vorher beschlossen, dass ich mich nicht mehr von ihm würde einschüchtern lassen, also habe ich ihm nicht die übliche Zahlung geschickt. Erst reagierte er nicht und ich dachte ... ich dachte, vielleicht hat er aufgegeben, nachdem ich ihm signalisiert hatte, dass ich nicht mehr mitspielen würde." Nowak runzelte die Stirn. „Dann tauchte er auf der Party auf, stolzierte herum, verhöhnte mich und hinterließ mir diesen Zettel. Ich versuchte, ihn zur Vernunft zu bringen, aber er wollte einfach nicht zuhören! Als ich mit Dawn draußen war, sah ich Rick durch die Büsche mit diesem alten Handwerker. Ich dachte zuerst, dass er eine ordentliche Tracht Prügel bekommen würde, und ich war begeistert! Aber dann ging der alte Mann weg, ohne Rick angerührt zu haben, und Rick stand einfach da. Er rauchte eine Zigarre, als sei er mit sich und der Welt zufrieden – während um mich herum alles zusammenzubrechen drohte." Nowak ballte die Faust. „Ich war so wütend! Warum sollte er das tun und ungestraft davonkommen? Ich habe so viel zu bieten, da ist so viel Gutes, das ich für dieses Land tun kann, doch er wollte mir alles wegnehmen, nur weil sich seine Musik nicht mehr verkaufte und seine letzte Tournee ein Misserfolg war. Da bedeutete eine Erpressung für ihn schnell verdientes Geld. Es war nicht richtig."

„Das mag sein, das gibt Ihnen gleichwohl nicht das Recht, ihm etwas anzutun", hielt Suzanne fest.

Nowak sah sie hasserfüllt an. „Ich habe Ihnen doch gesagt, dass ich ihn nicht angefasst habe. Ich habe mich ihm nicht einmal genähert."

„Aber was ist mit den Wespen?", fragte Poppy. „Sie müssen das Nest doch irgendwie aufgestört haben."

„Oh, das war einfach." Nowak senkte bescheiden den Kopf. „Ich habe in meiner Jugend viel Kricket gespielt - ich war der beste Feldspieler meiner Schulmannschaft. Ich kann hervorragend zielen, dreißig Meter Entfernung sind für mich kein Problem. Den Stein in der richtigen Größe zu finden war nicht schwierig. Ich habe ihn aus sicherer Entfernung in das Wespennest geworfen. Ich muss allerdings sagen, dass ich Glück hatte, weil die Öffnung des Nestes in meine Richtung zeigte. So konnte ich den ganzen Schwarm aufscheuchen. Das hätte ich nicht geschafft, wenn ich den Stein nicht direkt in das Nest hätte werfen können. Es war wichtig, dass sie in voller Stärke ausschwärmten und über Rick herfielen, bevor er entkommen konnte."

Angesichts seiner herzlosen Art wurde Poppy leicht übel. „Sind Sie stehen geblieben und haben zugesehen?", fragte sie im entsetzten Flüsterton.

Der Geschäftsmann rümpfte angewidert die Nase. „Gewiss nicht! Ich habe nur den Stein geworfen und bin dann gegangen. Schließlich wollte ich nicht riskieren, gestochen zu werden. Ich war zwar ziemlich weit weg, aber man weiß ja nie. Außerdem musste ich so schnell wie möglich ins Haus zurück, um mir ein Alibi zu verschaffen. Glücklicherweise war Geoff noch unten im Weinkeller, als ich zurückkam, und er stellte keine unangenehmen Fragen. Als wir die Flasche Wein fanden und in die Orangerie zurückkehrten, war die Hölle los. Sie sind mit diesem Krimiautor von der Terrasse hereingestürmt, und überall waren Wespen - niemand hat überhaupt gemerkt, dass ich weg war."

Er sah Suzanne an und lächelte selbstgefällig: „Als Ihre Beamten mich befragt haben, habe ich ihnen einfach gesagt, dass ich mit Geoff unten im Keller war. Ich wusste, dass es ein Leichtes sein würde, ihn dazu zu bringen, der Geschichte zuzustimmen - schließlich hatte er damit ebenfalls ein Alibi. Und ich wusste, dass Dawn nichts sagen würde. Sie würde der Polizei nie erzählen, dass wir zusammen draußen waren. Sie tut alles, was ich von ihr verlange." Er verzog angewidert das Gesicht. „Zu blöd, dass dieser verdammte Handwerker in die Sache verwickelt wurde. Wenn er nicht mit Zova geredet hätte und außerdem seine dämliche

Gartenkelle mitgenommen hätte, wäre die ganze Sache als tragischer Unfall abgetan worden! Die Polizei hätte vielleicht nie Verdacht geschöpft."

„Da wäre ich mir an Ihrer Stelle nicht so sicher. Irgendwann hätten wir die Spur zu Ihnen zurückverfolgt, Mr Nowak", gab Suzanne grimmig zurück.

„Oh, das wage ich zu bezweifeln", sagte Nowak hochmütig. „Es gab keine Verbindung zwischen mir und Rick, außer diesem dummen Zettel, den er mir hinterlassen hat, und ich hätte ihn gefunden und vernichtet ... wenn das hier nicht passiert wäre." Er wies auf seine Brandwunden. Dann bedachte er Poppy mit einem widerstrebenden Lächeln. „Sie waren klug, Miss Lancaster. Ich bin nicht nachtragend, nein, das bin ich wirklich nicht. Ich mag einfallsreiche Menschen, die unter Druck schnell denken können - Sie sind genau die Art von Mensch, die ich für meine Firma haben möchte."

„Äh ... danke", brachte Poppy hervor. Das war das seltsamste Kompliment, das sie je erhalten hatte. Sie konnte nicht recht glauben, dass der Mann immer noch so tat, als sei er der Leiter eines milliardenschweren Unternehmens und nicht jemand, der wegen Mordes im Gefängnis landen würde.

„Aber der Punkt ist, dass Sie den Zettel nicht zerstört haben, Mr Nowak", wandte Suzanne ungeduldig ein. „Die Polizei hat ihn inzwischen aus dem Staubsaugerbeutel des Roboters geholt, und er wird in Ihrem Prozess als Beweismittel verwendet werden."

Nowak schüttelte betrübt den Kopf. „Ich hätte schneller sein müssen! Als ich bei Miss Lancaster in Hollyhock Cottage war und Dr. Noble kennenlernte, erkannte ich meinen Fehler."

„Es war Bertie, ich meine, Dr. Noble, mit seinen Ausführungen über die Brennbarkeit unterschiedlicher Papiersorten, nicht wahr? Das hat Sie darauf gebracht, dass der Zettel nicht im Kamin vernichtet worden war", sagte Poppy.

„Ja, da kam mir der Gedanke, dass der Zettel vielleicht doch nicht ganz verbrannt war. Er hatte auf eine Seite gekritzelt, die er aus einem Hochglanzmagazin gerissen hatte, genau die Art von Papier, die Dr. Noble beschrieben hatte. Ich fuhr sofort nach Hause und sah in den Kamin in meinem Arbeitszimmer, aber er war leer. Dann erzählte mir meine Frau von Dr. Nobles Roboter und mir wurde klar, dass der Zettel sich in seiner Höllenmaschine befinden könnte!" Nowak schüttelte erneut den Kopf. „Ich hätte noch am selben Abend etwas tun sollen, statt bis zum nächsten Tag zu warten. Es hätte alles ganz anders kommen können. Keiner hätte je erfahren, dass ich es war."

Er hat recht, dachte Poppy, als sie ein paar Minuten später den Raum verließ. Nowaks charmantes, leutseliges Auftreten war die perfekte Tarnung für seinen wahren Charakter. Die Erkenntnis, dass auch nette Menschen Mörder sein können, war einigermaßen beunruhigend.

„Poppy - warte!"

Poppy drehte sich überrascht um und sah Suzanne, die ihr aus dem Krankenzimmer nachlief. Sie hielt ihr eine Plastiktüte mit einem Glasröhrchen hin. In dem Glasbehälter lag ein Wattestäbchen.

„Ich hoffe, dass ich damit nicht gegen ein Dutzend Gesetze verstoße", sagte Suzanne augenzwinkernd. „Der Tupfer enthält eine DNA-Probe von Zovas Leiche. Genug für einen Vergleichstest."

„Oh!" Poppy sah Suzanne überrascht und erfreut an. „Das ist ... das ist wirklich nett von dir. Vielen Dank."

Suzanne lächelte. „Ich hoffe, das hilft dir ... und gibt dir die Antworten, nach denen du suchst."

Poppy betrachtete die Plastiktüte in ihren Händen, nachdem Suzanne wieder in Nowaks Zimmer verschwunden war. Sie hätte glücklich sein sollen. Ihr Versuch, in Bunnys Sammlung ein Haar von Rick Zova zu finden, war fehlgeschlagen, aber hier war eine zweite Chance, eine Möglichkeit, endlich eindeutige Informationen zu bekommen.

Und doch wurde ihr mulmig zumute, als sie an Suzannes Worte dachte: „... gibt dir die Antworten, nach denen du suchst ..."

Poppy schluckte. Was war die Antwort, die sie suchte?

Kapitel 35

Ein Windstoß fegte durch den Garten des Cottage, pfiff durch die Äste und verstreute das welke Laub, das Poppy in der letzten halben Stunde mühsam zu einem Haufen zusammengeharkt hatte.

„Oh, Mist!", rief sie verärgert, während die roten und goldenen Blätter wie zum Spott um sie herumwirbelten.

Sie seufzte und wollte gerade wieder mit dem Harken beginnen, als sie jemanden ihren Namen rufen hörte. Als sie sich umdrehte, sah sie einen Mann den Gartenweg hinaufkommen. Zu Poppys Überraschung war es Hubert Leach.

„Cousine Poppy!", sagte er mit gezwungener Heiterkeit. „Du siehst gut aus!"

„Hallo, Hubert", erwiderte Poppy kühl. Es war ihre erste Begegnung seit der Cocktailparty bei David Nowak, und sie war nicht geneigt, freundlich zu sein.

„Bist du endlich gekommen, um dich zu entschuldigen?"

„Entschuldigen?" Hubert zwang sich zu einem Lachen. „Ach, komm schon, wofür sollte ich mich entschuldigen?"

„Wie bitte?", platzte es aus Poppy heraus. „Du hast mich unter falschem Vorwand zu dieser Party geschleppt, mich gezwungen, bei einer Lüge mitzumachen, und mich dann dort im Stich gelassen, ohne auch nur -"

„Ah, das ist ein bisschen unfair, findest du nicht? Ich habe dir die Chance gegeben, an einer exklusiven Veranstaltung der High Society teilzunehmen; ich habe sogar die Leihgebühr für dein schickes Kleid bezahlt! Okay, vielleicht habe ich die Wahrheit ein bisschen verdreht, als ich dich gebeten habe, als meine Freundin mitzugehen, aber das war nur eine kleine Notlüge - es war ja nicht so, dass ich dich gebeten hätte, dein Land zu verraten oder Ähnliches! Du musstest lediglich für einen Abend einen glamourösen Decknamen annehmen. Das war doch wohl nicht zu viel verlangt?"

„Eine kleine Notlüge?" Poppys Stimme klang schrill vor Empörung. „Du hast mich benutzt, um David Nowak zu täuschen. Du hast mich benutzt, um deine Firma in ein bestimmtes Licht zu rücken. Das ist absolut unmoralisch und -"

„Weiß er es?", fragte Hubert schnell.

„Was? Weiß wer was?"

„David Nowak. Hast du ihm erzählt von ... du

weißt schon …“

„Na ja, ich musste ihm sagen, dass ich in Wirklichkeit deine entfernte Cousine bin, nicht deine Freundin. Den Rest hat er sicher allein herausgefunden. Er ist nicht dumm“, meinte Poppy trocken. „Aber nein, wir haben kaum über dich gesprochen, Hubert. Wir wurden unter anderem durch die Ermittlungen in einem Mordfall abgelenkt.“

Hubert rieb sich die Hände und murmelte vor sich hin: „Gut … gut … dann ist das Geschäft ja noch sicher …“

„Nowak ist in Polizeigewahrsam und kommt wegen Mordes vor Gericht. Ich glaube kaum, dass er in nächster Zeit irgendwelche Immobiliengeschäfte abschließen wird.“

„Keine Sorge - seine Frau führt die Firma weiter“, sagte Hubert.

Oh, da wünsche ich dir viel Glück, dachte Poppy und schmunzelte in sich hinein. Irgendwie glaubte sie nicht, dass Hubert es mit den Immobiliengeschäften so leicht haben würde, wie er dachte.

„Jedenfalls bin ich vorbeigekommen, um zu sehen, wie es meiner Lieblingscousine geht“, fuhr Hubert fort.

„Ich bin weit und breit deine einzige Cousine und eine entfernte Cousine noch dazu“, murmelte Poppy.

„Ich habe gehört, dass dein Gewächshaus bei dem Sturm am Wochenende beschädigt wurde?“

Poppy sah ihn misstrauisch an. „Woher weißt du davon?"

„Oh, ich habe meine Quellen. Soweit ich gehört habe, ist es ein Totalschaden. Es ist wahrscheinlich besser, es von Grund auf neu zu bauen, als zu versuchen, das alte Gewächshaus zu reparieren."

Poppy seufzte. „Ich hätte gern ein ganz neues Gewächshaus, aber ich habe einfach nicht das Geld dafür. Ich weiß nicht einmal, wie ich mir die einfachsten Reparaturen leisten soll, geschweige denn einen kompletten Neubau."

„Tja, an der Stelle komme ich ins Spiel", sagte Hubert und verlagerte sein Gewicht von einem Fuß auf den anderen. Er räusperte sich. „Ich ... äh ... könnte dir dabei helfen."

„Was meinst du damit?"

Er wich ihrem Blick aus. „Du weißt schon, das Gewächshaus. Ich ... äh ... ich kann dir das nötige Geld geben."

Poppy dachte, sie hätte sich verhört. „Wie bitte?"

„Hör zu, du brauchst dir keine Sorgen um das Geld für dein Gewächshaus zu machen, okay? Ich werde das regeln."

„Du meinst, du willst mir das Geld leihen?"

Hubert sah noch unbehaglicher aus. „Nein. Ich schenke es dir. Es ist kein Kredit. Das Geld gehört dir."

Poppy starrte ihn an. Das war das Letzte, was sie erwartet hatte, das Allerletzte, was sie sich je hätte vorstellen können.

„Ist das dein Ernst? Willst du mich auf den Arm nehmen?"

„Natürlich meine ich es ernst!"

„Wo ist der Haken?", fragte Poppy misstrauisch.

„Kein Haken, kein Haken ..." Hubert winkte ab.

Poppy beäugte ihn ungläubig. „Du bietest mir das Geld einfach so an, ohne irgendwelche Bedingungen? Ohne eine Gegenleistung zu erwarten?"

„Ja."

Poppy fehlten ausnahmsweise die Worte. Sie hatte ihren Cousin immer für eine gierige, selbstsüchtige Ratte gehalten, und doch machte er ihr hier ein unglaublich großzügiges und freundliches Angebot. Hatte sie ihn möglicherweise falsch eingeschätzt? Konnte sie ihren Instinkten trauen?

„Warum willst du das tun?", fragte sie schließlich.

„Was meinst du? Wir sind doch eine Familie, nicht wahr? Eine Familie hält zusammen, in einer Familie hilft man sich gegenseitig." Hubert grinste breit. „Also, was sagst du, Cousine?"

Poppy zögerte immer noch. Sie wusste, dass sie einem geschenkten Gaul nicht ins Maul schauen sollte - sie hätte Huberts Angebot annehmen und sich bei dem seltsamen Drang bedanken sollen, der ihn plötzlich beseelte und ihn Nächstenliebe und Mitgefühl praktizieren ließ. Aber sie konnte das Gefühl des Unbehagens einfach nicht abschütteln. Wenn die Vergangenheit sie etwas gelehrt hatte, dann, dass man ihrem Cousin nicht trauen konnte.

Sie war schon einmal darauf hereingefallen und hatte es bereut, in seiner Schuld zu stehen. Wollte sie das erneut erleben? Er sagte zwar, dass er keine Gegenleistung wolle, aber würde er Wort halten?

Andererseits ... Poppy warf einen Blick in den hinteren Teil des Grundstücks, wo der beschädigte Rahmen des Gewächshauses durch das Gebüsch zu sehen war. Es wäre ein unerwarteter Segen, eine Chance für sie, wieder auf die Beine zu kommen und ihre Träume zu verwirklichen, ohne die Gärtnerei verkaufen oder aufgeben zu müssen. Es wäre verrückt und dumm von ihr, sich diese Gelegenheit entgehen zu lassen. Schließlich stimmte es, was Hubert gesagt hatte - er gehörte zur Familie. Wenn man die Hilfe der Familie nicht annehmen konnte, was blieb einem dann noch?

Und vielleicht habe ich ihm ja doch Unrecht getan, dachte sie und musterte Hubert eingehend. *Vielleicht hat er ja doch ein Herz und ist nicht so schlimm, wie ich dachte ...*

Sie schluckte ihre Bedenken hinunter, holte tief Luft, lächelte Hubert an und sagte zögernd: „Danke. Das ist unglaublich nett von dir. Es ist ... es ist wie ein Wunder. Ich hätte nie gedacht ... ich weiß nicht, was ich sagen soll."

„Nun, wenn du dich entscheidest, mein Angebot anzunehmen, lass es mich wissen. Wenn du dir einen Kostenvoranschlag für die Bauarbeiten holst und dann meine Sekretärin anrufst und ihr die Einzelheiten mitteilst, wird sie dafür sorgen, dass das Geld auf dein Konto überwiesen wird."

Poppy starrte ihm nach, lange nachdem er gegangen war. Sie konnte nicht glauben, wie anders plötzlich alles aussah. Ihre tiefe Verzweiflung hatte einem aufgeregten Hochgefühl Platz gemacht und sie schmiedete Pläne für das neue Gewächshaus. Sie ließ die Harke fallen und eilte ins Haus, um Nell die gute Nachricht zu überbringen. Als sie die Küche betrat, wurde sie jedoch schnell wieder auf den Boden der Tatsachen zurückgeholt, denn Nell saß mit besorgter Miene am Küchentisch.

„Hast du schon etwas Neues von Bertie gehört?", fragte Nell.

„Nein." Poppys gute Laune verflog im Nu, als sie an den alten Erfinder dachte, der immer noch im Krankenhaus im Koma lag. Drei Tage waren seit jenem verhängnisvollen Abend vergangen, an dem David Nowak ihn niedergestreckt hatte, und Bertie hatte das Bewusstsein noch nicht wiedererlangt.

Sie warf einen Blick nach unten, wo Einstein, der Terrier, zu Nells Füßen zusammengerollt lag. Er war wegen kleinerer Verletzungen beim Tierarzt behandelt und dann zu ihnen nach Hause gebracht worden, aber es war offensichtlich, dass er sich nach seinem Herrchen sehnte. Er wollte weder fressen noch spielen und lag die meiste Zeit traurig mit dem Kopf auf den Pfoten da. Selbst ein Besuch von Oren am frühen Morgen hatte den sonst so temperamentvollen Terrier nicht aufgerüttelt, und der Kater war verärgert wieder abgezogen.

Poppy hockte sich neben Einstein und strich ihm über den Kopf. Er stupste mit seiner kalten Nase an ihre Hand, dann senkte er den Kopf und ignorierte sie.

„Armer Einstein", sagte Nell. „Ich habe heute Morgen versucht, ihn zum Fressen zu bewegen, aber er hat es nicht anrühren wollen. Meinst du, das Krankenhaus würde dir erlauben, ihn mitzubringen? Ich bin sicher, dass es auch für Bertie gut wäre. Es heißt, dass Menschen im Koma wahrnehmen, was um sie herum passiert. Wenn er spürt, dass Einstein in der Nähe ist, hilft ihm das vielleicht."

„Ich wünschte, ich könnte Einstein mitnehmen, Nell, aber Bertie liegt auf der Intensivstation. Das ist eine Hochrisikostation, da sind Hunde streng verboten." Poppy gab Einstein einen letzten Klaps, dann stand sie entschlossen auf. „Aber ich fahre jetzt ins Krankenhaus. Am Telefon erfährt man nicht viel, vielleicht bekomme ich mehr heraus, wenn ich persönlich nachfrage. Außerdem ist Nick wahrscheinlich dort, und vielleicht kann ich mit ihm sprechen."

Im Krankenhaus von Oxford Infirmary schien noch mehr los zu sein als sonst, vor allem auf der Intensivstation herrschte reger Betrieb. An diesem Morgen waren mehrere neue Patienten auf die Station verlegt worden, und Poppy fand den Empfangstresen von einer Schar besorgter Freunde und Angehöriger belagert. Nachdem sie einige Minuten gewartet hatte, beschloss sie, ohne mit einer Krankenschwester zu sprechen nach Bertie zu sehen.

Vor dem Zimmer stand ein distinguierter Mann im weißen Kittel und mit Stethoskop, umgeben von Assistenzärzten, Medizinstudenten und Krankenschwestern. *Das muss der Oberarzt der Neurologie sein, der eine Visite macht,* dachte Poppy und beäugte den Arzt mit Respekt.

Nick stand neben ihm, und die beiden Männer unterhielten sich angeregt. Der Krimiautor sah aus, als hätte er in der letzten Zeit wenig geschlafen: Seine Kleidung war zerknittert, das dunkle Haar war zerzaust und seine Augen waren gerötet. Poppy war gerührt, als sie sah, dass Nick trotz seiner Feindseligkeit seinem Vater gegenüber offensichtlich an Berties Bett Wache gehalten hatte. Im Näherkommen bekam sie einen Teil des Gesprächs der beiden Männer mit – sie diskutierten über Berties Prognose.

„… schwer zu sagen. Komafälle können unberechenbar sein. Die gute Nachricht ist, dass die Scans keine Anzeichen für eine signifikante Hirnverletzung aufweisen, und es ist ermutigend, dass er in der Lage ist, selbständig zu atmen. Er reagiert nur nicht auf unsere Versuche, ihn zu wecken", sagte der Neurologe.

„Wie lange, glauben Sie, wird er in diesem Zustand bleiben?", fragte Nick.

Der Arzt seufzte. „Ich weiß es wirklich nicht. Ein Koma kann ein paar Tage bis zu ein paar Monaten oder sogar länger dauern. Das Gehirn ist ein komplexes Organ. Es ist schwer zu sagen, wie sich Kopfverletzungen auf einen Menschen auswirken. Manche glauben, dass die Natur dem Gehirn im Koma die Möglichkeit gibt, sich auszuruhen und zu erholen."

„Besteht die Möglichkeit, dass er nicht mehr aufwacht?", fragte Nick grimmig.

Der Arzt zögerte. „Wie ich schon sagte, ich weiß es wirklich nicht ..."

Poppy konnte es nicht ertragen, weiter zuzuhören. Das Herz war ihr unendlich schwer. Bei dem Gedanken, dass Bertie möglicherweise nicht mehr aufwachte, war ihr die Kehle wie zugeschnürt. Sie zwängte sich unbemerkt an den beiden Männern vorbei und schlich sich ins Zimmer. Langsam ging sie zum Bett und schaute auf den alten Mann hinunter. Er sah so verletzlich aus, wie er da zwischen den weißen Laken lag, still und stumm, ohne den üblichen kindlichen Überschwang. Poppy musste dem Drang widerstehen, nach Berties Hand zu greifen, die schlaff auf der Bettdecke lag. Stattdessen schob sie die Hände in die Hosentaschen. Mit der rechten stieß sie auf etwas Hartes. Sie zog es hervor und hielt eine kleine, runde, flache Dose in der Hand. Poppy starrte sie einen Moment lang verwirrt an, bevor sie wusste, was es war: die Dose mit Stinkmorchelsalbe, die Bertie ihr für ihre Wespenstiche gegeben hatte. Da sie so klein und flach war, hatte sie sie die ganze Zeit über unbemerkt in der Tasche ihrer Lieblingsjeans mit sich herumgetragen. Traurigkeit überkam sie, als sie sich an Berties ansteckenden Enthusiasmus erinnerte, mit dem er ihr von seinen Plänen für den Stinkmorchel erzählt hatte. Als sie die Dose umdrehte, wehte ihr ein schwacher Hauch des schrecklichen, fauligen Geruchs entgegen und sie musste unwillkürlich schmunzeln, als sie daran dachte, dass sie zu Bertie gesagt hatte, der üble Geruch könne Tote zum Leben erwecken.

Dann erstarrte sie. Poppy blickte von der Dose zu dem bewusstlosen alten Mann im Bett und wieder auf die Dose. Sie warf einen Blick über die Schulter, wo sie durch den Türspalt die Gruppe sehen konnte, die sich immer noch um Nick und den Oberarzt versammelt hatte. Niemand achtete auf sie.

Was habe ich schon zu verlieren?, dachte sie. Sie hielt den Atem an, schraubte den Deckel ab, beugte sich über das Bett und hielt Bertie die Dose unter die Nase.

Die Nasenlöcher des alten Mannes blähten sich.

Er rührte sich und atmete tief ein, dann drehte er den Kopf, während seine Nase krampfhaft zuckte.

Plötzlich richtete sich Bertie mit einem Schrei im Bett auf, hustete und würgte.

Poppy fuhr erschrocken zurück. Im selben Moment wurde die Tür aufgerissen und der Oberarzt stürmte herein, gefolgt von seiner Entourage.

„Was ist los? Was ist passiert?", rief er. „Wer sind Sie?", wollte er von Poppy wissen. Dann starrte er

Bertie an, der im Bett saß und alle um ihn herum anblinzelte.

„Dad?", sagte Nick.

Bertie strahlte ihn an. „Ah, Nick! Was tust du hier, mein Junge? Und warum bin ich im Krankenhaus?" Er sah sich um. „Poppy, meine Liebe! Wie schön, dass Sie hier sind. Wissen Sie, ich hatte einen sehr seltsamen Traum. Sie kamen darin vor und CLARA auch ... und ein unangenehmer Mann mit Glatze und einem Metallrohr."

„Oh mein Gott, was ist das für ein schrecklicher Geruch?", rief einer der Assistenzärzte und hielt sich die Hand vor die Nase, während eine Medizinstudentin hinter ihm würgte und eine andere einen Niesanfall bekam.

Erschrocken erinnerte sich Poppy an die Dose und schraubte schnell den Deckel auf. Der Oberarzt sah sie einen Moment lang misstrauisch an, dann wandte er sich wieder Bertie zu.

„Dr. Noble - Sie lagen im Koma. Wir konnten Sie nicht wecken. Wie geht es Ihnen?"

„Mir? Oh, bestens, bestens", antwortete Bertie jovial und machte Anstalten, aus dem Bett zu steigen.

„Bemerkenswert ...", sagte der Neurologe und sah zu, wie der alte Mann aufstand und die Arme reckte. Dann drehte er sich verwirrt zu Poppy um und fragte: „Wie haben Sie das geschafft?"

Poppy lächelte ihn an. „Oh, ich war das nicht - das war der *Phallus impudicus*."

Kapitel 36

Poppy richtete sich auf und betrachtete erfreut die riesigen Glasscheiben. Spätherbstlicher Sonnenschein strömte durch die funkelnden Scheiben und erfüllte den Raum mit Licht und Wärme. Sie schaute nach oben und bewunderte das glänzende Glasdachhoch über ihr, das von einem soliden neuen Holzrahmen umgeben war. Sie hätte nie geglaubt, dass man innerhalb einer Woche so viel erreichen konnte, und sie würde dem Team von Bauarbeitern und Zimmerleuten, das so hart gearbeitet hatte, um ihr schönes neues Gewächshaus schnell fertigzustellen, ewig dankbar sein.

Als sie sich wieder der langen hölzernen Werkbank zuwandte, die unbeschädigt von den herabgefallenen Trümmern freigelegt worden war, betrachtete Poppy mit Genugtuung die neuen Schalen mit Setzlingen und Stecklingen, die gerade an diesem Morgen geliefert worden waren. Sie musste wieder von vorne anfangen, und das würde sie einige Wochen zurückwerfen, aber sie fühlte sich nicht geschlagen. Wenn sie die zierlichen kleinen Setzlinge betrachtete, die grün und üppig waren und vor Leben strotzten, verspürte sie sogar neue Hoffnung.

Bei der Gartenarbeit geht es darum, zu scheitern und es erneut zu versuchen, erinnerte sie sich lächelnd. Und ihr Lächeln wurde noch breiter, als ihr Blick auf eine Topfpflanze am anderen Ende der Werkbank fiel. Sie ging hinüber, hob sie auf und hielt sie gegen das Licht, um sie zu bewundern: ihre kleine Gardenie, die wie durch ein Wunder unter dem umgestürzten Baum unbeschadet überlebt hatte und aus den Trümmern gerettet worden war.

Sie stellte sie auf einen ringsum angebrachten Sims, wo sie von den Sonnenstrahlen, die das Glas erwärmten, profitieren würde. Poppy freute sich, dass die Pflanze nicht mehr gelblich vor sich hin vegetierte, sondern frische, grüne Blätter und kleine Triebe an den Spitzen der Stängel hatte. Als sie den Topf drehte, um ihn neu auszurichten, entdeckte sie etwas, das sich an das glänzende Grün schmiegte.

„Oh!", sagte sie. Ihr Herz machte einen Satz. Sie betrachtete begeistert die cremeweiße Blüte, eine wunderschöne Gardenienblüte, deren samtigen

Blätter in der muschelartigen grünen Blumenkrone ruhten und in einem perfekten Wirbel angeordnet waren. Irgendwie hatte diese Knospe durchgehalten, als alle anderen abgefallen waren, und nun öffnete sie sich und gab ihren süßen, reichen, schweren Duft frei. Poppy beugte sich hinunter und atmete tief ein.

Dann trat sie einen Schritt zurück und betrachtete lächelnd das Sonnenlicht, das auf der Gardenie spielte. Alle Zweifel, ob sie das Richtige getan hatte, waren jetzt verflogen. Zu ihrer Überraschung hatte vor ein paar Tagen Lena Nowak angerufen, um das Angebot ihres Mannes zu erneuern. Sie hätte gedacht, dass die Firma das Letzte war, woran Nowaks Frau jetzt dachte. Aber es schien, als würde sich Lena von einer Kleinigkeit wie einem Mordprozess gegen ihren Mann nicht von ihren Expansionsplänen ablenken lassen. Sie hatte das Angebot ihres Mannes verdoppelt, wobei Poppy fast die Augen aus dem Kopf fielen. Gleichzeitig drängte sie auf einen schnellen Abschluss.

Es war eine der schwersten Entscheidungen in ihrem Leben gewesen. Die Vorstellung, Hubert zu Dank verpflichtet zu sein, behagte ihr nicht, aber am Ende hatte sie auf ihr Herz gehört und das Angebot abgelehnt. Sie war nicht umsonst Mary Lancasters Enkelin, und noch war sie nicht bereit, ihre Unabhängigkeit aufzugeben - schon gar nicht bei einer Chefin wie Lena Nowak!

Als sie hörte, dass jemand ihren Namen rief, ging

sie aus dem Gewächshaus in den hinteren Garten. Sie war überrascht, Joe Fabbri zu sehen, der den Gartenweg herunterkam. Er hatte eine große Holztafel bei sich, die er ihr entgegenstreckte.

„Für mich?" Es war ein handgefertigtes Holzschild - schön gearbeitet, geschliffen und lackiert, mit einer eingravierten Schrift:

HOLLYHOCK COTTAGE
GÄRTNEREI
FRISCHE SCHNITTBLUMEN

Es unterschied sich kaum von dem alten Schild, das derzeit an der Steinmauer neben dem Eingangstor hing. Dann stockte ihr der Atem, als ihr Blick auf die Worte fiel, die darunter standen - Worte, die auf dem alten Schild nicht zu finden waren:

Inhaberin: Poppy Lancaster

Plötzlich hatte Poppy einen dicken Kloß im Hals. Als sie aufblickte, sah sie, dass Joe sie mit einem seltenen Funkeln in den Augen musterte.

„Das alte Schild hat's über", sagte er und deutete mit dem Daumen auf den vorderen Teil des Grundstücks. „Zeit für ein neues."

Poppy brachte ein zittriges Lächeln zustande. „Vielen Dank, Joe. Das ist ... herzlichen Dank! Sie können sich nicht vorstellen, was mir das bedeutet."

Er nickte und wandte sich ab, als wollte er ohne

ein weiteres Wort verschwinden. Dann drehte er sich noch einmal zu ihr um.

„Nein. Ich danke Ihnen. Dafür, dass Sie an mich geglaubt haben", sagte er, grinste und fügte hinzu: „Sechs neue Aufträge diese Woche: Gewächshäuser putzen. Ich könnte eine Assistentin brauchen ..."

Poppy verzog das Gesicht, dann lachte sie. „Ich kann es kaum erwarten!"

Sie begleitete ihn zum Eingangstor und sah ihm nach. Sie wollte gerade das neue Schild aufhängen, als der Dorfpostbote auf seinem Fahrrad vorbeikam.

„Guten Morgen!", rief er fröhlich und reichte ihr ein Bündel aus Prospekten und Umschlägen.

Poppy bedankte sich bei ihm und überflog die Umschläge. Ihr Herz setzte einen Schlag aus, als sie das Firmenlogo „MyDNAnswers" in der Ecke des obersten Umschlags sah. Langsam stellte sie das Holzschild ab und legte den Rest der Post auf die Steinmauer. Sie starrte auf den Umschlag in ihren Händen. Ihr Mund fühlte sich trocken an und ihre Finger zitterten leicht, als sie versuchte, die Klappe aufzureißen.

Hier war vielleicht die Antwort auf die größte Frage ihres Lebens, das quälende Geheimnis, mit dem sie seit ihrer Kindheit gelebt hatte. Solange sie sich erinnern konnte, war es ihr sehnlichster Wunsch gewesen, herauszufinden, wer ihr Vater war. Doch jetzt, wo sich ihr die Chance bot, die Wahrheit zu erfahren, zögerte sie, sie zu ergreifen. Vielleicht war es dumm und naiv von ihr, aber sie hatte immer an einer märchenhaften Vorstellung von ihrem Vater festgehalten. Sie war überzeugt, dass er ein wunderbarer Mann war, der Inbegriff eines Ritters in glänzender Rüstung, der gütig und weise und vor allem ehrlich und anständig war. Jetzt, da sie sich mit der Möglichkeit konfrontiert sah, dass ihr Vater möglicherweise ein drogensüchtiger, frauenverachtender Egoist war, der zu Plagiaten und Erpressung gegriffen hatte, um weiterzukommen, fragte sie sich, ob sie die Wahrheit wirklich wissen wollte.

Ist es nicht besser, in Unwissenheit zu leben, als sich alle Illusionen kaputt machen zu lassen?

Poppy holte tief Luft und schob ihren Finger unter die Klappe, dann hielt sie inne. Sie wollte das nicht allein tun. Sie überlegte, zu Nell zu gehen; es wäre gut, moralische Unterstützung zu haben, wenn sie sich ihren Dämonen stellte.

Aber wie von selbst setzten sich ihre Beine in Bewegung – und zwar nicht Richtung Cottage, sondern ein Stück weiter die Gasse hinauf zu dem eleganten georgianischen Haus nebenan. Als sie auf der Türschwelle stand, zögerte sie einen langen Moment, bevor sie klingelte. Sie war sich nicht sicher, warum sie gekommen war, und als die Tür aufgerissen wurde und ein finster dreinblickender Nick Forrest erschien, fragte sie sich, ob sie einen schrecklichen Fehler gemacht hatte.

„Was?", schnauzte er.

Oh je. Offensichtlich war es gerade kein günstiger

Zeitpunkt.

„Schon gut.“

Poppy trat einen Schritt zurück. „Ich ... es ist nicht wichtig.“

Sie wollte gehen, aber Nick hielt sie am Arm fest. Mit freundlicherer Stimme fragte er: „Poppy, was ist los?“

Poppy hielt ihm stumm den Umschlag vor die Nase.

„Das Ergebnis des DNA-Tests“, sagte sie schließlich. „Es ist gerade angekommen.“

Nick runzelte die Stirn. „DNA-Test?“

„Um Rick Zovas DNA mit ... mit meiner zu vergleichen“, erklärte Poppy. „Ich habe Suzanne um eine Probe gebeten und die habe ich weggeschickt, für einen privaten Test. Er hatte eine Tätowierung – und genau solch eine Tätowierung hatte meine Mutter in ihrem Tagebuch beschrieben.“

„Ah.“ Nick sah sie einen Moment lang an, dann sagte er abrupt: „Kommen Sie herein. Ich stiere schon seit einer Stunde auf denselben blöden Satz – ich kann genauso gut eine Pause machen.“

Es war nicht gerade die freundlichste Einladung, aber Poppy folgte ihm dankbar ins Haus. Als sie jedoch die Küche betrat, blieb sie beim Anblick von Oren wie angewurzelt stehen. Der Kater saß vor einer Schüssel mit getrockneten Katzenkeksen und zermalmte zufrieden eins nach dem anderen.

„Sind das ...?“ Sie zeigte ungläubig auf die Schüssel. „Frisst er etwa das Diätfutter?“

Nick lächelte schief. „Es geschehen noch Wunder."

„Wie haben Sie das geschafft?"

Nick räusperte sich. „Nun, eigentlich ... äh ... habe ich meinen Vater um Hilfe gebeten. Er hat einen kalorienfreien, salz-, fett- und zuckerfreien Geschmacksverstärker erfunden, den man über das Futter streuen kann."

Poppy runzelte die Stirn. „Wenn er kein Salz, kein Fett, keinen Zucker oder sonst etwas enthält, wie kann er dann das Futter besser schmecken lassen?"

„Offenbar ist der Geruchssinn eng mit dem Geschmackssinn verbunden – wussten Sie das? Wenn Sie erkältet sind und die Nase verstopft ist, schmecken Sie nichts. Bertie hat eine Formel entwickelt, bei der hochflüchtige Verbindungen den Geruchssinn so stimulieren, dass sie die Geschmacksknospen überlisten. Mit anderen Worten: Oren riecht etwas, das ihm vorgaukelt, er würde ein leckeres Brathähnchen fressen", sagte Nick grinsend.

Poppy schüttelte ungläubig den Kopf. „Bertie ist immer für eine Überraschung gut."

„Und nicht nur für angenehme Überraschungen", murmelte Nick.

Aber Poppy schmunzelte in sich hinein. Irgendwie hatte sie das Gefühl, dass Nicks Feindseligkeit gegenüber seinem Vater nicht mehr echt war, sondern vorgetäuscht. An die Kücheninsel gelehnt, warf sie einen verstohlenen Blick auf das Pappmodell der Miniaturwohnung. Sie hatte es tatsächlich geschafft, es zu reparieren, bevor Nick nach Hause kam, und fand, dass es so gut wie neu aussah.

Oren sprang auf die Kücheninsel, um sie zu begrüßen. Dabei kam er an dem Pappmodell vorbei und er blieb einen Moment stehen, um das Kinn an der dünnen Wand des Modells zu reiben.

„Vorsichtig!", ermahnte Nick ihn und hob das Modell schnell hoch. An Poppy gewandt fügte er hinzu: „Das hat einer meiner Fans gemacht – kaum zu glauben, wie? Diese Liebe zum Detail! Ich habe schon alle möglichen Arten von Fanpost erhalten, aber noch nie so eine Fankunst. Es ist fantastisch." Er warf einen reumütigen Blick auf die Kücheninsel. „Obwohl ich es wohl besser anderswo aufbewahren sollte. Es ist empfindlich und könnte leicht kaputtgehen. Zum Glück hat Oren es bisher in Ruhe gelassen."

„*Miau?*", sagte Oren mit großen, unschuldigen gelben Augen.

Als Nick das Modell in sein Arbeitszimmer brachte, legte Poppy den Finger an die Lippen und sah Oren an.

„*Miau?*", wiederholte Oren.

„Pst!", grinste Poppy. Sie zwinkerte Oren zu. „Das bleibt unser Geheimnis."

Nick kam kurz darauf zurück und deutete auf die glänzende Kaffeemaschine auf der Anrichte. „Möchten Sie einen Milchkaffee? Cappuccino?"

„Eine Tasse Tee wäre toll, danke", sagte Poppy.

Sie setzte sich auf einen der Küchenhocker und sah zu, wie er Tee zubereitete, zwei Becher füllte und ihr einen reichte. Sie ließ sich Zeit, fügte Milch und Zucker hinzu und rührte kräftig um. Sie wusste, dass sie nur Zeit schinden wollte, aber je mehr sie darüber nachdachte, desto mehr Angst hatte sie davor, den Umschlag zu öffnen und die Antwort herauszufinden.

„Soll ich ihn für Sie öffnen?", fragte Nick amüsiert, als sie ihren Tee gegen den Uhrzeigersinn zu rühren begann.

„Das kann ich selbst."

Nicks Stichelei hatte sie jedoch aus ihrer lähmenden Unentschlossenheit gerissen, und insgeheim war sie dankbar dafür. Sie atmete tief durch, ergriff den Umschlag, riss ihn auf und entnahm ihm ein einzelnes, mit Schreibmaschine beschriebenes Blatt. Sie hielt den Atem an, als sie den sauber getippten Absatz überflog.

„Es ist nicht Zova", platzte sie heraus. Ihre Schultern sackten vor Erleichterung nach unten, und sie atmete langsam und genüsslich aus.

Nick schaute sie neugierig an. „Sie scheinen froh darüber zu sein."

„Wären Sie das nicht auch?", gab Poppy zurück. „Stellen Sie sich vor, Sie hätten einen egozentrischen Spinner zum Vater."

„Das brauche ich nicht – mein Vater *ist* ein egozentrischer Spinner", murmelte Nick.

„Ach, kommen Sie! Bertie ist überhaupt nicht wie

Rick Zova! Er ist weise und freundlich und lieb und rücksichtsvoll!"

Nick betrachtete sie einen langen Moment schweigend, dann sagte er ruhig: „Mein Vater ist nicht der harmlose, nette alte Mann, für den Sie ihn halten. Er hat Dinge getan - fragwürdige Dinge, verletzende Dinge ... Vergessen Sie nicht, dass Größe ihren Preis hat. Und er war nicht immer derjenige, der diesen Preis bezahlt hat."

Poppy war sprachlos. Das war das erste Mal, dass Nick andeutete, warum es diese Kluft zwischen seinem Vater und ihm gab. Sie wollte gerne mehr erfahren, aber etwas in seinem Gesichtsausdruck hielt sie zurück. Stattdessen faltete sie den Brief zusammen und steckte ihn wieder in den Umschlag, dann leerte sie ihren Becher und stellte ihn in die Spüle.

„Danke für den Tee. Ich glaube, ich gehe jetzt besser", sagte sie.

„*Miauuuu?*", erklang eine klagende Stimme. Oren saß neben ihren Füßen, legte den Kopf schief und sah sie mit seinen riesigen gelben Augen an.

Poppy nahm ihn kurz auf den Arm. „Ja, Oren, in meinem neuen Gewächshaus gibt es viel zu tun."

„Gefällt es Ihnen?", fragte Nick beiläufig.

Poppy strahlte ihn an. „Oh, es ist fantastisch! Das Dach ist breiter, sodass mehr Licht hereinkommt, der Rahmen ist stabiler und ich habe mehr Platz für alles." Sie schmunzelte. „Ich kann immer noch nicht glauben, dass Hubert mir so ein großzügiges Angebot gemacht hat. Das ist völlig untypisch für ihn! Aber ich schätze, ich habe ihn in der Vergangenheit falsch eingeschätzt."

„Vielleicht", sagte Nick mit einem angedeuteten Lächeln.

„Jedenfalls habe ich mir überlegt, dass ich dieses Wochenende eine kleine Party geben möchte, um das neue Gewächshaus zu feiern. Würden Sie ... ähm ... würden Sie auch kommen?", fragte Poppy schüchtern.

Nicks Lächeln wurde breiter. „Natürlich." Er warf einen Blick auf Oren in Poppys Armen. „Und ich nehme an, das große getigerte Monster ist ebenfalls eingeladen?"

Poppy grinste. „Oh, Oren ist der Ehrengast. Wer soll denn sonst den ersten Terrakottatopf von der Werkbank stoßen?"

Kapitel 37

Im Cottage war Nell dabei, die Küchenspüle zu schrubben.

„Hast du die nicht gestern geputzt?", fragte Poppy verdutzt.

„Ich muss diesen Schimmel loswerden!" Nell keuchte, schob die Bürste in den Winkel zwischen Spüle und Küchenwand und scheuerte wie wild.

Auf der Wand und am Übergang von Spüle zu Arbeitsplatte waren dunkle Flecken, auf die Nell es abgesehen hatte.

„Die sind hartnäckig! Ich habe es mit Allzweckreiniger versucht, jetzt nehme ich Bleichmittel ..." Nell kniff die Lippen zusammen. „Und ich höre erst auf, wenn ich alles weggekriegt habe!"

„Warum lassen wir das nicht CLARA machen?“, schlug Poppy vor. „Du weißt schon: Berties neuer Putzroboter. Sie kann so programmiert werden, dass sie sich auf bestimmte Arten von Schmutz konzentriert, zum Beispiel auf Schimmel, und sie könnte wahrscheinlich -“

„Oh nein!“, widersprach Nell. „Ich lasse nicht irgendeinen neumodischen Firlefanz in meine Küche!“

„Sie ist kein neumodischer Firlefanz“, sagte Poppy. „Sie ist ein hochentwickelter Apparat. Sie hat all diese speziellen Sensoren und mehrere Reinigungsmodi und ausgefallene Aufsätze.“

„Keine Maschine kann besser putzen als ein Mensch!“, erklärte Nell. „Putzen ist eine komplexe Fertigkeit, weißt du? Man muss den Schmutz verstehen, ihn respektieren und ihm auf Augenhöhe begegnen.“

„Ah, okay.“ Poppys Lippen zuckten verdächtig. „Aber Nell, ich glaube, CLARA versteht Schmutz. Sie hat ein ausgefeiltes SEP und sie kann auch -“

„Solange ich hier bin, setzt kein Roboter einen Fuß in dieses Haus“, stellte Nell klar und verschränkte die Arme.

Poppy zuckte resigniert mit den Schultern. „Nun, ich nehme an, wenn du dich bedroht fühlst von -“

„Wer sagt denn, dass ich mich bedroht fühle? Ich habe keine Angst vor einer blöden Maschine!“, erwiderte Nell empört. Sie krempelte die Ärmel hoch. „Gut! Bring sie her und wir werden sehen, wer ein

Waschbecken besser schrubben kann!"

Zehn Minuten später rollte Poppy CLARA nervös in die Küche und fragte sich, ob sie etwas losgetreten hatte, was sie noch bereuen würde. Bertie hatte ihr angeboten, mitzukommen, aber sie hatte ihn vertröstet. Ein exzentrischer Erfinder *und* ein putzwütiger Roboter würden Nells Nerven überstrapazieren. Jetzt allerdings wünschte sie sich fast, Bertie wäre hier, als moralische Unterstützung.

Nell wartete bereits, mit ihren besten Gummihandschuhen und einem Putzkittel und einem gefährlichen Glanz in den Augen. In einer Hand hielt sie einen Mopp.

„Da ist sie." Poppy schob CLARA vor.

Nell musterte den Roboter von oben bis unten. „Ist das alles?"

„Nun, ich habe sie noch nicht eingeschaltet", sagte Poppy, ging zur Rückseite des Roboters und versuchte, sich an Berties Anweisungen zu erinnern. Sie drehte an einem Regler, drückte ein paar Knöpfe und trat dann zurück.

Ein surrendes Geräusch ertönte, und überall auf dem Roboter blinkten bunte Lichter auf. Die Worte „READY FOR CLEANING" leuchteten auf CLARAs Stirn.

„Hmm ..." Nell sah nicht beeindruckt aus.

Poppy lenkte den Roboter zum Waschbecken und beobachtete ihn hoffnungsvoll.

„Scan beginnen", sagte CLARA. Ein blauer Lichtstrahl tastete die Spüle ab. „Küchenspüle und

Abtropffläche. Ca. 1960. Schamottierte Keramik. 600 mm lang, 460 mm breit, 250 mm tief. Abnutzungserscheinungen durch übermäßiges Schrubben."

Nell plusterte sich empört auf. „Übermäßig? Ich schrubbe nicht übermäßig!"

Plötzlich ertönte eine Sirene und der Roboter sagte: „EVS-Alarm! Ernsthafte Verschmutzungssituation!"

„Ernsthafte Verschmutzung?", rief Nell wütend. „Wie kannst du es wagen!"

„Kontamination durch Pilzsporen festgestellt. Schimmelpilzbeseitigungsprotokoll eingeleitet."

CLARA rollte vorwärts und attackierte die Spüle mit mehreren Armen, die Schrubber, Schwämme, Stahlwolle und einen Dampfreiniger schwangen. Nell sah verblüfft zu, wie der Roboter die Spüle mit einem Dampfstrahl beschoss, sodass alle Küchenfenster beschlugen und die Temperatur im Raum um mehrere Grad anstieg. Als sich der Dampf schließlich verzogen hatte, war der Bereich um die Spüle herum makellos, kein einziger Schimmelfleck in Sicht.

„Wow!", sagte Poppy. Sie schaute Nell erwartungsvoll an. „Ist das nicht erstaunlich? Bist du nicht beeindruckt?"

Nell presste die Lippen zusammen, als sie die Spüle kritisch, aber auch mit widerwilliger Anerkennung begutachtete. „Es ist ein guter Versuch, würde ich sagen. Sie hat da eine Stelle übersehen ... und da ...", fügte sie hinzu und zeigte hinter die Wasserhähne.

„Ach, komm, Nell! Du musst zugeben, dass CLARA ihre Sache gut gemacht hat! Und schnell!"

„Sie hat keine Fantasie", schnaubte Nell verächtlich. „Das passiert alles ohne jegliches Feingefühl, ohne wirkliches Verständnis für den Prozess."

Poppy verdrehte verärgert die Augen. „Wer braucht schon Fantasie, um ein Waschbecken zu schrubben? Mal ehrlich, Nell, würdest du nicht lieber die Füße hochlegen, eine Tasse Tee trinken und einem Roboter beim Putzen zusehen?"

„Ganz bestimmt nicht!", sagte Nell empört. „Selber putzen, von Hand, ist eine unbezahlbare Tätigkeit. Es beruhigt den Geist. Es formt den Charakter. Es ist …"

Sie wurde von aufgeregtem Gebell unterbrochen - Einstein, der Terrier, stürmte durch die Hintertür in die Küche. Er war offensichtlich durch die sumpfigen Bereiche des Gartens gerannt, und hinterließ eine Spur schlammiger Pfotenabdrücke auf dem Küchenboden.

Wie aus einer Kehle stießen Nell und CLARA gleichzeitig einen Schreckensschrei aus.

„Es ist nur ein bisschen Matsch", sagte Poppy. „Kein Grund, sich so aufzuregen."

Sowohl der Roboter als auch Nell warfen ihr einen bösen Blick zu, der bei CLARA die Form von „%$@#!!" auf dem Display annahm. Dann wandten sie sich dem Terrier mit den schmutzigen Pfoten zu.

Poppy sah entgeistert zu, wie Nell über ihre Brille

hinweg den Boden begutachtete und CLARA eine Hand mit Gummihandschuhen hinhielt.

„Schrubber. Schere. Wischmopp", sagte sie knapp, während der Roboter gehorsam die geforderten Gerätschaften hervorholte und ihr reichte, wie eine routinierte OP-Schwester.

Das ist verrückt! Ich bin von einem Haufen Verrückter umgeben, dachte Poppy und hatte Mühe, nicht zu lachen.

Nick und Oren, Bertie und Einstein und jetzt Nell und CLARA - es war, als lebte sie inmitten einer bizarren, verrückten Familie!

Dann breitete sich langsam ein Lächeln auf ihrem Gesicht aus.

Poppy betrachtete Nell und den Roboter mit neuen Augen. Sie dachte an den grüblerischen Krimiautor von nebenan mit seinem herrischen Kater, an den exzentrischen alten Erfinder auf der anderen Seite mit seinem quirligen kleinen Hund und seinen Pilztees und irrwitzigen Erfindungen, an den wortkargen Handwerker mit dem Herz aus Gold und an die elegante Kriminalinspektorin mit ihrer schwesterlichen Fürsorge und Zuneigung ...

Poppy holte tief Luft. Vielleicht würde sie nie herausfinden, wer ihr Vater war - und vielleicht war es auch egal. Vielleicht brauchte sie gar nicht zu wissen, wer ihre eigentliche Familie war. Schließlich hatte sie hier die perfekte Familie.

Über die Autorin

Die *USA-Today*-Bestsellerautorin H. Y. Hanna schreibt britische Cosy Mystery voller Humor, schrulliger Charaktere, spannender Mordfälle und charakterstarker Katzen! Mehrere ihrer Bücher, wie zum Beispiel die Oxford-Tearoom-Krimis, die Serie „Bewitched by Chocolate" und die English-Cottage-Garden-Mysterys, spielen in Oxford und den wunderschönen Cotswolds. Nach ihrem Abschluss an der Oxford University hat H. Y. Hanna eine Reihe von Jobs ausgeübt: Sie war in der Werbung tätig, Model, Englischlehrerin, Hundetrainerin, Marketingmanagerin, Vertreterin für Bücher im Bildungsbereich ... bevor sie sich wieder ihrer ersten großen Liebe zuwandte: dem Schreiben. Seit einigen Jahren arbeitet sie als freiberufliche Autorin und hat mit ihren Romanen, Gedichten, Kurzgeschichten und journalistischen Beiträgen mehrere Preise gewonnen.

Als Weltenbummlerin hat H. Y. Hanna in verschiedenen Kulturen gelebt. Ihre Reisen führten sie von Dubai bis nach Auckland, von London bis nach New Jersey, doch inzwischen wohnt sie mit ihrem Ehemann und ihrer Katze Muesli glücklich in Perth (Westaustralien). Mehr über H. Y. Hannas Bücher erfährst du unter **www.hyhanna.com**.

Trage dich für meinen Newsletter ein, dann bist du immer über Neuerscheinungen auf Deutsch, Buchverlosungen und andere Neuigkeiten zu meinen Büchern informiert!

http://www.hyhanna.com/german-newsletter

www.ingramcontent.com/pod-product-compliance
Lightning Source LLC
Chambersburg PA
CBHW031301210726
48287CB00005B/1381